Stephen Herói

Stephen Herói

James Joyce

José Roberto O'Shea
Tradução

hedra

São Paulo_2012

Grafia atualizada segundo o Acordo Ortográfico da Língua Portuguesa de 1990, em vigor no Brasil desde 2009.

Edição consultada
Stephen Hero. A New Edition. A New Directions Paperbook. New York: 1963.

Corpo Editorial
Adriano Scatolin, Alexandre B. de Souza, Bruno Costa, Caio Gagliardi, Fábio Mantegari, Iuri Pereira, Jorge Sallum, Oliver Tolle, Ricardo Musse, Ricardo Valle

Edição Bruno Costa e Iuri Pereira
Coedição Jorge Sallum
Capa Casa Rex
Caricaturas e desenhos Tulio Caetano
Diagramação e programação em LaTeX Bruno Oliveira
Assistência editorial Bruno Oliveira
Revisão Bruno Costa, Iuri Pereira e Marta Chiarelli
Agradecimentos a Marcelo Tápia (Casa Guilherme de Almeida), ao Finnegan's Pub e a Alexandre Barbosa de Souza

Dados Internacionais de Catalogação na Publicação (CIP)
(Câmara Brasileira do Livro, SP, Brasil)

Joyce, James.

Stephen herói. / James Joyce. José Roberto O'Shea, organização e tradução. — São Paulo: Hedra, 2012. 214 p.

Título original: Stephen Hero.

ISBN 978-85-7715-096-0

1. Ficção irlandesa. I. O'Shea, José Roberto. II. Título.

12-01770 CDD ir823.9

Índices para catálogo sistemático:
1. Ficção: Literatura irlandesa — ir823.9

EDITORA HEDRA LTDA.

Rua Fradique Coutinho, 1139 (subsolo)

05416-011 São Paulo SP Brasil

+55 11 3097 8304

editora@hedra.com.br

www.hedra.com.br

Sumário

Apresentação

Em 7 de janeiro de 1904, James Joyce escreve no decorrer de um único dia um conto ou ensaio autobiográfico cujo conteúdo mescla admiração e ironia. Por sugestão do irmão três anos mais jovem, Stanislaus, Joyce intitula o texto "Um retrato do artista" e o envia aos editores da recém-criada revista literária *Dana*. Por meio de um processo que levaria cerca de uma década, o conto seria transformado em *Stephen Herói*, obra bastante extensa, posteriormente enxugada em sua versão final sob o título de *Um retrato do artista quando jovem*.[1]

CARACTERÍSTICAS DO MANUSCRITO

Em 1935, a livreira Sylvia Beach, responsável pela primeira edição de *Ulisses* (1922), põe à venda um manuscrito produzido pelo próprio punho de Joyce com páginas numeradas — de 519 a 902 — que constitui um fragmento da primeira versão de *Um retrato do artista quando Jovem*. Na ocasião da venda, a livreira registra a seguinte observação no catálogo:

> Quando o manuscrito foi devolvido, após ter sido rejeitado pelo vigésimo editor, o autor atirou-o ao fogo, e Mrs. Joyce ao resgatar essas páginas quase queimou as mãos.[2]

---

[1] Ellmann, 149.

[2] Citado em Spencer, 7–8. A tradução das citações originalmente em língua inglesa é responsabilidade do autor do presente ensaio.

Curiosamente, cabe registrar o fato de que nenhuma das páginas que restaram do manuscrito apresenta sinais de fogo.[3] Em todo caso, o fragmento do manuscrito, cujo teor refere-se apenas ao período compreendido pelo último capítulo (o quinto) do *Retrato*, é adquirido em Paris, em 1938, pela biblioteca da Universidade de Harvard.

Segundo a secretária de Joyce, o manuscrito em sua forma integral teria cerca de mil páginas.[4] Embora dois terços das páginas tenham desaparecido, o fragmento de 383 páginas, quase tão extenso quanto o *Retrato* em sua versão final, é editado por Theodore Spencer sob o título de *Stephen Hero* em 1944. Seis anos depois (1950), em Trieste, John J. Slocum adquire 25 páginas adicionais do mesmo manuscrito, atualmente arquivadas na Coleção Slocum, da biblioteca da Universidade de Yale, páginas que, como resultado de uma colaboração com Herbert Cahoon, são acrescentadas ao texto de Spencer. Posteriormente, acirrando a rivalidade entre instituições de ensino superior nos EUA, outras cinco páginas surgem no acervo da biblioteca da Universidade de Cornell. As páginas adicionais do manuscrito relatam a visita de Stephen Dedalus à casa do padrinho, Mr. Fulham, nos arredores de Mullingar, em Westmeath, pouco tempo depois que o jovem iniciou os estudos na universidade, bem como o encontro com a enigmática Miss Howard.[5]

CARACTERÍSTICAS DE *STEPHEN HERÓI*

A despeito das páginas perdidas, o fragmento apresenta certa unidade, além de reconhecida riqueza de detalhes. Em *Stephen Herói* Joyce narra, topicalizando a figura do "herói", Stephen Dedalus, seu próprio conflito com a Igreja e com a família, sua atitude crítica perante o nacionalismo irlandês, sua incursão na sexualidade e sua defesa da individualidade e da arte. O fragmento retrata personagens e incidentes que nem sempre constam da versão final e descreve o desenvolvimento da mente de Stephen de maneira bem mais direta e menos elíptica do que ocorre

[3] Nicholas Fargnoli e Michael Gillespie esclarecem que, na realidade, o que Joyce, indignado com os problemas enfrentados na publicação de *Dublinenses*, lançou ao fogo foi o manuscrito de *Um retrato do artista quando jovem*, e as páginas não foram salvas por Nora, mas por Eileen, irmã de Joyce.

[4] Spencer, 8.

[5] O texto-base utilizado para a presente tradução de *Stephen Hero* inclui a totalidade das páginas adicionais (ver Referências).

no *Retrato*. Aquilo que é sugerido obliquamente no *Retrato* é explicitado em *Stephen Herói*, seja em relação às experiências narradas, às ideias propostas, ou à caracterização dos personagens.

Vejamos uma ilustração do relato das experiências. Enquanto em *Stephen Herói* a precária situação econômica da família, em franca perda de status social, é corroborada pela presença "física" de uma série de caminhões de mudança e ameaças de despejo, no *Retrato* a mesma experiência é sintetizada num único episódio, no qual Stephen tão-somente chega em casa e ouve dos irmãos a notícia de que a família busca novo domicílio.

As ideias são igualmente mais explicitadas. A famosa teoria estética de Stephen, por exemplo, aparece mais esmiuçada em *Stephen Herói*. No *Retrato*, a teoria é dogmaticamente exposta a Lynch, e Stephen parece estar tão convicto de suas ideias que pouco lhe importa o consenso em torno delas. Um tanto altivo, ele se posiciona acima de qualquer discordância. Em *Stephen Herói*, no entanto, a teoria é algo sumamente importante e, em vez de apresentá-la informalmente a um amigo, ele a postula na forma de um ensaio cuidadosamente pensado e redigido. O trabalho é apresentado diante de uma Associação de Debates, onde as ideias suscitam ferrenha discussão, e Stephen "[é] submetido ao fogo de seis ou sete opositores hostis" (81).

E a explicitação de ideias é deveras conspícua. No capítulo XXV, na discussão sobre os atributos do belo segundo Tomás de Aquino, Joyce deixa clara sua importante definição de epifania, conceito crucial para a construção e o entendimento dos quinze contos reunidos sob o título *Dublinenses* (1914):

> Para [Stephen] epifania significava uma súbita manifestação espiritual, fosse na vulgaridade de uma fala ou de um gesto, ou na memória da própria mente (171).

E mais, invocando Stephen, Joyce ressalta a responsabilidade do literato diante da epifania, esse momento aparentemente trivial, mas que na verdade torna-se decisivo na vida de tantos personagens:

> Ele acreditava que cabia ao homem de letras registrar essas epifanias com grande cuidado, percebendo que nelas se encerram os momentos mais delicados e furtivos (171).

E os personagens, conforme caracterizados na primeira versão do *Retrato*, aparecem mais destacados, por exemplo Mrs. Dedalus, Emma

Clery, Maurice, os amigos e, sobretudo, o próprio Stephen. A mãe de Stephen, que em *Stephen Herói* promove grande tensão entre o amor do filho e a descrença deste pela fé católica, no *Retrato* não é objeto de dramatização, mas apenas de uma reflexão do protagonista durante uma de suas longas caminhadas ao lado do amigo Cranly. Além disso, em *Stephen Herói*, a relação entre Stephen e a mãe suscita uma cena vibrante, escatológica, na ocasião da morte de Isabel, irmã de Stephen, quando, nas palavras de Harry Levin, "a devoção ortodoxa da mãe se curva aos mistérios do corpo". Quanto a Maurice, irmão de Stephen, figura paralela a Stanislaus, conforme vimos, irmão de Joyce, cuja figura é bastante presente e marcante em *Stephen Herói*, é depurada ao ponto de ser suprimida no *Retrato*.

No *Retrato*, os amigos — Cranly, Madden, Lynch, McCann e outros — são apresentados como seres que, por assim dizer, habitam a mente de Stephen. Não são verdadeiramente construídos. Em *Stephen Herói*, no entanto, os amigos são claramente identificados. Joyce nos descreve a aparência e as ideias dos rapazes, que possuem realidades independentes, a exemplo dos personagens de *Dublinenses*. Aqui, ao contrário do que se constata no *Retrato*, os amigos não são meros ouvintes das ideias de um Stephen sabichão.

O detalhamento na construção dos personagens fica também patente no caso da jovem pela qual Stephen se sente fisicamente atraído. No *Retrato*, a heroína tem existência rarefeita, aparecendo em alusões sutis e apenas nas iniciais E— C—. Em *Stephen Herói*, contudo, ela é Emma Clery, jovem exuberante em cuja companhia Stephen assiste a uma aula de língua irlandesa e cujo relacionamento atinge um clímax inesperado, quando ele a vê no parque e, às pressas, deixa a aula particular de literatura italiana, aborda a jovem e propõe, explicitamente, uma noite de amor seguida de um simples adeus de manhã.

Contudo, as diferenças mais notáveis entre a primeira e a última versão do *Retrato* dizem respeito à caracterização do próprio Stephen. O fragmento descreve cerca de dois anos da vida de Stephen, iniciando, conforme já foi dito, logo após o ingresso do jovem na universidade e concluindo no momento da emancipação de Stephen diante de tudo o que a universidade representa. Temos aqui, nas palavras de Spencer:

> um retrato vívido e coerente do 'jovem' chamado Stephen Dedalus, que, em aparência, atitudes e ideias é, evidentemente, James Joyce.

E o ânimo autobiográfico verificável no manuscrito é tão contundente que, no capítulo XXIV, ao menos em dois trechos de um mesmo parágrafo, o narrador "escorrega" da terceira para a primeira pessoa. Contudo, se, de um lado, em *Stephen Herói* esse protagonista é emocionalmente menos amadurecido do que no *Retrato* (e.g., as citadas perseguição e proposta à Emma), de outro, ele é também menos arrogante e presunçoso.

TRANSIÇÃO PARA O *RETRATO*

Em 8 de setembro de 1907, Joyce informa Stanislaus que, assim que concluir a redação de "Os mortos", último conto de *Dublinenses*,[6] procederá a reescrever inteiramente *Stephen Herói*. Stanislaus registra em seu diário que Joyce lhe dissera que omitiria os capítulos iniciais e começaria com Stephen, a quem chamaria de Daly, frequentando a universidade, e que, na versão revista, o livro teria cinco longos capítulos. Seguramente, ao enxugar o extenso arcabouço episódico de *Stephen Herói* em cinco capítulos, Joyce chega à estrutura de *Um retrato do artista quando jovem*, configurada por um conjunto de cenas que se irradiam no passado e no presente.[7]

Percebe-se que, ao reescrever a primeira versão, Joyce busca não apenas parcimônia no registro de detalhes, mas manter a atenção centralizada tanto quanto possível na consciência do herói. O resultado é que o *Retrato*, por comparação, é menos dramático, mas é também mais intenso, mais concentrado, mais focado, do que a versão anterior. Segundo Harry Levin, num argumento com o qual concordo plenamente, ao reescrever o livro, Joyce transpõe "a ação, da esfera social, para a esfera psicológica", ou seja, temos em *Stephen Herói* mais realismo social e menos realismo psicológico. Depois de deixar a Irlanda, e relembrando os "conflitos com a ortodoxia" na relativa serenidade do exílio, Joyce parece concluir que os verdadeiros embates teriam ocorrido na mente de Stephen.

---

[6] Cf. James Joyce. *Dublinenses*. Tradução e apresentação de José Roberto O'Shea. São Paulo: Hedra, 2012.

[7] Cf. Ellmann, op.cit., 274 e 307.

SENTIMENTO DE JOYCE EM RELAÇÃO AO LIVRO

Novamente, segundo a secretária de Joyce, o manuscrito era considerado pelo autor uma obra "colegial", composta quando este tinha dezenove ou vinte anos.[8] Já em fins de 1908, Joyce declara a Stanislaus que o livro jamais será publicado:

> O que escrevo com as intenções mais lúgubres provavelmente seria acusado de pornográfico na Inglaterra.[9]

Joyce pensa em mudar o título de *Stephen Herói* para *Um retrato do artista*, ou *Capítulos da vida de um jovem*, talvez, por achar que o primeiro título pudesse sugerir uma visão mais sardônica do herói do que ele pretendia.[10]

Seja lá como for, o leitor decerto perceberá que, mais do que mera base para a versão final — o célebre *Um retrato do artista quando jovem* — *Stephen Herói*, que vem a ser o *Ur-Retrato*, propicia aos admiradores de James Joyce uma oportunidade única de perceber detalhes singulares e cruciais do retrato de Stephen Dedalus e do contexto que o cerca, detalhes que são, por assim dizer, expurgados pelo próprio Joyce na versão final do "seu" retrato. É fato que temos, em *Stephen Herói*, uma das descrições mais ricamente detalhadas do desenvolvimento de uma mente humana.

SOBRE A EDIÇÃO

O texto-base utilizado para esta tradução foi *Stephen Hero*, A New Edition, A New Directions Paperbook (New York, 1963). Essa nova edição traz o texto conforme fixado por Theodore Spencer, a partir do manuscrito que consta do acervo da biblioteca da Universidade de Harvard, e inclui novas páginas do manuscrito joyceano, que constam dos acervos das bibliotecas das universidades de Yale e Cornell, material editado por John J. Slocum e Herbert Cahoon. O manuscrito, conforme deixado por Joyce, apresenta dois tipos de correções. Primeiramente, algumas palavras são suprimidas, outras substituídas. Nesta tradução, para não interrompermos o fluxo de leitura, essas correções aparecem

---

[8] Spencer, 8.
[9] Citado em Ellmann, 274.
[10] Ibid., 200.

indicadas em notas com numeração arábica, reunidas no fim do livro, à página 205. O segundo tipo de correção reflete prática adotada pelo próprio Joyce, ao marcar, sublinhar ou riscar o manuscrito, com lápis de cera vermelho ou azul. Presume-se que o escritor desaprovasse esses trechos e desejasse alterá-los, ou mesmo suprimi-los. Essas passagens foram coligidas, nesta edição, em uma seção ao fim do livro, à página 209 com indicação da página onde aparecem, seguida do trecho marcado por Joyce. Com esse procedimento, pretendemos garantir o fluxo de leitura sem abrir mão de oferecer aos leitores, leigos ou não, interessados na crítica genética do manuscrito, um valioso aparato de estudo. Dito isso, resta-nos lembrar o leitor de que a tradução procurou preservar características marcantes da pontuação joyceana, a saber, a parcimônia no emprego da vírgula, o uso do travessão (além da marcação de diálogos) para fins de ênfase e o uso idiossincrático dos dois-pontos, por vezes, repetidos dentro de uma mesma oração.

BIBLIOGRAFIA

ELLMANN, Richard. *James Joyce.* Oxford: Oxford University Press, 1959.

FARGNOLI, A. Nicholas & GILLESPIE, Michael Patrick. *Critical Companion to James Joyce: A Literary Reference to His Life and Work.* New York: Facts on File, 2006.

LEVIN, Harry. *James Joyce.* Revised, augmented edition. New York: James Laughlin, 1960.

SPENCER, Theodore. Introduction. *Stephen Hero: James Joyce.* A New Edition, incorporating the Additional Manuscript Pages in the Yale University Library and the Cornell University Library, eds. John J. Slocum and Herbert Cahoon. New Directions Series. New York: James Laughlin, 1963.

Stephen Herói

[*O manuscrito inicia aqui*]

qualquer pessoa que falasse com ele misturava descrença exageradamente polida e expectativa. Os cabelos crespos[1] e castanhos eram penteados projetando-se da fronte mas havia pouca ordem no estilo. Uma jovem[2] talvez o considerasse atraente ou não: o rosto tinha traços regulares com um semblante quase suavizado numa beleza com uma boca pequena e feminina[3]. Numa[4] inspeção geral do rosto os olhos não se destacavam: eram olhos pequeninos e azuis-claros que desestimulavam contatos. Eram bastante joviais e destemidos mas apesar disso o rosto era até certo ponto o rosto de um libertino.

O reitor da universidade era uma pessoa reclusa que ocupava a cabeceira da mesa em reuniões e cerimônias inaugurais de associações. Seus tenentes óbvios eram um vice-reitor e um tesoureiro. O tesoureiro, Stephen pensava, fazia jus ao cargo: homem obeso e corado, com uma touca de cabelos pretos-grisalhos. Realizava suas tarefas com um entusiasmo afetado e costumava ser visto assombrando o corredor e observando as idas e vindas dos alunos. Insistia em pontualidade: um minuto de atraso de vez em quando — isso não o incomodava muito; batia palmas e fazia alguma repreensão bem-humorada. Mas o que o deixava zangado era a perda de alguns minutos todos os dias: isso perturbava o devido andamento das aulas. Stephen atrasava-se quase sempre mais de quinze minutos e quando[5] ele chegava o tesoureiro geralmente já havia voltado para sua sala. Certa manhã, no entanto, ele chegou mais cedo que de costume. À sua frente subia os degraus de pedra um estudante gorducho,[6] jovem tímido e extremamente aplicado, com uma pele cor de pão com geleia. O tesoureiro estava de pé no corredor com os braços cruzados diante do peito e quando viu o jovem gorducho olhou expressivamente para o relógio. Eram onze horas e oito minutos.

— Então, Moloney! Você sabe que isso não é possível. Oito minutos atrasado! Perturbar a aula desse jeito... não podemos admitir isso, você bem sabe. Chegue na hora certa para a aula daqui em diante.

A geleia espalhou-se pelo pão no rosto de Moloney enquanto ele tropeçava em desculpas acerca de um relógio atrasado e corria escada acima diretamente para a sala de aula. Stephen demorou-se um pouco pendurando o sobretudo enquanto o padre corpulento o observava solenemente. Então voltou a cabeça tranquilamente para o tesoureiro e disse:

— Bela manhã, senhor.

De imediato o tesoureiro bateu palmas e esfregou as mãos e voltou a bater palmas. A beleza da manhã e a exatidão do comentário afetaram-no ao mesmo tempo e ele respondeu alegremente:

— Linda! Que manhã bela e revigorante! — e voltou a esfregar as mãos.

Certa manhã Stephen[7] chegou três quartos de hora atrasado e achou mais correto aguardar o início da aula de francês. Enquanto ele se debruçava sobre a balaustrada, esperando pela sineta do meio-dia, um jovem começou a subir lentamente as escadas em espiral. A poucos passos do patamar ele parou e voltou um rosto quadrado e rústico na direção de Stephen.

— Por obséquio, é por aqui que se chega à classe dos calouros? — ele perguntou com sotaque interiorano acentuando a primeira sílaba da palavra calouros.

Stephen indicou-lhe o caminho e os dois jovens começaram a conversar. O novo aluno chamava-se Madden e vinha do condado de Limerick. Seu modo de ser, embora não fosse exatamente desconfiado, era um tanto tímido e ele parecia grato pela atenção de Stephen. Depois da aula de francês, os dois atravessaram juntos o parque e Stephen levou o novato à Biblioteca Nacional. Madden tirou o chapéu ao passar pela catraca e no momento em que ele se inclinou sobre o balcão para preencher a ficha do livro Stephen notou a força camponesa dos seus maxilares.

O decano da universidade era professor de Inglês, padre Butt. Era considerado o homem mais competente da instituição: era filósofo e erudito. Tinha lido uma série de ensaios sob a égide de uma associação em prol da abstinência total no intuito de provar que Shakespeare era católico: tinha escrito também para refutar outro padre jesuíta que no fim da vida convertera-se à teoria baconiana relativa à autoria das peças. Padre Butt tinha sempre as mãos cheias de papéis e a batina suja de giz. Era como um velho galgo e seu aparelho vocal, a exemplo das vestes, parecia estar coberto de giz. Tinha modos cordatos para com todos e era especialmente [...]

[*Faltam duas páginas*]

do verso são as primeiras condições às quais as palavras devem se submeter, sendo o ritmo o resultado estético dos sentidos, valores e relações entre as palavras assim condicionadas. A beleza do verso consistia tanto no ocultamento quanto na revelação do construto mas é certo que não podia resultar de apenas um desses fatores. Por essa razão ele considerava intoleráveis a leitura que padre Butt fazia de versos e a leitura acurada que uma colegial fazia de versos. Verso para ser lido de acordo com o ritmo deveria ser lido de acordo com os acentos tônicos; isto é, nem estritamente de acordo com os pés nem desconsiderando-os totalmente. Ele se dispôs a explicar toda essa teoria a Maurice, e Maurice, ao compreender os significados dos termos e estabelecer relações precisas entre tais significados, concordou que a teoria de Stephen era a correta. Só havia uma possibilidade de ler a primeira quadra do poema de Byron:

My dáys are in the yéllow léaf
The flowers and frúits of love are góne
The wórm, the cánker and the gríef
*Are míne alone.**

Os dois irmãos testaram essa teoria em todos os versos de que conseguiram se lembrar e os resultados foram magníficos. Em breve o próprio Stephen começou a explorar a linguagem e selecionar, destarte resgatando para sempre, as palavras e as expressões mais receptivas à sua teoria. Ele se tornou um poeta prevenido e calculista.

Sentia-se igualmente cativado pelas aparentes excentricidades da prosa de Freeman e William Morris. Lia esses autores como quem lesse

* "Meus dias são como folhas secas/ As flores e frutos do amor tem fim/ O verme, o cancro e o sepulcro/ são só para mim." Os versos são exemplo de acentuação métrica em língua inglesa. O poema aludido é "On This Day I Complete My Thirty-Sixth Year" (22 de janeiro de 1824). Na verdade, trata-se da segunda quadra. [N. do T.]

um tesauro e fazia um celeiro de palavras. Lia o *Dicionário etimológico* de Skeat hora após hora e sua mente, desde sempre demasiado submissa ao espanto típico de uma criança, costumava ficar hipnotizada diante da conversa mais banal. Para ele as pessoas pareciam ignorar o valor dos vocábulos que empregavam de modo tão superficial. E passo a passo à medida que tal indignidade da vida lhe era imposta ele se enamorava de uma tradição idealizada, mais verdadeiramente humana. O fenômeno lhe parecia importante e ele começou a perceber que as pessoas tinham se aliado numa conspiração ignóbil e que com desdém o Destino tinha reduzido os preços que cobrava delas. Ele não queria para si esse tipo de redução e preferia servir ao Destino segundo as velhas condições.

Havia uma turma especial de Redação em Língua Inglesa e foi nessa turma que Stephen primeiro se destacou. Para ele o ensaio era o único trabalho sério da semana. Seu ensaio costumava ser extenso e o mestre, redator do *Freeman's Journal*, sempre o deixava por último. O estilo da escrita de Stephen, embora[8] por demais inclinado ao antigo e até ao obsoleto e simploriamente retórico, era notável pela crua originalidade de expressão. Ele não se furtava a sustentar as ousadias expressas ou insinuadas em seus ensaios. Lançava-as como defesas inesperadas enquanto se ocupava de construir enigmas estilísticos. Pois o jovem tinha se dado conta da existência de uma outra crise e queria se preparar para o impacto que ela causaria. Devido a tais manobras, ele passou a ser visto como um jovem desequilibrado que se interessava mais do que os jovens geralmente se interessam por teorias que possam ser consideradas passatempo. Padre Butt, a quem o surgimento dessas qualidades raras tinha sido devidamente informado, conversou com Stephen um dia com o propósito de "sondá-lo". Padre Butt expressou grande admiração pelos ensaios de Stephen, cuja totalidade, disse ele, tinha-lhe sido mostrada pelo professor de Redação em Língua Inglesa. Incentivou o jovem e sugeriu que em breve ele talvez pudesse enviar algo para um dos jornais ou revistas de Dublin. Stephen considerou o incentivo bem intencionado mas equivocado e embarcou numa eloquente explanação de suas teorias. Padre Butt ouviu e, mais prontamente até do que Maurice,[9] concordou com todas elas. Stephen explicitou sua doutrina com bastante convicção e insistiu na importância do que ele chamava de tradição literária. As palavras, ele disse, têm certo valor na tradição literária e certo valor no mercado — um valor depreciado. As palavras são simples receptáculos para o pensamento humano: na tradição literária elas recebem mais pensamentos valiosos que no mercado. Padre Butt ouviu tudo isso, esfregando várias vezes no queixo a mão suja de giz e, meneando a cabeça, disse que Stephen evidentemente compreendia a importância da tradição. Stephen citou uma frase de Newman para ilustrar sua teoria.

— Nessa sentença de Newman — ele disse — a palavra é empregada segundo a tradição literária: ela tem ali o seu valor pleno. No uso comum, isto é, no mercado, ela possui um valor totalmente diverso, um valor depreciado. Espero não estar detendo o senhor.

— Absolutamente, absolutamente!

— Não, não...

— Sim, sim, Mr. Dedalus, eu entendo... eu percebo bem o seu ponto... deter...

Logo na manhã seguinte padre Butt revidou o monólogo de Stephen. A manhã estava fria e úmida e quando Stephen, que chegara atrasado demais para assistir à aula de latim, entrou no anfiteatro de física e deparou-se com padre Butt ajoelhado diante da imensa lareira ocupando-se de acender um pequeno fogo. Ele rasgava tiras de papel e as depositava cuidadosamente entre o carvão e os gravetos. Tagarelava o tempo todo explicando a operação e num momento de crise retirou dos bolsos mais remotos da batina suja de giz três tocos de vela sujos. Enfiou os tocos de vela em diferentes aberturas e em seguida olhou para Stephen com ar de triunfo. Encostou um palito de fósforo nos pedaços de papel cujas pontas se projetavam e em poucos minutos o carvão queimava.

— Existe arte, Mr. Dedalus, no acendimento de um fogo.

— É o que vejo, senhor. Arte muito útil.

— É isso: arte útil. Temos as artes úteis e as artes liberais.

Depois dessa afirmação, padre Butt levantou-se e foi cuidar de outras tarefas deixando Stephen observar o fogo que ardia e Stephen refletiu sobre os tocos de vela que rapidamente se derretiam e sobre a inadequação dos modos do padre, até chegar a hora do início da aula de física.

O problema não podia ser solucionado imediatamente, mas ao menos o seu aspecto artístico não apresentava dificuldade. Ao ler *Noite de Reis* para a turma, padre Butt pulou as duas canções do bobo nada dizendo e, quando Stephen, decidido a fazer com que ele as levasse em conta, perguntou com toda seriedade se as canções deveriam ser memorizadas, padre Butt disse que era improvável que tal questão surgisse na prova:

— O bobo canta essas canções para o duque. Era costume dos nobres à época mandar que os bobos cantassem... por divertimento.

Ele abordou *Otelo* com mais seriedade e fez notar à turma a moral da peça: uma lição objetiva acerca da paixão do ciúme. Shakespeare, ele disse, sonda as profundezas da natureza humana: suas peças nos retratam homens e mulheres sob a influência de diversas paixões e nos apresentam a consequência moral dessas paixões. Assistimos ao conflito dessas paixões humanas e nossas próprias paixões são purificadas pelo espetáculo. O teatro de Shakespeare tem uma força moral singular e *Otelo* é uma das maiores tragédias. Stephen se condicionou a ouvir tudo isso sem mover um dedo mas ao mesmo tempo divertiu-se ao saber que o diretor negara autorização a dois internos para assistirem a uma montagem de *Otelo* no Teatro Gaiety porque havia muitas expressões grosseiras na peça.

Ultimamente o monstro em Stephen vinha se comportando mal e à mínima provocação mostrava-se pronto para fazer verter sangue. Quase todo incidente rotineiro servia de estopim e o intelecto experimentava grande dificuldade para mantê-lo na linha. Mas um episódio de fervor religioso que rapidamente se tornava uma lembrança resultara num certo autocontrole externo que agora se mostrava bastante útil. Além disso Stephen era suficientemente perspicaz para perceber a necessidade de resolver suas questões discretamente e discrição sempre fora para ele uma penitência leve. Sua resistência a debater escândalos, a parecer abelhudo e descortês, auxiliava-o na acusação e não deixava de ter o agradável sabor do heroico. Já quando aquele ataque de febre de santidade sobre ele se abatera, ele havia correspondido à altura mas por caridade tinha declinado a penetrar forças decepcionantes. Os rompantes de fervor decorrentes daqueles abalos impeliram-no descaradamente à introversão e os exercícios da devoção tão-somente o confortavam. Era um conforto do qual muito necessitava pois sofria imensamente em consequência do contato com o novo ambiente. Mal se dirigia aos colegas e das tarefas acadêmicas desincumbia-se sem comentários ou interesse. Todas as manhãs levantava-se e descia para o café. Depois do café pegava o bonde para a cidade, sentado no primeiro banco na parte descoberta encarando o vento. Descia do bonde na Estação Saint Amiens em vez de ir até Pillar porque desejava participar da vida matinal da cidade. Naquela manhã, a caminhada fora agradável e não havia rosto que por ele passasse a caminho da prisão comercial que ele não tentasse penetrar até o cerne do motivo de sua feiura. Era sempre com uma sensação de desprazer que ele entrava no Green e via no outro extremo o prédio soturno da Universidade.

Enquanto seguia pelos caminhos da cidade, mantinha ouvidos e olhos sempre atentos para registrar impressões. Não apenas em Skeat encontrava palavras para seu cofre-forte, também as encontrava aleatoriamente em lojas, anúncios, na boca da população que se arrastava. Ele as repetia para si mesmo até que perdessem todo significado corriqueiro e se tornassem vocábulos fantásticos. Estava decidido a lutar com toda a energia do corpo e da alma contra qualquer consignação possível em relação ao que agora considerava ser o inferno dos infernos — a região onde se constata que tudo é óbvio —, e o santo antigamente discreto no falar, em obediência a um voto de silêncio, poderia ser reconhecido no artista que se condicionava ao silêncio com receio de que as palavras lhe retribuíssem a descortesia. Frases chegavam até ele pedindo para serem explicadas. Ele dizia para si mesmo: devo esperar até que a Eucaristia venha a mim: e então se ocupou de traduzir com bom senso essa mesma frase. Passou dias e noites martelando em silêncio, construindo para si a morada do silêncio onde pudesse aguardar a Eucaristia, dias e noites colhendo os primeiros frutos e cada regalo da paz e empilhando-os em seu altar onde suplicava fervorosamente pela descida de um sinal flamejante de satisfação. Na sala de aula, no silêncio da biblioteca, na companhia de outros alunos ele escutava subitamente uma ordem para se retirar, para se isolar, uma voz que lhe agitava os tímpanos, uma chama que tremulava e se transformava numa divina vida cerebral. Obedecia à ordem e perambulava pelas ruas sozinho, com o fervor da esperança sustentado por ejaculações até se certificar de que era inútil continuar perambulando: e então voltava para casa com passadas resolutas, incansáveis, costurando palavras e frases desconexas com uma seriedade resoluta e incansável.*

XVI

Suas Eminências do Santo Colégio não eram mais zelosas e solitárias durante a eleição do vigário de Cristo que Stephen àquela época. Ele escreveu muito verso e, na falta de um instrumento mais adequado, o verso permitia-lhe combinar os ofícios de penitente e confessor. Nos versos ele procurava fixar o seu estado de espírito mais inescrutável e suas linhas não eram compostas palavra por palavra mas letra por letra.

* No manuscrito, aparece grafado em lápis vermelho "Final do Primeiro Episódio de v". [Nota do editor original, doravante indicada por N. do E.]

Leu Blake e Rimbaud acerca dos valores das letras e chegou a permutar e combinar as cinco vogais a fim de construir clamores que invocassem emoções primitivas. A nenhum dos antigos fervores ele se entregara com tamanha devoção como no caso desse fervor; o monge agora não lhe parecia ser mais que um meio artista. Convenceu-se de que o artista precisava trabalhar incessantemente a sua arte se desejasse expressar plenamente a mais simples das concepções e acreditava que cada momento de inspiração requeria pagamento antecipado. Tinha dúvidas quanto à veracidade do provérbio "O poeta nasce, não é feito" mas tinha certeza[10] ao menos quanto à veracidade do seguinte: "O poema é feito, não nasce".[11] A noção urbana do poeta Byron despido vertendo versos qual[12] uma fonte municipal verte água parecia-lhe típica da maioria das avaliações populares acerca de questões estéticas e ele combatia tal noção em sua raiz dizendo solenemente a Maurice — o isolamento é o primeiro princípio da economia artística.

Stephen não se apegava à arte com qualquer espírito de diletantismo jovial mas buscava penetrar o coração significativo de tudo. Mergulhava no passado da humanidade e vislumbrava a arte emergente como quem tem a visão de um plesiossauro emergindo de um mar de lodo. Parecia ouvir os gritos de medo e alegria e espanto que antecedem de todas as canções, e os ritmos selvagens de homens remando, parecia enxergar os rabiscos toscos e os deuses portáteis de homens cujo legado coube a Leonardo e Michelangelo. E acima de todo esse caos de história e mito, fato e suposição, ele tentou traçar uma linha de ordem, tentou reduzir à ordem os abismos do passado por meio de um diagrama. Os tratados que lhe foram recomendados mostraram-se inúteis e superficiais; o *Laocoonte* de Lessing o irritava. Perguntava-se como o mundo era capaz de aceitar como contribuições valiosas generalizações assim tão fantásticas. Que certeza mais significativa poderá o artista obter se acreditar que a arte antiga era plástica e a moderna pictórica — arte antiga nesse contexto significa arte produzida entre os Bálcãs e a Moreia e arte moderna significa arte produzida entre o Cáucaso e o Atlântico, exceto na região sacrossanta. Era devorado por grande desprezo por críticos que consideravam "grego" e "clássico" termos sinônimos e ficava tomado por uma raiva tão incontrolada que quando[13] padre Butt designou *Otelo* como tema do ensaio semanal, Stephen entregou na segunda-feira seguinte um copioso manifesto contra a "obra-prima". Os rapazes da turma riram e Stephen, olhando com desprezo as caras risonhas, pensou num réptil autossubmergível.

Ninguém dava ouvidos às suas teorias: ninguém se interessava por arte. Os colegas encaravam a arte como um vício continental e, com efeito, diziam "Se precisamos de arte, não haverá temas suficientes nas Sagradas Escrituras?" — pois artista, para eles, era um indivíduo que pintava quadros. Era mau sinal um jovem demonstrar interesse por algo além dos exames ou do futuro "emprego". Era aceitável falar sobre o assunto, mas na realidade arte era só "bobagem": além disso era provavelmente imoral; eles tinham conhecimento (ou, ao menos, ouviram falar) de estúdios. Não queriam esse tipo de coisa em seu país. Em se tratando de beleza, em se tratando de ritmos, em se tratando de estética — eles sabiam o que esses belos tópicos abrangiam. Um dia um aluno grandalhão e interiorano aproximou-se de Stephen e perguntou:

— Diga-nos, você não é artista?

Stephen fitou o jovem imune a ideias, sem responder.

— Se você é, por que não tem cabelo comprido?

Algumas pessoas em volta riram e Stephen se perguntou qual profissão culta o pai do jovem teria escolhido para o filho.

A despeito do ambiente Stephen prosseguiu com as pesquisas e o fez com mais afinco pois imaginava que suas investigações tinham sido proscritas. Devido àquele egoísmo inerradicável que mais tarde chamaria de redentor, ele supunha que os feitos e os pensamentos do seu microcosmo a ele convergissem. Será medieval a mente da juventude por ser tão sensível à intriga? Os divertimentos do campo (ou seu equivalente no mundo da mentalidade) talvez sejam a cura mais eficaz e os educadores anglo-saxônicos favorecem um sistema de ousada brutalidade. Mas para o idealista fantástico, esquivando-se com um salto da aparição que grunhe, o combate mímico não terá sido menos ridículo que desigual num terreno escolhido para prejudicá-lo. Detrás do rígido escudo, o sensível respondeu: que o bando de inimizades, saltando e farejando, venha até as minhas montanhas na perseguição da caça. Ali era o terreno dele e ele dispensou-lhes desdém com seus chifres reluzentes.*

Deveras ele sentia a manhã no sangue: tinha percebido um movimento já procedente na Europa. Essa última frase lhe agradava porque parecia expor o mundo mensurável aos pés dos ilhéus. Nada era capaz de convencê-lo de que o mundo correspondesse à concepção dos alunos do padre Butt. Ele não precisava dos cuidados identificados como

* Essa frase ocorre no poema satírico de Joyce, "The Holy Office" ("O Santo Ofício"). [N. do E.]

indispensáveis, tampouco demonstrava reverência pelos escrúpulos rotulados como a base da vida. Era uma figura enigmática em meio a uma sociedade fragmentada na qual gozava de reputação. Seus companheiros mal sabiam até que ponto podiam com ele se aventurar e os professores fingiam achar que a seriedade dele era garantia suficiente contra qualquer desobediência prática. Da parte dele, a castidade, provando constituir um grande inconveniente, tinha sido abandonada com discrição e o jovem se divertia na companhia de alguns colegas dos quais (segundo corria a fama) a vida desregrada não era desconhecida. O reitor de Belvedere tinha um irmão que àquela época estudava na universidade e certa noite, na galeria do Gaiety (Stephen se tornara um "deus" frequente), outro rapaz de Belvedere, que também estudava na universidade, levou um testemunho escandaloso aos ouvidos de Stephen.

— Escute aqui, Dedalus...

— Sim?

— O que o MacNally diria se encontrasse o irmão... você sabe, o cara que estuda na universidade?

— Sim...

— Eu o vi o outro dia no Stephen's Green com uma prostituta. Eu estava imaginando... se o MacNally o visse...

O informante fez uma pausa: e então, com receio de se envolver demais e com um ar de especialista, acrescentou, falando seriamente:

— É claro que ela era... tudo bem.

Todas as noites depois do chá Stephen saía de casa e se dirigia à cidade, acompanhado de Maurice. O mais velho fumava cigarros e o mais jovem chupava dropes de limão e, animados por esses lenitivos sensuais, entretinham a longa caminhada com discurso filosófico. Maurice era pessoa bastante atenciosa e certa noite disse a Stephen que estava escrevendo um diário que registrava as conversas dos dois. Stephen pediu para ver o diário mas Maurice disse que haveria tempo suficiente para tal ao término do primeiro ano. Nenhum dos dois jovens desconfiava do outro; ambos contemplavam a vida com olhos sinceros e curiosos (Maurice naturalmente servia-se da visão de Stephen quando a sua era deficiente) e ambos achavam ser possível chegar a um entendimento saudável dos chamados mistérios desde que se tivesse a paciência necessária. Todas as noites em suas caminhadas eles cruzavam os píncaros do debate e o mais jovem colaborava com o mais velho bravamente na construção de uma completa ciência estética. Conversavam com grande determinação e Stephen considerava Maurice muito útil quando este levantava objeções. Chegando ao portão da biblioteca, costumavam se deter a fim de concluir algum ponto relativo ao assunto e com frequência a discussão tanto se prolongava que Stephen resolvia ser tarde demais para entrar e ler e então dirigiam-se a Clontarf e voltavam do mesmo modo. Stephen, após certa hesitação, mostrou a Maurice os primeiros frutos do seu verso e Maurice perguntou quem era a mulher. Stephen olhou adiante um tanto vagamente antes de responder e por fim teve de dizer que não sabia quem ela era.

Para essa desconhecida versos eram agora compostos regularmente e parecia que o sonho malévolo do amor que Stephen comemorava em tais versos impunha-se verdadeiramente ao mundo numa estação de névoa úmida e violeta. Ele abandonara sua Madona, descumprira a própria palavra e se retirara implacavelmente do seu mundinho e com certeza não era magnífico que a solidão o impelisse aos rompantes frenéticos da paixão juvenil e do isolamento. Essa característica da mente que assim se revela é chamada (quando incorrigível) de decadência, mas se quisermos ter uma visão geral do[14] mundo não podemos deixar de ver no declínio um processo de vida. Havia para ele, no entanto, momentos em que tal processo parecia intolerável, a vida, em quaisquer termos comuns, uma ofensa intolerável, e nesses momentos ele por nada rezava e de nada se lamentava mas sentia com um agradável peso na consciência que se o fim a ele chegasse isso ocorreria nos braços da desconhecida:

Desperta a aurora com trêmulo alarde,
    Que cinzenta, que lúgubre, que gelo!
Ó, envolve-me braço alvo, braço que arde!
    E esconde-me, copioso cabelo!

A vida é sonho, sonho. Passa a hora
    E a antífona já soou forte.
Da luz e da fraude do sol agora
    Passamos à triste ruína da morte.

Pouco a pouco Stephen se tornou menos assíduo na universidade. Costumava sair de casa todas as manhãs no mesmo horário e pegava o bonde para a cidade. Mas sempre descia na estação de Amiens e caminhava e sempre resolvia seguir algum indício banal da vida urbana em vez de adentrar a vida opressiva da universidade. Caminhava durante sete ou oito horas sem parar e não sentia o menor cansaço. O úmido inverno dublinense parecia se harmonizar com sua lassidão interior e ele não seguia por caminhos tortuosos, inesperados, a menor das provocações femininas, assim como não seguia por caminhos ainda menos gratificantes os movimentos lépidos da desconhecida. Como seria Ela: braços de amor desprovidos da crueldade do amor, riso correndo pelas montanhas da manhã, numa hora em que o incomunicável pudesse ser encontrado? E se o coração tremesse um instante, ele gritava, jovialmente, apaixonadamente: "É isso! É isso! A vida é como eu a concebo". Tirou da frente as máximas rançosas dos jesuítas e jurou que estas jamais exerceriam sobre ele qualquer ascendência. Tirou da frente o mundo da cultura esnobe no qual não existia erudição nem arte nem dignidade de gestos — um mundo de intrigas banais e triunfos banais. Acima de tudo tirou da frente a companhia de jovens decrépitos — e jurou que estes jamais firmariam com ele qualquer pacto fraudulento. Belas palavras! Belos juramentos! Brados valentes e apaixonados, mesmo no calor das circunstâncias. Pois não raro nas pausas daquele arroubo Dublin tocava-lhe subitamente o ombro, e a frieza do chamado penetrava-lhe o coração. Certa vez, a caminho de casa, passou por Fairview. Numa bifurcação da estrada diante da praia alagadiça um grande cão estava deitado. De vez em quando ele erguia o focinho no ar nevoento, emitindo um uivo longo e melancólico. Algumas pessoas se juntaram nas trilhas para ouvi-lo. Stephen[15] emitiu um uivo até sentir as primeiras gotas de chuva, e então prosseguiu em silêncio sob a morosa vigilância do céu, ouvindo de vez em quando, atrás de si, o estranho lamento.

Era natural que quanto mais o jovem buscava a solidão tanto mais as companhias buscavam frustrar-lhe o propósito. Embora ainda estivesse no primeiro ano, já era considerado uma personalidade e muitos pensavam que apesar de um pouco exacerbadas suas teorias não eram desprovidas de sentido. Stephen raramente assistia às aulas, não apresentava trabalho algum e não comparecia aos exames finais, mas não apenas nada se dizia a respeito de tais extravagâncias como também se supunha que ele deveras representasse o tipo artístico que ele, de fato, era e que, conforme o hábito dessa tribo desconhecida, praticasse o autodidatismo. Não se deve supor que a conhecida Universidade da Irlanda carecesse de um centro inteligente. Fora do grupo compacto de nacionalistas pregadores havia aqui e ali estudantes com certas ideias próprias e que eram mais ou menos tolerados pelos colegas. Por exemplo, havia um jovem e sério feminista chamado McCann — figura franca e vivaz, com sua barba de mosqueteiro e seu traje de caça, leitor ferrenho da *Review of*

Reviews. Os alunos da universidade não compreendiam o tipo de ideias que ele abraçava e achavam que compensavam a contento a originalidade do rapaz chamando-o de "Knickerbockers".* Havia também o orador da universidade — jovem extremamente amável que discursava em todas as reuniões. Cranly também era uma personalidade e Madden foi logo reconhecido como o porta-voz do partido patriótico. Pode-se dizer que Stephen ocupava a posição do notável-excêntrico: poucos tinham ouvido falar nos autores que, segundo corria, ele costumava ler e os que tinham ouvido falar em tais autores consideravam-nos insanos. Ao mesmo tempo em que a conduta de Stephen a todos parecia inflexível supunha-se que ele houvesse preservado a sanidade e que resistisse bravamente às tentações. As pessoas começaram a acatá-lo, a convidá-lo às suas casas e a dirigir-lhe semblantes graves. O que ele advogava eram simplesmente teorias e, de vez que ainda não infringira qualquer lei, foi respeitosamente convidado a ler um ensaio diante da Associação Literária e Histórica da Universidade. Fixou-se a data no fim de março e o título do ensaio foi anunciado como "Drama e vida". Muitos se submetiam ao risco de ser ignorados na tentativa de puxar conversa com o jovem excêntrico mas Stephen guardava um silêncio desdenhoso. Certa vez, enquanto ele voltava de uma festa um repórter de um dos jornais de Dublin, que tinha sido apresentado ao prodígio naquela mesma noite, abordou-o e após algumas palavras disse-lhe tentativamente:

— Estive lendo aquele autor... como é mesmo que o senhor o chama... Maeterlinck... um dia desses... sabe?

— Sim...

— Estive lendo... *O intruso*... acho que era esse o título... peça... muito estranha...

Stephen não queria falar com o sujeito sobre Maeterlinck, mas por outro lado desagradava-lhe a ideia de ofendê-lo com o silêncio que o comentário, o tom e a intenção mereciam, portanto vasculhou por um instante a mente em busca de alguma banalidade que não o comprometesse e com a qual pudesse se livrar da dívida. Finalmente, disse:

— Seria difícil encená-la.

O jornalista ficou bastante satisfeito com a troca de ideias como se essa fosse a única impressão que a peça de Maeterlinck lhe causara. Assentiu com convicção:

---

* Calção folgado, preso um pouco abaixo dos joelhos, usado à época como traje de caça. [N. do T.]

— Ah, sim!... Praticamente impossível...

Referências dessa natureza a algo que lhe era tão caro magoavam Stephen profundamente. É preciso que se diga direta e imediatamente que àquela época Stephen sofreu a influência que mais lhe marcou a vida. O espetáculo do mundo conforme apresentado por sua inteligência com todos os detalhes sórdidos e enganosos alinhado ao espetáculo do mundo apresentado pelo monstro que o habitava, agora guindado a um estágio razoavelmente heroico, também costumava levá-lo a um desespero tão súbito que só podia ser aplacado por meio da composição de versos melancólicos. Estava prestes a considerar os dois mundos alheios entre si — por mais dissimulados que fossem ou por mais que expressassem o mais completo pessimismo —, quando encontrou, valendo-se de traduções pouco procuradas, o espírito de Henrik Ibsen. Compreendeu tal espírito instantaneamente. Alguns anos antes esse mesmo tipo de entendimento instantâneo já havia ocorrido quando ele lera um relato confuso, apologético, do biógrafo inglês de Rousseau, um relato segundo o qual o jovem filósofo roubara colheres da amante e permitira que uma criada fosse acusada do furto exatamente no momento em que Rousseau iniciava a luta em nome da Verdade e da Liberdade. O que ocorrera com o filósofo perverso[16] agora se repetia: Ibsen não precisava de defensor ou de crítico: as mentes do velho poeta nórdico e do jovem celta inquieto se encontravam num momento de radiante simultaneidade. Stephen foi cativado primeiramente pela nítida excelência da arte: não demorou muito para ele afirmar, mesmo com escasso conhecimento do tratado, obviamente, que Ibsen era o melhor dramaturgo do mundo. Em traduções dos teatros hindu ou grego ou chinês ele detectava tão-somente presságios ou tentativas e no teatro clássico francês, e no teatro romântico inglês, os presságios eram menos marcantes e as tentativas menos bem-sucedidas. Mas não era apenas essa excelência que o cativara: não era isso que ele saudava com satisfação, um saudar plenamente jubiloso e espiritual. Era o espírito do próprio Ibsen cuja movimentação surgia discernível detrás do estilo impessoal do artista:[17] uma mente dotada de bravura sincera e juvenil, de orgulho desiludido, de energia minuciosa e voluntariosa.* Que o mundo se resolva conforme lhe aprouver, que o suposto Criador se justifique recorrendo aos processos que lhe convierem, mal se pode avançar com a dignidade da atitude humana um

* A revisão aparece escrita a lápis, na margem, talvez inserida em data posterior àquela do manuscrito. [N. do E.]

passo sequer além dessa resposta. Ali e não em Shakespeare ou Goethe estava o sucessor do primeiro poeta dos europeus, ali, somente como em Dante, uma personalidade humana se unira a um estilo artístico que em si mesmo constituía quase um fenômeno natural: e o espírito da época promovia uma união mais imediata com o norueguês que com o florentino.

Os jovens da universidade não faziam a menor ideia de quem era Ibsen mas com base no que ouviam aqui e ali deduziram que ele seria um dos escritores ateus listados pelo secretário do papa no *Index*. Era raro ouvir alguém pronunciar tal nome na universidade e como os professores não forneciam qualquer diretriz acerca da condenação os alunos concluíram que seria melhor aguardar. Nesse ínterim mostravam-se bastante impressionados: muitos passaram a dizer que, embora imoral, Ibsen era um grande autor e alguém ouviu um dos professores dizer que, gozando férias em Berlim, no verão anterior, constatara que muito se comentava sobre uma peça de Ibsen que estava em cartaz num teatro local. Stephen começara a estudar dinamarquês em vez de se preparar para os exames e tal fato foi aumentado e transformado no relato de que ele era um competente estudioso do idioma. O jovem era suficientemente astuto para se beneficiar de boatos cujo conteúdo não se preocupava em negar. Sorria ao pensar que tais pessoas no fundo receassem que ele fosse pagão e admirava a qualidade de suas supostas crenças. Padre Butt conversava bastante com ele e Stephen não relutava em se fazer passar por arauto de uma nova ordem. Jamais falava de maneira exaltada e sempre argumentava como se pouco lhe importasse o resultado do debate, ao mesmo tempo em que jamais perdia uma questão. Os jesuítas e seus rebanhos talvez dissessem entre si: o jovem aparentemente independente nós já conhecemos, e o patriota apaziguado nós já conhecemos, mas quem é você? Saíam-se bem na tentativa de alcançá-lo, considerando suas desvantagens, e Stephen não conseguia entender por que todos se esforçavam para agradá-lo.

— Sim, sim — disse padre Butt certa vez depois de uma dessas cenas — eu entendo... eu entendo muito bem o seu argumento... isso se aplica evidentemente aos dramas de Turguêniev?

Stephen tinha lido e admirado algumas traduções de romances e contos de Turguêniev e portanto indagou num tom de voz sincero:

— O senhor quer dizer aos romances?

— Romances, sim — disse padre Butt imediatamente — romances, é claro... mas são dramas... não são, Mr. Dedalus?

Stephen visitava frequentemente uma casa em Donnybrook cuja atmosfera se mostrava plena de patriotismo liberal e estudo ortodoxo. Havia na família várias filhas em idade de se casar e sempre que uma promessa era sinalizada por algum jovem estudante ele era convidado à referida casa. O jovem feminista McCann era visitante assíduo e Madden aparecia ocasionalmente. O pai era um senhor idoso que jogava xadrez à noite durante a semana com os filhos adultos e participava de jogos e saraus nas noites de domingo. A música ficava a cargo de Stephen. Havia na sala um velho piano e, quando o salão se cansava dos jogos, uma das filhas tinha o hábito de se aproximar sorrindo de Stephen e pedir-lhe que cantasse uma de suas belas canções. As teclas do piano estavam gastas e às vezes as notas não soavam, mas o tom era suave e doce e Stephen costumava sentar-se e cantar belas canções diante da plateia educada, cansada e pouco musical.* As canções, a menos para ele, eram deveras belas — velhas cantigas do interior da Inglaterra e elegantes cantos elisabetanos. A "moral" dessas canções era por vezes um tanto dúbia e os ouvidos de Stephen logo captavam a nota de restrição no aplauso que as seguia. As filhas bem-intencionadas consideravam tais canções bastante graciosas mas Mr. Daniel dizia que Stephen deveria cantar ópera se quisesse que sua voz fosse ouvida adequadamente. A despeito da total falta de sintonia em relação ao referido círculo, Stephen ficava bem à vontade ali e sentia-se, conforme lhe era instado, "em casa", sentado no sofá, contando as protuberâncias de crina de cavalo com as pontas dos dedos, e escutando as conversas. Os jovens e as filhas se divertiam bastante sob o olhar de Mr. Daniel, mas sempre que durante os jogos eram abordadas questões artísticas Stephen, com um humor egoísta, imaginava que sua presença fosse sinal de boa conduta. Ele pôde constatar um ar de seriedade estampado no semblante inteligente de um jovem que dirigira uma pergunta a uma das filhas:

— Acho que agora é a minha vez... Bem... deixe-me ver — e aqui ele ficou tão sério quanto possível a um jovem que acabara de rir durante cinco minutos — Quem é o seu poeta predileto, Annie?

Annie pensou durante alguns instantes: seguiu-se uma pausa. Annie e o jovem estavam "fazendo" o mesmo curso.

— ... Alemão?

— ... Sim.

---

* As palavras "relutava em partir" aparecem escritas a lápis vermelho, na margem, ao lado dessas frases. [N. do E.]

Annie pensou durante mais alguns instantes enquanto a mesa aguardava para ser esclarecida.

— Eu acho... Goethe.

McCann tinha o hábito de organizar jogos de dramatização nos quais costumava assumir os papéis mais intensos. Os jogos eram extremamente farsescos e todos assumiam de boa vontade seus papéis, tanto Stephen quanto os demais. Stephen fazia[18] contrastar o seu estilo discreto e reflexivo com a atuação fogosa de McCann, e por isso os dois eram muitas vezes "escolhidos" para competir. Tais jogos cansavam Stephen um pouco, mas McCann se aprazia em organizá-los pois achava que o divertimento era necessário para o bem-estar físico da humanidade. O sotaque nortenho do jovem feminista sempre provocava risos e seu rosto, enfeitado pela barba de mosqueteiro, era perfeitamente capaz de produzir as caretas mais descaradas. Na universidade McCann jamais[19] fora aceito devido às suas "ideias", mas ali ele participava da intimidade da família.* Naquela casa era costumeiro chamar um visitante jovem pelo seu primeiro nome um pouco cedo demais e, embora Stephen fosse poupado de tal cortesia, McCann jamais era chamado de outro nome que não fosse "Phil". Stephen costumava chamá-lo de "Bonny Dundee", ilogicamente associando seu[20] nome exuberante e suas maneiras exuberantes com o som do verso:

Come fill up my cup, come fill up my can.†

Sempre que a noite adquiria ares de seriedade Mr. Daniel era requisitado a declamar algo para os convidados. Mr. Daniel fora gerente de um teatro em Wexford e tinha falado em público por todo o país. Recitava textos nacionalistas com um estilo grave, declamatório, em meio a um silêncio atento. As filhas também declamavam. Durante tais recitações o olhar de Stephen jamais se afastava da estampa do Sagrado Coração pendurada logo acima da cabeça do declamador. As irmãs Daniel não eram tão imponentes quanto o pai e seus vestidos [*palavra riscada, ao ponto de se tornar ilegível*] um tanto *colleen*.‡ Jesus, além do mais, expu-

---

* Ao lado deste parágrafo, as palavras "baile de traje a rigor: Emma" aparecem escritas a lápis vermelho. [N. do E.]

† Isto é: "Vem encher minha taça, vem encher minha lata". As palavras "*fill*" e "*my can*", em sua enunciação, reproduzem o nome e o sobrenome do personagem. [N. do T.]

‡ Isto é, os vestidos eram tipicamente irlandeses. A palavra irlandesa *cailin* significa menina, não raro com conotação de "interiorana" (o tradutor agradece o esclarecimento ao professor Weldon Thornton). [N. do T.]

nha seu coração de maneira demasiado explícita na estampa barata: e os pensamentos de Stephen eram propensos a se deixar fascinar por essa dupla de futilidades, levando-o a um agradável estupor. Um jogo que invocava o parlamento era frequente. Mr. Daniel havia representado seu condado de origem anos antes e por isso era escolhido para o papel de Presidente da Câmara. McCann sempre atuava como parlamentar da Oposição e falava com franqueza. Então outro parlamentar protestava e seguia-se uma simulação de procedimentos parlamentares.

— Senhor Presidente, devo indagar...

— Ordem! Ordem!

— Vossa Excelência sabe que isso é mentira!

— Vossa Excelência deve se retirar.

— Conforme eu dizia quando o ilustre cavalheiro me interrompeu, nós devemos...

— Não vou me retirar.

— Peço aos ilustres parlamentares que preservem a ordem na Câmara.

— Não vou me retirar.

— Ordem! Ordem!

Outro jogo preferido era "Quem é quem". Uma pessoa saía da sala e os presentes escolhiam o nome de alguém que supostamente sentisse certa simpatia pelo participante ausente. Este, ao retornar ao grupo, formulava perguntas a cada um dos presentes e tentava adivinhar o nome. O jogo costumava desconcertar os jovens convidados pois a maneira como era conduzido sugeria que cada estudante tinha algum envolvimento sentimental com alguma jovem que se encontrava bastante próxima dele: mas os jovens, inicialmente surpresos com as insinuações, acabavam dando a impressão de achar que a sagacidade dos demais participantes lhes antecipara descobertas inesperadas, mas não desagradáveis. O grupo não tinha como fazer esse tipo de insinuação no caso de Stephen e portanto na primeira vez que ele participou, a escolha do nome foi feita de modo diferente. Os participantes[21] não responderam às perguntas por ele formuladas ao voltar à sala: perguntas tais como: "Onde mora essa pessoa?", "A pessoa é casada ou solteira?", "Qual é a idade dessa pessoa?" só puderam ser respondidas depois que McCann foi consultado à meia voz. A resposta "Noruega" forneceu imediatamente a pista que Stephen precisava e assim o jogo terminou e o grupo voltou a se divertir conforme se divertiam antes daquela séria interrupção. Stephen sentou-se ao lado de uma das filhas e, embora admirasse a graça rural de seus traços, permaneceu calado na expectativa de ouvir a primeira palavra da jovem, que, ele bem sabia, acabaria com sua satisfação. Seus olhos belos e grandes olharam-no durante alguns instantes como se estivessem prestes a nele confiar e então ela disse:

— Como você adivinhou tão depressa?

— Eu sabia que você estava pensando nele. Mas você está enganada em relação à idade.

Os demais ouviram isso: mas ela ficou impressionada com a amplitude do desconhecimento, lisonjeada por trocar ideias com alguém que interagia diretamente com o excepcional. Inclinou-se para falar com uma seriedade meiga:

— Ora! Quantos anos ele tem?

— Mais de setenta.

— É mesmo?

Stephen agora achava que já havia explorado o local suficientemente e teria suspendido as visitas se dois motivos não o induzissem a perseverar. O primeiro motivo foi a natureza desagradável do seu próprio lar e o segundo foi a curiosidade suscitada pelo advento de uma nova figura. Certa noite, enquanto meditava no sofá de crina de cavalo, ele ouviu seu nome ser chamado e levantou-se para ser apresentado a alguém. Uma jovem morena desenvolvida estava de pé diante dele e, sem esperar que Miss Daniel o apresentasse, disse:

— Acho que já nos conhecemos.

Ela sentou-se ao lado dele no sofá e ele ficou sabendo que ela estudava na mesma instituição que as irmãs Daniel e que sempre assinava o próprio nome em irlandês. Disse que Stephen deveria aprender irlandês também e se filiar à Liga. Um jovem ali presente, cujo[22] semblante exibia sempre o mesmo ar estudado de determinação, dirigiu-se a ela, falando por cima de Stephen, chamando-a com intimidade pelo nome irlandês. Stephen por conseguinte falou com toda formalidade e fez questão de chamá-la de "Miss Clery". Por seu turno, ela parecia incluí-lo no esquema geral do seu charme nacionalizante: e quando ele a ajudou a vestir o casaco ela deixou que as mãos dele tocassem um instante a carne morna dos seus ombros.

XVII

A vida doméstica de Stephen tinha àquela altura se tornado bastante desagradável: seu desenvolvimento seguia na contramão da tendência da família. As caminhadas noturnas com Maurice tinham sido proibidas pois ficara evidente que Stephen estava corrompendo o irmão com maus hábitos. Stephen foi muito importunado por questionamentos acerca do seu desempenho na universidade, e Mr. Dedalus, refletindo sobre as respostas evasivas, passara a expressar receio de que o filho estivesse se cercando de más companhias. Deixaram claro ao jovem que, se não brilhasse nas provas iminentes, sua carreira na universidade chegaria ao fim. Ele não ficou muito aborrecido com a advertência pois sabia que, nesse particular, seu destino era o do avô e não o do pai. Sentia que os momentos da juventude eram demasiado preciosos para serem desperdiçados numa atividade enfadonha e mecânica e estava decidido, acontecesse o que acontecesse, a perseguir seus intentos até o fim. A família esperava que ele seguisse imediatamente o caminho da respeitabilidade remunerada e salvasse a situação mas ele não podia satisfazer a família. Agradecia-lhes a intenção: de início tal intenção encheu-o de egoísmo; e ele exultou diante do fato de sua vida ter sido tão autocentrada. No entanto, sentia que[23] seria um risco adiar certas atividades.

Maurice aceitou a proibição a contragosto e precisou ser contido pelo irmão para não desobedecê-la abertamente. Já Stephen lidou bem com ela porque se sentia bastante à vontade em solidão e, quanto a contatos com outros seres humanos, na pior das hipóteses, ele podia recorrer a alguns colegas de universidade. Agora estava ocupado com a preparação do ensaio que apresentaria à Associação Literária e Histórica e tomou todas as precauções para assegurar que o texto contivesse o máximo de força explosiva. Achava que os estudantes precisavam apenas de uma palavra para se inflamar em nome da liberdade ou que, ao menos, o toque de trombeta atraísse para o seu lado a minoria dos eleitos. McCann era Ouvidor da Associação e, estando ele ansioso para conhecer a tendência do ensaio de Stephen, os dois costumavam sair da biblioteca às dez horas e caminhar até a residência do Ouvidor, conversando. McCann gozava da reputação de ser um jovem intrépido, franco, mas Stephen tinha dificuldade para levá-lo a qualquer comprometimento acerca de temas considerados territórios arriscados. McCann falava livremente sobre feminismo e vida racional: acreditava que os sexos devessem ser educados conjuntamente para se acostumarem às influências mútuas e acreditava que as mulheres deveriam ter as mesmas oportunidades disponíveis ao chamado sexo forte e acreditava que as mulheres tinham o direito de competir com os homens em todos os setores das atividades sociais e intelectuais. Também era de opinião que o homem deve viver sem qualquer tipo de estimulante, que tem o dever moral de transmitir à posteridade mentes sãs em corpos sãos, e que, quanto aos hábitos de vestir, não deveria se deixar comandar por quaisquer convenções. Stephen se aprazia em alvejar essas teorias com balas certeiras.

— Você não lhes negaria qualquer esfera da vida?

— Certamente não.

— Você as recrutaria para o serviço militar, para a polícia e para o corpo de bombeiros?

— Há determinadas funções sociais para as quais as mulheres são fisicamente incapazes.

— Concordo com você.

— Ao mesmo tempo elas deveriam ter permissão para seguir qualquer profissão civil para a qual estejam habilitadas.

— Médicas e advogadas?

— Certamente.

— E quanto à terceira profissão erudita?

— Como assim?

— Você acha que seriam boas confessoras?

— Você está sendo irreverente. A Igreja não permite que as mulheres ingressem no sacerdócio.

— Ah, a Igreja!

Sempre que a conversa chegava nesse ponto McCann se recusava a prosseguir. As discussões geralmente acabavam em um beco sem saída:[24]

— Mas você escala montanhas em busca de ar puro?

— Sim.

— E toma banho de mar no verão?

— Sim.

— E sem dúvida o ar da montanha e a água salgada atuam como estimulantes!

— Estimulantes naturais, sim.

— O que você chama de estimulantc artificial?

— Bebidas intoxicantes.

— Mas elas são produzidas a partir de substâncias vegetais naturais, não são?

— Talvez, mas por um processo artificial.

— Então você considera um cervejeiro um grande taumaturgo?

— Bebidas intoxicantes são fabricadas para satisfazer apetites sensibilizados artificialmente. O homem, sob condição normal, não precisa desse tipo de estímulo na vida.

— Dê-me exemplo de um homem que exiba o que você chama de "condição normal".

— Um homem que leve uma vida saudável, natural.

— Você?

— Sim.

— Você então representa a humanidade normal?

— Represento.

— Então a humanidade normal é míope e desafinada?

— Desafinada?

— Sim: acho que você é desafinado.

— Eu gosto de ouvir música.

— Que música?

— Todo tipo de música.

— Mas você não distingue uma melodia de outra.

— Não: eu reconheço algumas melodias.

— Por exemplo?

— Eu reconheço "Deus Salve a Rainha".

— Talvez porque as pessoas se levantem e tirem os chapéus.

— Bem, eu admito que o meu ouvido é meio falho.

— E os seus olhos?

— Também são.

— Então como você pode representar a humanidade normal?

— No meu modo de viver.

— Suas necessidades, a maneira como você as satisfaz, é isso?

— Exatamente.

— E quais são as suas necessidades?

— Ar e comida.

— Você tem alguma outra necessidade?

— A aquisição de saber.

— E também necessita do consolo da religião?

— Talvez... às vezes.

— E de mulheres... às vezes?

— Nunca!

Essa última palavra foi pronunciada com um estalido moral dos maxilares e num tom de voz tão profissional que Stephen irrompeu em gargalhadas. Quanto ao fato, a despeito de toda a sua suspeita, Stephen inclinava-se a crer na castidade de McCann, e por mais que a desaprovasse preferia contemplá-la a contemplar o fenômeno contrário. Quase tremia ao pensar naquela cega obstinação funcionando no sentido oposto.

A insistência de McCann numa vida íntegra e sua condenação da rebeldia como um pecado com repercussões futuras perturbavam e magoavam Stephen. Perturbavam-no porque tinham um sabor demasiado ativo de *paterfamilias* e magoavam-no porque pareciam julgá-lo incapaz de assim atuar. Na boca de McCann, Stephen as considerava injustas e antinaturais e ele recorria a uma frase de Bacon. A preocupação com a posteridade, ele citava, é maior para os que não têm posteridade: e quanto ao mais ele dizia que não podia compreender que direito o futuro tinha de impedir-lhe as paixões do presente.

— Não é esse o ensinamento de Ibsen — disse McCann.

— Ensinamento! — exclamou Stephen.

— A moral de *Fantasmas* é o oposto do que você diz.

— Ora! Você encara uma peça como um documento científico.

— *Fantasmas* preconiza o autocontrole.

— Ah, Jesus! — disse Stephen angustiado.

— Eis a minha casa — disse McCann, detendo-se diante do portão. — Preciso entrar.

— Você associou Ibsen e sal de frutas Eno para sempre na minha mente — disse Stephen.

— Dedalus — disse o Ouvidor, bruscamente —, você é um bom sujeito mas ainda precisa aprender a respeito da dignidade do altruísmo e da responsabilidade do indivíduo.

Stephen resolvera dirigir-se a Madden para averiguar[25] o paradeiro de Miss Clery. Desincumbiu-se da missão zelosamente. Madden e ele viam-se com frequência mas raramente suas conversas eram sérias e embora a mente rústica de um deles fosse forçosamente marcada pelo urbanismo do outro, os dois jovens tinham uma relação de familiaridade. Madden, que anteriormente tentara em vão contagiar Stephen com a febre nacionalista, surpreendeu-se ao ouvir a sondagem feita pelo amigo. Alegrou-se diante da perspectiva de converter alguém como Stephen e apelou eloquentemente para o sentimento de justiça. Stephen deu uma trégua ao senso crítico. A supostamente desejada comunidade cuja concretização era objeto do esforço pessoal de Madden parecia-lhe tudo menos ideal, e a libertação que satisfaria Madden, absolutamente, não o satisfaria. O romano, não o *Sassenach*,* era a seu ver o tirano dos ilhéus: e a tirania devorara tão intensamente todas as almas que a inteligência, a princípio dominada com tamanha arrogância, agora se mostrava ansiosa por reconhecer a arrogância como amiga. O grito de alerta era Fé e Pátria, palavras sagradas naquele mundo de entusiasmos engenhosamente inflamáveis. Com obediência literal e doações anuais os irlandeses concorriam à honra que lhes foi persistentemente negada e cedida a nações que no passado,[26] assim como no presente,[27] só se ajoelharam em sinal de desafio. Enquanto uma multidão de pregadores lhes assegurava que grandes honras eram iminentes e os encorajava a manter a esperança. O último seria o primeiro, de acordo com o sentimento cristão, e aquele que se humilhou e exaltou, como recompensa por séculos de fidelidade obscura, a santidade do Papa tinha presenteado um cardeal tardio a uma ilha que, para ele, talvez fosse apenas uma reflexão tardia da Europa.†

Nisso Madden estava disposto a admitir certa verdade mas explicou a Stephen que o novo movimento era político. Se a menor infidelidade fosse elevada as pessoas se afastariam e por isso os mentores desejavam, tanto quanto possível, trabalhar de braços dados com os sacerdotes. Stephen expressou a objeção de que esse trabalho de braços dados com os sacerdotes tinha diversas vezes arruinado as chances de revoluções. Madden concordava: mas ao menos agora os sacerdotes estavam do lado do povo.

— Você não percebe — disse Stephen — que eles incentivam o estudo do irlandês para que os rebanhos possam ser protegidos dos lobos da descrença; eles acham que isso propicia uma oportunidade para isolar o povo num passado de fé literal, implícita?

— Mas na realidade o nosso camponês não tem o que ganhar com a Literatura Inglesa.

— Asneira!

— Ao menos, a moderna. Você mesmo está sempre se queixando...

— O inglês é o veículo para o Continente.

— Nós queremos uma Irlanda irlandesa.

— Acho que você não se importa que um sujeito expresse banalidades desde que o faça em irlandês.

---

* Termo ofensivo de referência a uma pessoa inglesa. [N. do T.]

† Nas notas de Joyce relativas a *Stephen Herói* aparecem as palavras "Irlanda — uma reflexão tardia da Europa". [N. do E.]

— Eu não concordo muito com as suas ideias modernas. Nós nada queremos dessa civilização inglesa.

— Mas a civilização de que você fala não é inglesa... é ariana. As ideias modernas não são inglesas; apontam o caminho de uma civilização ariana.

— Você quer que os nossos camponeses imitem o materialismo grosseiro do camponês de Yorkshire?

— Parece até que o país é habitado por querubins. Que diabo! Eu é que não vejo grandes diferenças entre camponeses: para mim, todos se parecem, como um grão de ervilha se parece com outro grão de ervilha. Talvez o camponês de Yorkshire seja mais bem nutrido.

— Evidentemente, você despreza o camponês porque você vive na cidade.

— Eu não desprezo o trabalho dele, em absoluto.

— Mas você o despreza... você não o considera muito inteligente.

— Ora, Madden, você sabe que isso é bobagem. Para começar, ele é esperto como uma raposa. Tente passar-lhe uma moeda falsa e vai ver só. Mas a inteligência dele tem uma natureza inferior. Realmente, não acho que o camponês irlandês represente um tipo de cultura muito admirável.

— Isso é típico da sua visão! Evidentemente, você zomba do camponês porque ele é atrasado e leva uma vida simples.

— Sim, uma rotina enfadonha: contar moedas, beber uma vez por semana, rezar uma vez por semana, uma vida de esperteza e medo, vivida entre as sombras da paróquia e do manicômio!

— A vida de uma grande cidade como Londres lhe parece melhor?

— A inteligência de[28] uma cidade inglesa talvez não exiba níveis muito elevados mas ao menos é mais elevada que o pântano mental do camponês da Irlanda.

— E o que você me diz dos dois enquanto seres morais?

— Como assim?

— Os irlandeses são conhecidos no mundo inteiro por uma virtude ao menos.

— Ora! Já sei o que você vai dizer agora!

— Mas isso é um fato: são castos.

— Com certeza.

— Você gosta de diminuir a sua gente por qualquer motivo mas não pode acusá-la de...

— Muito bem: você tem razão, em parte. Reconheço plenamente que meus compatriotas ainda não alcançaram o mecanismo da prostituição parisiense porque...

— Porque...?

— Bem, porque não podem fazê-lo com a mão... é por isso!

— Deus do céu! Você não vai me dizer que acha...

— Meu jovem, eu sei que estou dizendo a verdade e você também sabe. Pergunte ao padre Pat, pergunte ao dr. Fulano e pergunte ao dr. Beltrano. Eu frequentei a escola e você frequentou a escola... e já basta.

— Ah, Dedalus!

Tal acusação fez pesar um silêncio sobre a conversa. Então Madden falou:

— Bem, se você pensa assim, não vejo por que você vem me falar em aprender irlandês.

— Eu gostaria de aprender irlandês... como um idioma — disse Stephen mentindo. — Mas ao menos eu gostaria de enxergar primeiro.

— Então você reconhece que é um irlandês, afinal, e não pertence à guarnição vermelha.

— Claro que sim.

— E você não acha que todo irlandês que se preze deveria falar a língua nativa?

— Realmente, não sei.

— E você não acha que nós, enquanto raça, temos o direito de ser livres?

— Ah, não me faça esse tipo de pergunta, Madden. Você pode usar essas frases de palanque mas eu não posso.

— Mas, seguramente, você tem opiniões políticas, homem!

— Vou pensar a respeito. Eu sou um artista, você não percebe? Você acredita nisso?

— Ah, sim, eu sei o que você é.

— Muito bem. Então, como você pode esperar que eu resolva tudo de uma vez só? Dê-me um pouco de tempo.

E assim ficou decidido que Stephen começaria a ter aulas de irlandês. Comprou as cartilhas de O'Growney publicadas pela Liga Gaélica mas recusou-se a pagar para se filiar à Liga e a usar o distintivo na lapela. Ele havia descoberto o que desejava, a saber, a turma à qual Miss Clery pertencia. Em sua casa, as pessoas não pareciam fazer oposição a essa nova excentricidade. Mr. Casey ensinou-lhe algumas canções sulistas em irlandês e quando erguia o copo para Stephen, passou a dizer "*Sinn*

Fein",* em vez de "saúde". Mrs. Dedalus deve ter ficado satisfeita pois acreditava que a ascendência de sacerdotes e a companhia de entusiastas inofensivos talvez conseguissem conduzir seu filho à direção certa: ela começara a temer pelo futuro dele. Maurice nada disse e nada perguntou. Não pôde compreender o que fizera o irmão se aliar aos patriotas e não acreditava que o estudo de irlandês pudesse ser útil a Stephen: mas manteve-se calado, aguardando. Mr. Dedalus disse que não se importava que o filho aprendesse o idioma desde que isso não atrapalhasse o trabalho legítimo.

Certa noite Maurice chegou da escola com a notícia de que o retiro teria início dentro de três dias. A surpresa da notícia revelou a Stephen a sua própria posição. Ele mal podia crer que em um ano seu ponto de vista mudara tão radicalmente. Doze meses atrás ele ansiava por perdão e prometia penitências infindas. Mal podia crer que ele próprio se agarrasse tão intensamente ao único meio de salvação que a Igreja reserva aos filhos culpados. Admirava-se do temor que à época o possuía. Certa noite durante o retiro ele perguntou ao irmão que tipo de sermão o padre proferia. Os dois estavam lado a lado olhando a vitrine de uma papelaria e uma estampa de Santo Antônio na vidraça tinha propiciado a indagação. Maurice abriu um sorriso largo e respondeu:

— O inferno hoje.

— E que tipo de sermão foi?

— O mesmo de sempre. Fedentina pela manhã e dor da perda à noite.

Stephen riu e olhou para o rapaz de ombros largos que estava ao seu lado. Maurice anunciou os fatos com uma voz seca e satírica e sua tez turva não se alterou quando ele riu. Maurice fez Stephen se lembrar das ilustrações em *Silas Verney*.† Sua gravidade sombria, o asseio cuidadoso com as roupas surradas e a desilusão prematura expressa em suas maneiras sugeriam o envoltório humano de algum problema espiritual ou filosófico transplantado da Holanda. Stephen não sabia em que estágio o problema se encontrava e achou por bem permitir que a questão trilhasse o próprio caminho até ser resolvida.

— Sabe o que o padre nos disse também? — Maurice perguntou após uma pausa.

---

* A expressão, em irlandês, significa "nós mesmos". [N. do T.]

† Referência ao livro *Silas Verney, a Tale for Boys*, de Edgar Pickering, publicado em 1900. [N. do T.]

— O quê?

— Disse que não deveríamos ter companheiros.

— Companheiros?

— Que não deveríamos sair para caminhar à noite com algum companheiro especial. Se quiséssemos dar uma caminhada, ele disse, deveríamos sair em grupo.

Stephen parou na rua e juntou as palmas das mãos.

— O que há com você? — disse Maurice.

— Eu sei o que há com eles — disse Stephen. — Eles têm medo.

— É claro que têm medo — disse Maurice gravemente.

— Contudo, evidentemente, você foi até o fim do retiro?

— Ah, sim. Pretendo comungar amanhã de manhã.

— Vai mesmo?

— Diga a verdade, Stephen. Quando a mamãe lhe dá dinheiro no domingo para assistir à missa das doze na Marlboro Street, você vai mesmo?

Stephen corou levemente.

— Por que você pergunta?

— Diga a verdade.

— Não... não vou.

— E aonde você vai?

— Ah, a qualquer lugar... saio pela cidade.

— Era o que eu pensava.

— Você é um sujeito esperto — disse Stephen, falando de lado. — Posso perguntar... você vai à missa?

— Ah, sim — disse Maurice.

Caminharam durante[29] algum tempo em silêncio. Então Maurice perguntou:

— Eu ouço mal.

Stephen não fez qualquer comentário.

— E acho que devo ser meio idiota.

— Como assim?

No fundo, Stephen sentia que estava condenando o irmão. Nesse caso ele não podia admitir que liberdade em relação à influência religiosa fosse desejável. Parecia-lhe que qualquer pessoa capaz de contemplar a condição da própria alma de modo tão prosaico não merecia liberdade e se prestava tão-somente aos mais severos grilhões da Igreja.

— Bem, hoje o padre nos contou uma história verídica. Sobre a morte de um bêbado. E o padre foi vê-lo e pediu-lhe que se arrependesse e prometesse deixar de beber. O homem sentiu que ia morrer em questão de minutos mas sentou-se na cama, disse o padre, e tirou uma garrafa escura de baixo dos lençóis…

— E daí?

— E ele disse: "Padre, se este for o último trago que eu darei neste mundo, eu vou beber".

— E daí?

— Então ele esvaziou a garrafa. Naquele mesmo instante caiu morto, e disse o padre, baixando a voz: "O homem caiu morto na cama, durinho. Morreu e foi…". Falou tão baixo que não consegui ouvir mas eu quis saber aonde o homem tinha ido e então inclinei-me a fim de ouvir melhor, e bati o nariz no banco da frente. Enquanto eu esfregava o nariz, meus colegas se ajoelharam para rezar, de modo que não fiquei sabendo aonde ele foi. Não sou um idiota?

Stephen explodiu numa gargalhada. Riu tão alto que os transeuntes se viraram para olhá-lo, rindo por contágio. Ele apoiou as mãos nos quadris e quase verteu lágrimas. Cada olhar para a fisionomia grave e morena de Maurice resultava em novo rompante. Não conseguia dizer nada a não ser "Eu daria tudo para ter visto a cena… 'Padre, se este for o último'… e você de boca aberta. Eu daria tudo para ter visto a cena".

As aulas de irlandês eram oferecidas toda quarta-feira à noite numa sala nos fundos do segundo andar de uma casa na O'Connell Street. A turma era formada por seis rapazes e três moças. O professor era um jovem de óculos, semblante bastante abatido e boca bastante torta. Falava com voz esganiçada e rasgado sotaque nortenho. Jamais deixava passar uma oportunidade de menosprezar o seoninismo* e aqueles que não aprendiam a língua nativa. Disse que o Beurla† era o idioma do comércio e o irlandês a linguagem da alma e utilizava duas expressões que sempre faziam a turma rir. Uma era o "Dólar Todo-poderoso" e a outra, "Saxão Espiritual". Todos consideravam Mr. Hughes um grande entusiasta e alguns achavam que ele tinha diante de si uma grande carreira como orador. Nas noites de sexta-feira, quando havia reuniões da Liga, ele costumava falar mas como não sabia irlandês muito bem

* Palavra que deriva de *Seóinin*, ou "pequeno John", termo abusivo empregado pelos irlandeses para qualificar indivíduos que imitavam a linguagem e a cultura de Seón Bhuide, ou no termo celebrizado por George Bernard Shaw, John Bull, caricatura de um senhor robusto, geralmente trajando um colete com a bandeira do Reino Unido, e que personifica a Grã-Bretanha, sobretudo a Inglaterra. [N. do T.]

† A língua inglesa. [N. do E.]

sempre se desculpava no início do discurso por se dirigir aos ouvintes no idioma do "Saxão Espiritual".[30] No final de cada discurso citava versos. Tinha por hábito ridicularizar o Trinity College e o Partido Parlamentarista Irlandês. Recusava-se a aceitar como patriotas homens que tinham jurado fidelidade à Rainha da Inglaterra e recusava-se a aceitar como universidade nacional uma instituição que não expressava as convicções religiosas da maioria do povo irlandês. Seus discursos eram sempre vigorosamente aplaudidos e Stephen ouviu pessoas na plateia dizerem que tinham certeza que ele seria um sucesso nos tribunais. Ao averiguar, Stephen descobriu que Hughes, filho de um advogado nacionalista originário de Armagh, cursava Direito em King's Inns.

As aulas de irlandês que Stephen frequentava eram ministradas numa sala com mobiliário escasso e iluminada por uma lâmpada a gás cujo globo estava quebrado. Acima do console da lareira pendia o retrato de um religioso barbudo que, conforme Stephen ficou sabendo, chamava-se padre O'Growney. A turma era formada por principiantes e a idiotice de dois rapazes retardava o aproveitamento. Os demais alunos aprendiam rapidamente e estudavam com afinco. Stephen achava muito complicado[31] pronunciar as guturais mas fazia o melhor possível. A turma era bastante séria e patriótica. A única vez que Stephen percebeu o grupo inclinado à leviandade foi durante uma lição que apresentava a palavra "*gradh*". As três jovens riram e os dois rapazes idiotas riram, achando engraçada a palavra irlandesa correspondente a "amor" ou talvez a noção em si. Mas Mr. Hughes e os outros três rapazes e Stephen se mantiveram sérios. Quando a excitação causada pela palavra tinha passado, a atenção de Stephen se voltou para o mais jovem dos dois rapazes idiotas, ainda intensamente corado. O rubor prosseguiu durante tanto tempo que Stephen começou a ficar nervoso. O jovem ficou cada vez mais constrangido e, o que era pior, todo o constrangimento era causado por ele próprio, pois na turma, além de Stephen, ninguém parecia notá-lo. Ele se manteve corado até o final da aula, jamais erguendo os olhos do livro, e sempre que tinha uma chance de usar o lenço fazia-o sorrateiramente com a mão esquerda.

As reuniões nas noites de sexta-feira eram públicas e amplamente apadrinhadas por sacerdotes. Os organizadores traziam relatos de diferentes distritos e os padres faziam discursos de exortação. Os rapazes eram então chamados para cantar em irlandês e, chegada a hora do encerramento, todos se levantavam e entoavam o "Canto da luta". As damas então começavam a tagarelar enquanto os cavalheiros ajudavam-nas a vestir os casacos. Um cidadão robusto, de barba negra, que sempre usava chapéu de aba larga e um longo cachecol verde-vivo, era figura constante nessas reuniões.* No momento em que o grupo se retirava ele costumava se ver cercado de rapazes que, diante do seu tamanho, pareciam magrinhos. Tinha voz de boi e podia ser ouvido à longa distância, fazendo denúncia e escárnio. Seu círculo era o centro-separatista e ali reinava o temperamento irreconciliável. O quartel-general ficava na tabacaria do Cooney onde os filiados se reuniam todas as noites na Sala de Fumar, falando alto em irlandês e fumando cachimbo de haste longa. Diante do círculo, Madden, que era capitão de uma equipe de *hurley*,† apresentava relatos acerca das condições físicas dos jovens irreconciliáveis sob seu comando, e o editor do semanário do partido irreconciliável‡ relatava quaisquer sinais de filoceltismo por ele constatados nos jornais de Paris.

Todas essas pessoas consideravam a liberdade seu maior anseio; os filiados eram democratas ferrenhos. A liberdade pela qual ansiavam era sobretudo a liberdade de costumes e linguagem: e Stephen mal podia compreender como um pobre espantalho de liberdade era capaz de levar seres humanos sinceros a se ajoelharem em sinal de adoração. Assim como na residência da família Daniel ele tinha visto gente brincando de ser importante, aqui ele via gente brincando de ser livre. Ele percebia que muitos absurdos políticos resultavam da falta de uma adequada capacidade de comparação por parte dos homens públicos. Os oradores do referido partido político não se acanhavam de citar os precedentes da Suíça e da França. Os centros inteligentes do movimento eram tão mal supridos que as analogias por eles apresentadas como exatas e potentes eram na realidade analogias construídas aleatoriamente com base em conhecimento bastante inexato. O brado de um único francês ("*A bas l'Angleterre*") numa reunião celta em Paris seria transformado por aqueles entusiastas no tema de um artigo importante no qual ficaria demonstrada a iminência do auxílio à Irlanda oferecido pelo governo francês. Um exemplo brilhante para a Irlanda era o caso da Hungria, um exemplo, conforme imaginavam os patriotas, de uma minoria sofredora de longa data, que tinha todo o direito a uma liberdade separatista, e que

* Trata-se de Michael Cusack, o "Cidadão" que aparece em *Ulisses*, e fundador da Associação Atlética Gaélica. [N. do E.]

† Nome do taco de madeira (*camàn* em irlandês) utilizado para rebater a pequena bola de couro (*sliotar*) no jogo de *hurling*, muito popular na Irlanda. [N. do T.]

‡ Trata-se de Arthur Griffith, editor do *United Irishman*. [N. do E.]

finalmente alcançara a emancipação. Na tentativa de igualar tal façanha jovens gaélicos entravam em conflitos homicidas no Phoenix Park, com seus tacos de *hurley*, triplamente armados em sua luta justa, de vez que a revolução lhes fora abençoada pelo Ungido, e os mesmos jovens se inflamavam de indignação diante da presença indesejada de qualquer jovem cético que estivesse ciente das agressões praticadas pelos magiares contra as populações latinas, eslavas e teutônicas, mais numerosas e politicamente a eles aliadas, e ciente da força de um único regimento de infantaria capaz de dominar uma cidade de vinte mil habitantes.

Stephen disse a Madden certa vez:

— Suponho que essas partidas de *hurley* e as caminhadas sejam uma preparação para o grande evento.

— Tem mais coisa acontecendo na Irlanda atualmente do que você imagina.

— Mas qual é a utilidade dos *camàns*?

— Ora! Você sabe, nós queremos elevar a condição física do país.

Stephen refletiu durante um momento e então disse:

— Acho que o governo inglês está sendo muito bom com vocês nesse particular.

— Como assim, pergunto eu?

— O governo inglês se dispõe a levá-los todo verão, em grupos, para diversos campos de treinamento de milícias, ensiná-los a manejar armas modernas, adestrá-los, alimentá-los, remunerá-los e então mandá-los de volta para casa depois da conclusão das manobras.

— E daí?

— Isso não seria melhor para os rapazes do que treinos de *hurley* no parque?

— Você está dizendo que gostaria de ver os rapazes da Liga Gaélica trajando uniforme de soldado inglês, jurando lealdade à Rainha e aceitando o dinheiro dela?

— Veja o seu amigo, Hughes.

— O que tem ele?

— Qualquer dia desses vai se tornar um advogado, filiado ao Conselho da Rainha, talvez venha a ser juiz... mas ele zomba do Partido Parlamentarista porque os membros prestam o juramento.

— A lei é lei no mundo inteiro... é preciso haver quem a administre, especialmente aqui, onde as pessoas não têm amigos no Tribunal.

— Balas são balas, também. Não entendo bem a distinção que você faz entre administrar a lei inglesa e administrar balas inglesas: ambas as profissões praticam o mesmo juramento de lealdade.

— Em todo caso, é melhor o indivíduo levar uma vida que a civilização considere humana. É melhor ser advogado do que ser soldado inglês.

— Você considera a carreira militar algo desonroso. Por que, então, vocês têm o Clube Sarsfield, o Clube Hugh O'Neill, o Clube Red Hugh?*

— Ah, lutar pela liberdade é diferente. Outra coisa é se rebaixar e servir ao próprio tirano, fazer-se escravo do tirano.

— Então, diga-me, quantos dos seus integrantes da Liga Gaélica estão se preparando para a Segunda Divisão† e esperando promoção no serviço público?

— Isso é diferente. Eles são apenas funcionários civis: eles não são...

— Civis coisa nenhuma! Prestam juramento ao governo, e são pagos pelo governo.

— Ah, bem... é claro que se você vai olhar a questão por esse ângulo...

— E quantos parentes dos membros da Liga Gaélica integram a força policial? Até eu conheço quase dez dos seus amigos cujos pais são inspetores de polícia.

— É injusto acusar um homem porque seu pai foi fulano de tal. Filho e pai muitas vezes têm ideias diferentes.

— Mas os irlandeses gostam de se gabar da sua fidelidade às tradições herdadas na juventude. Como vocês são fiéis à Mãe Igreja! Por que não seriam igualmente fiéis à tradição do capacete assim como à do barrete?

— Somos fiéis à Igreja porque é a nossa Igreja nacional, a Igreja pela qual a nossa gente sofreu no passado e sofreria no futuro. A polícia é diferente. Para nós, ela é estrangeira, traidora, opressora do povo.

---

* Associações que homenageavam heróis militares irlandeses. Patrick Sarsfield (morto em 1693) foi general na guerra contra o Rei Guilherme III e foi idolatrado à época por irlandeses de todas as classes. Hugh O'Neill, Conde de Tyrone (1540?–1616) foi o mais capaz e célebre dos líderes irlandeses na guerra contra a Inglaterra. Red Hugh — Hugh Roe O'Donnell (1571?–1602) — foi parceiro de O'Neill. Foi também o último dos reis gaélicos. [N. do E.]

† Célebre divisão do exército britânico, organizada em 1809 por Sir Arthur Wellesley, mais tarde Duque de Wellington. [N. do T.]

— O velho camponês lá no interior não parece concordar com a sua opinião quando conta as notas engorduradas e diz: "Vou pedir ao padre pra apertar o Tom e pedir ao tira pra apertar o Mickey".

— Suponho que você tenha ouvido essa frase em alguma peça que põe em cena o "irlandês típico". Isso é calúnia contra os nossos compatriotas.

— Não, não, é sabedoria do camponês da Irlanda: ele compara os pesos do padre e do tira e a comparação é muito útil, pois ambos são bastante avantajados. Um sistema de compensação!

— Nenhum britânico-ocidental* poderia falar tão mal assim dos seus conterrâneos. Você está simplesmente expressando velhas calúnias azedas: o irlandês bêbado, o irlandês com cara de babuíno que vemos na *Punch*.†

— Eu falo do que vejo à minha volta. Os donos de bares e de casas de penhores que vivem da miséria do povo gastam parte do dinheiro que ganham custeando o ingresso dos filhos e das filhas nas ordens religiosas para que a prole possa rezar por eles. Um dos seus professores da Universidade de Medicina, ocupante da cadeira de Ciência Sanitária ou Medicina Forense, ou algo assim... sabe Deus... é ao mesmo tempo senhorio de uma rua cheia de bordéis que fica a menos de uma milha de onde estamos agora.

— Quem lhe contou isso?

— Um passarinho.

— É mentira!

— Sim, é uma contradição, o que eu chamo de compensação sistemática.

As conversas de Stephen com os patriotas não eram sempre tão sérias assim. Nas noites de sexta-feira ele se encontrava com Miss Clery, ou, agora que ele voltara ao primeiro nome, Emma. Ela residia perto de Portobello e quando o encontro não se estendia muito, ela seguia até em casa a pé. Muitas vezes ela se demorava conversando com um jovem religioso, baixinho, padre Moran, dono de farta cabeleira negra e cacheada e olhos negros expressivos. O jovem padre era pianista e cantava canções sentimentais e por muitos motivos era benquisto pelas

---

* Termo pejorativo usado para qualificar irlandeses simpatizantes da Inglaterra. [N. do T.]

† Revista britânica de humor e sátira, famosa por suas charges de caráter político e social, a *Punch* foi fundada em 1841 e existiu até 2002. [N. do T.]

damas. Stephen costumava observar Emma e o padre Moran. Padre Moran, cuja voz era de tenor, certa vez elogiou Stephen dizendo que muita gente elogiara sua voz e afirmando que seria um prazer poder ouvi-lo um dia. Stephen retribuiu a observação, acrescentando que Miss Clery lhe falara do prodígio que era a voz *dele*. Diante disso o padre sorrira e dirigira a Stephen um olhar astuto. "Não se pode crer em todos os elogios das damas", ele dissera. "As damas são um tanto propensas a... digamos... fabulações, acho eu". E aqui o padre tinha mordido seu rosado lábio inferior, expondo dois dentinhos brancos parelhos, sorrindo com seu olhar expressivo, propiciando uma impressão tão nítida de ser um sujeito comum, amável e sensível, que Stephen teve vontade de dar-lhe um tapinha nas costas em sinal de admiração. Stephen continuara a falar durante mais alguns minutos e, em dado momento, quando a conversa tocara em questões irlandesas, o padre se tornara bastante sério e dissera, com plena devoção: "Ah, sim. Deus abençoe a obra!". Padre Moran não era amante dos velhos cantos enfadonhos, conforme disse a Stephen. Evidentemente, ele disse, é uma música grandiosa música de estilo austero (*sic*). Mas defendia a opinião de que a Igreja não deveria ser excessivamente sombria e disse que não se podia esperar que as pessoas aceitassem música austera de bom grado, que precisavam de uma música religiosa mais humana do que o canto gregoriano e concluiu aconselhando Stephen a aprender a canção "The Holy City", de Adams.

— Eis uma canção, linda, repleta de uma melodia adorável e ao mesmo tempo... religiosa. Tem sentimento religioso, comovente melodia, força... alma, deveras.

Observando o jovem padre e Emma juntos, Stephen experimentava um estado perturbador de indignação. Não que ele sofresse com isso mas o espetáculo lhe parecia típico da ineficácia irlandesa. Muitas vezes sentia os dedos coçando. Os olhos do padre Moran eram tão translúcidos e afetuosos, e Emma absorvia-lhe o olhar com uma atitude tão corajosa de um orgulho carnal tão despreocupado, que Stephen tinha vontade de empurrar um para os braços do outro e assim escandalizar o recinto, embora soubesse que tal generosidade impessoal lhe causaria grande dor. Emma permitiu que ele a levasse em casa diversas vezes mas não parecia ter se guardado para ele. O jovem magoou-se por isso pois acima de tudo detestava ser comparado aos outros e, se o corpo dela não parecesse algo pleno de prazer, ele teria preferido ser acintosamente ignorado. A princípio, os modos espalhafatosos da jovem o afrontavam, até que a mente dele compreendeu a fundo a estupidez da mente dela.

Ela criticava severamente as irmãs Daniel, supondo, para desconforto de Stephen, que o temperamento dele fosse idêntico ao delas. Ela exibia seus saberes e perguntava a Stephen se ele não poderia convencer o reitor da universidade a admitir mulheres à instituição. Stephen disse a ela que falasse com McCann, o campeão das mulheres. Ela riu e disse com um desânimo sincero: "Ora, francamente, mas ele não é um artista horrível?". Ela tratava femininamente tudo aquilo que os rapazes supostamente levavam a sério mas abria uma polida exceção para o próprio Stephen e o Renascimento Gaélico. Perguntou-lhe se ele não apresentaria um ensaio e qual seria o teor do texto. Daria tudo para ouvi-lo: adorava teatro e uma cigana certa vez lera sua mão e dissera que ela seria atriz. Tinha visto pantomima três vezes e perguntou a Stephen o que ele mais apreciava numa pantomima. Stephen disse que gostava de um bom palhaço mas ela disse que preferia balés. Em seguida quis saber se ele costumava ir a bailes e insistiu para que ele tomasse aulas de dança irlandesa, num grupo do qual ela participava. Os olhos dela começaram a imitar a expressão dos olhos do padre Moran — uma expressão imbuída de terno significado quando a conversa atingia o nível mais reles de banalidade. Muitas vezes enquanto caminhava ao lado dela Stephen se perguntava como ela teria passado o tempo desde a última vez que a vira e felicitava-se por ter obtido uma impressão dela quando ela se encontrava em seu melhor momento. No fundo, deplorava a mudança nela ocorrida pois nada lhe agradaria mais do que uma aventura agora, mas sentia que nem mesmo aquele corpo quente e volumoso compensaria o atrevimento constrangedor e a afetação burguesa. Sentia-se capaz de detectar, no cerne da atitude dela, uma provocadora má vontade e achava que compreendia o motivo. Ele arquivara o momento na memória, a figura e o cenário em seu salão do tesouro, e a evocação dos três dera origem a páginas de versos lamentáveis. Numa noite de chuva quando as ruas estavam intransitáveis para pedestres, ela pegou o bonde de Rathmimes, em Pillar, e quando, de pé no degrau, estendeu-lhe a mão agradecendo-lhe a gentileza e desejando-lhe boa-noite, o episódio da infância pareceu magnetizar as mentes de ambos no mesmo instante. A alteração das circunstâncias tinha revertido as posições dos dois, propiciando vantagem a ela. Ele pegou-lhe a mão carinhosamente, acariciando, uma a uma, as três linhas no dorso da luva de pelica e contando-lhe as articulações dos dedos, acariciando também o seu próprio passado, em relação ao qual aquele incôngruo inimigo de legados[32] era sempre leniente. Trocaram um sorriso; e mais uma vez no cerne daquela amabilidade ele detectou certa má vontade e desconfiou que, segundo o código de honra por ela observado, ela era obrigada a insistir na complacência dos homens e a desprezá-lo por essa mesma complacência.

XVIII

A leitura do ensaio de Stephen foi marcada para o segundo sábado de março. Entre o Natal e essa data ele teria portanto tempo suficiente para praticar as devidas abstinências. Os quarenta dias foram dedicados a caminhadas solitárias e fortuitas durante as quais ele criava sentenças. Assim ele apreendeu o ensaio inteiro na cabeça da primeira à última palavra antes de pôr qualquer trecho no papel. Ao pensar no ensaio ou ao arquitetar-lhe a forma ele se sentia bastante tolhido se estivesse sentado. O corpo lhe doía e ele adotou o expediente de amenizar a dor por meio de leves caminhadas. Às vezes durante as caminhadas ele perdia a linha de pensamento e sempre que o vazio da mente parecia irrecuperável, ele impunha ordem ao raciocínio recorrendo a fervores ejaculatórios. As caminhadas matinais eram críticas, as caminhadas noturnas criativas e tudo que à noite fosse considerado plausível era sempre examinado com rigor à luz do dia. Essas perambulações no deserto abrangiam diversos lugares e Mr. Dedalus certa vez perguntou ao filho por que diabo ele tinha ido até Dolphin's Barn.* Stephen disse que tinha percorrido um trecho do caminho até em casa na companhia de um colega da universidade, ao que Mr. Dedalus comentou que o tal colega poderia até morar no condado de Meath, de tanto que andava. A nenhum conhecido encontrado nessas caminhadas era concedida a liberdade de se intrometer nas reflexões do jovem por meio de conversas banais — fato que as pessoas pareciam logo reconhecer devido à saudação formal que recebiam. Stephen ficou portanto bastante surpreso certa noite, quando ao passar diante da Escola dos Irmãos Cristãos, na North Richmond Street, sentiu que lhe puxavam o braço por trás e ouviu uma voz dizer com certa rispidez:

— Olá, Dedalus, meu velho... é você?

---

* Bairro de Dublin, situado a sudoeste da cidade. O nome deriva de uma família (Dolphyn) que possuía um armazém no local. [N. do T.]

Stephen virou-se e viu um jovem de estatura elevada com a pele cheia de erupções todo vestido de preto. Ele fitou o rapaz por alguns instantes, tentando se lembrar do rosto.

— Não se lembra de mim? Nós já nos conhecemos.

— Ah, sim, agora eu me lembro — disse Stephen. — Mas você mudou.

— Você acha?

— Eu não o reconheceria... Você está... de luto?

Wells riu.

— Ora! Essa é boa. Evidentemente, você não é capaz de reconhecer a sua Igreja.

— O quê? Não vai me dizer que...

— É fato, meu velho. Estou em Clonliffe no momento. Estive lá em Balbriggan* hoje, de licença: o patrão está muito mal. Pobre velhote!

— Ah, não me diga!

— Você agora está lá para os lados do Green; o Boland me disse. Você o conhece? Ele disse que você foi colega dele no Belvedere.†

— Ele também entrou? Sim, eu o conheço.

— Ele o admira muito. Diz que hoje em dia você é um literato.

Stephen sorriu sem saber que assunto abordar em seguida. Perguntava-se até onde o seminarista que falava tão alto pretendia acompanhá-lo.

— Você não quer me acompanhar até mais um pouco adiante? Acabo de descer do trem em Saint Amiens. Estou a caminho do jantar.

— Certamente.

Então caminharam lado a lado.

— Então, o que você tem feito? Tem se divertido, certo? Lá em Bray?

— Ah, o mesmo de sempre — disse Stephen.

— Eu sei: eu sei. Atrás das garotas da esplanada, não é? Brincadeira boba, meu velho, brincadeira boba! Cansa.

— Você se cansou, obviamente.

---

* Clonliffe é uma área ao norte de Dublin, entre Ballybough e Drumcondra. Balbriggan é uma cidade ao norte de Dublin que atualmente faz parte do condado de Fingal. Clonliffe College, fundado em 1854, é seminário católico diocesano de Dublin. [N. do T.]

† Colégio para meninos, localizado no centro de Dublin, fundado pelos jesuítas em 1832. [N. do T.]

— Acho que sim: o tempo também... Tem visto os rapazes de Clongowes?*

— Nunca. Nenhum.

— É assim mesmo. Perdemo-nos uns dos outros depois que saímos. Lembra-se do Roth?

— Sim.

— Está na Austrália agora... bandoleiro... vive no mato, ou algo assim. Você vai trabalhar com literatura, suponho.

— Não sei exatamente com o que vou trabalhar.

— Já sei: já sei. Quer ficar livre, não é mesmo? Já vivi essa fase.

— Não, não é bem isso... — Stephen começou.

— Ah, claro que não! — disse Wells rapidamente com uma gargalhada.

Ao passar por Jones's Road viram um cartaz espalhafatoso com cores berrantes anunciando uma peça melodramática. Wells perguntou se Stephen tinha lido *Trilby*.†

— Não leu? Livro famoso, sabe; o estilo seria do seu agrado, eu acho. É claro que é um pouco... triste.

— Como assim?

— Ah, bem, você sabe... Paris, você sabe... artistas.

— Ah, é esse o gênero do livro?

— Nada de muito errado com o livro... que eu visse. Mas tem gente que o considera um pouco imoral.

— Não está disponível na biblioteca em Clonliffe?

— Não, sem chance... Como eu queria estar fora do show!

— Você está pensando em sair?

— No ano que vem... talvez neste ano... vou estudar teologia em Paris.

— Você não vai se arrepender, imagino.

— Pode apostar. Show horrível... aquele lugar. A comida não é das piores, mas é tão chato, você sabe.

— Tem muitos alunos lá atualmente?

— Ah, sim... não me envolvo muito com eles, você sabe... Tem muita gente.

---

* Colégio interno para meninos, localizado perto de Clane, no condado de Kildare, e fundado pelos jesuítas em 1814. [N. do T.]

† Romance escrito por George du Maurier (pai de Daphne du Maurier) e publicado em 1894. [N. do T.]

— Imagino que qualquer dia desses você se tornará pároco.

— Espero que sim. Você precisa ir me visitar, quando eu for pároco.

— Muito bem.

— Quando você se tornar um grande escritor... como o autor de um segundo *Trilby*, ou algo assim... você não quer entrar?

— É permitido?

— Ah, comigo... você entra, não se preocupe.

Os dois jovens entraram nas dependências do Seminário e seguiram pelo caminho circular utilizado pelas carruagens. A noite estava úmida e bastante escura. Sob a luz incerta, alguns dos mais aventureiros podiam ser vistos jogando bola num pequeno beco lateral, as batidas da bola molhada no muro do beco alternando-se com os gritos vigorosos. A maioria dos alunos caminhava por ali em pequenos grupos, alguns usando as boinas na parte posterior da cabeça quase tocando a nuca e outros suspendendo as batinas, conforme fazem as mulheres com as saias ao atravessarem uma rua lamacenta.

— Você pode entrar com quem quiser? — perguntou Stephen.

— Companheiros não são permitidos. A gente tem que se juntar ao primeiro grupo que encontra.

— Por que você não entrou para a ordem jesuíta?

— Não, sem chance, meu jovem. Dezesseis anos de noviciado e sem perspectiva de se fixar num lugar. Hoje aqui, amanhã ali.

Enquanto contemplava o grande bloco quadrado de pedra que diante deles se agigantava através da luz fraca, Stephen regressou mentalmente à vida de seminarista que levara durante tantos anos, e chegou à compreensão das atividades restritas às quais ele agora a qualquer momento seria capaz de emprestar o espírito de um estranho perspicaz e solidário. Logo reconheceu a mente marcial da Igreja Irlandesa no estilo daquelas instalações eclesiásticas. Em busca de sinais de elevação moral, olhou em vão os rostos e as figuras das pessoas que por ele passavam: todas se mostravam intimidadas sem serem humildes, elegantes sem serem simplórias. Alguns alunos cumprimentaram Wells mas por tal cortesia ganharam um agradecimento discreto. Wells queria fazer Stephen entender que ele desprezava os colegas e que não era sua culpa se eles o consideravam uma pessoa importante. Ao pé da escadaria de pedra virou-se para Stephen:

— Preciso entrar um pouco e falar com o diretor. Acho que já é tarde demais para eu lhe mostrar o show hoje à noite...

— Ah, claro. Noutra ocasião.

— Você pode esperar por mim. Siga por ali, em direção à capela. Não vou demorar mais que um minuto.

Fez um sinal com a cabeça, indicando uma despedida temporária e subiu correndo os degraus. Stephen andou na direção da capela refletindo e chutando uma pedra branca e achatada ao longo de um caminho de seixos cinzentos. Não se deixaria enganar pelas palavras de Wells e não aceitaria a ideia de que aquele jovem fosse um tipo malicioso. Sabia que Wells tinha exagerado em suas reações a fim de disfarçar a mortificação ao encontrar alguém que não renunciara ao mundo, à carne e ao diabo, e suspeitava que, se houvesse qualquer tendência de oscilação na alma daquele jovem que não tinha papas na língua, a mão de ferro da disciplina da Igreja interviria com firmeza para restabelecer o equilíbrio. Ao mesmo tempo Stephen sentia-se bastante indignado que alguém esperasse que ele confiasse dificuldades de ordem espiritual a um confessor daqueles ou que recebesse com sentimento de fé qualquer sacramento ou bênção das mãos dos jovens seminaristas que ele via caminhando por ali. Não era qualquer orgulho pessoal que o impedia mas o reconhecimento da incompatibilidade das duas naturezas, uma treinada na observação repressiva de uma crença, a outra equipada com uma visão cujo ângulo jamais se ajustaria à percepção de alucinações e com uma inteligência que tanto amava o riso quanto o combate.

A névoa noturna começava a se tornar espessa transformando-se em chuva lenta e fina e Stephen se deteve ao final de uma trilha estreita ao lado de alguns arbustos, observando um pingo de chuva cintilar na ponta de uma folha e finalmente mergulhar no barro encharcado. Perguntou-se se estaria chovendo em Westmeath.[33] Lembrava-se de ter visto o gado agrupado pacientemente entre as cercas vivas e fedendo na chuva. Um pequeno grupo de alunos passou do outro lado dos arbustos de loureiro: conversavam:

— Mas vocês viram Mrs. Bergin?

— Ah, eu vi... com um boá preto e branco.

— E as duas irmãs Kennedy estavam lá.

— Onde?

— Bem atrás do Trono do Arcebispo.

— Ah, eu vi... uma delas. Ela não estava usando um chapéu cinza enfeitado com um pássaro?

— Era ela mesmo! Parece uma dama, não é?

O pequeno grupo seguiu seu caminho. Poucos minutos depois outro grupo passou detrás dos arbustos. Um seminarista falava e os demais ouviam.

— Sim, e astrônomo também: foi por isso que ele tinha aquele[34] observatório lá, ao lado do palácio. Uma vez ouvi um padre dizer que os três maiores homens da Europa eram Gladstone, Bismarck (o grande estadista alemão) e o nosso próprio Arcebispo... em termos de qualidades gerais. Ele o conheceu em Maynooth. Ele disse que em Maynooth...

As palavras do estudante se perderam em meio ao ruído das botas pesadas no cascalho. A chuva se alastrava e ficava mais intensa e os grupos de alunos errantes voltavam seus passos na direção do seminário. Stephen manteve-se em seu posto e finalmente viu Wells chegando às pressas: tinha trocado as roupas de sair por uma batina. Parecia bastante arrependido e mostrou-se menos informal. Stephen queria que ele entrasse com os demais mas ele insistiu em acompanhar o visitante até o portão. Pegaram um atalho ao lado do muro e logo se viram em frente à guarita. A porta lateral[35] estava fechada e Wells chamou a mulher encarregada da guarita, pedindo-lhe que abrisse a porta e deixasse o cavalheiro sair. Então cumprimentou Stephen e insistiu para que ele voltasse. A encarregada da guarita abriu a porta lateral e Wells espiou o lado de fora, durante um ou dois segundos, quase com inveja. Então disse:

— Bem, adeus, meu velho. Preciso entrar agora. Foi ótimo revê-lo... rever alguém do grupo de Clongowes, você sabe. Comporte-se: preciso correr. Adeus.

Suspendendo a batina e correndo meio desajeitado pela via de acesso,[36] ele parecia um fugitivo, estranho, quase criminoso, na noite sombria. Os olhos de Stephen seguiram durante alguns instantes a figura que corria: e ao passar pela porta e sair à rua iluminada ele sorriu do seu próprio impulso de piedade.*

* No manuscrito, as palavras "Fim do segundo episódio de v" aparecem aqui em lápis vermelho, uma reflexão posterior; de início, o manuscrito não tinha qualquer quebra ou divisão de capítulo aqui. [N. do E.]

XIX

Ele sorriu porque aquele amadurecimento lhe pareceu tão inesperado — aquela piedade — ou melhor, aquele impulso de piedade, pois ele tão-somente contemplara a ideia de piedade. Mas tinha sido a proeza do ensaio que lhe propiciara uma satisfação tão amadurecida como o sentimento de piedade pelo próximo. Stephen tinha o hábito da completude em relação a várias coisas: o ensaio não era absolutamente uma demonstração de polidez. Ao contrário, destinava-se seriamente a definir para ele a sua própria posição. Ele não conseguia se convencer de que, se circundasse o tema de modo superficial ou o abordasse a partir de uma perspectiva impressionista, o resultado seria positivo. Por outro lado convenceu-se de que ninguém prestaria um serviço tão valioso à geração à qual ele pertencia como aquele que a ela oferecesse, fosse em sua arte ou em sua vida, o dom da certeza. O programa dos patriotas enchia-o de dúvidas bastante razoáveis; os artigos do referido programa não obtinham qualquer assentimento intelectual da parte dele. Ademais, ele sabia que concordar implicaria, para ele, submeter tudo o mais aos interesses do programa e que ele seria portanto obrigado a corromper as fontes da especulação em suas nascentes. Recusava-se por conseguinte a aceitar qualquer tarefa que o forçasse a comprometer o sucesso por meio de juramentos em prol da pátria e essa recusa ensejou uma teoria da arte que era ao mesmo tempo austera e liberal. A Estética de Stephen era predominantemente uma aplicação de Aquino, e ele a definiu de modo simples com um ar ingênuo de quem descobre novidades. Assim procedeu, em parte, para satisfazer seu próprio gosto por papéis enigmáticos e, em parte, devido a uma predisposição sincera a favor de tudo,[37] exceto as premissas da Escolástica. Proclamou de início que a arte era a disposição humana de matéria inteligível ou sensível para fins estéticos, e anunciou também que todas essas disposições humanas se dividem necessariamente em três tipos naturais: lírico, épico e dramático. A arte lírica, ele dizia, é aquela por meio da qual o artista apresenta sua imagem diretamente em relação a si mesmo; a arte épica é aquela por meio da qual o artista apresenta sua imagem em relação imediata a si mesmo e terceiros; e a arte dramática é aquela por meio da qual o artista apresenta sua imagem em relação imediata a terceiros. As diferentes formas de arte, como a música, a escultura e a literatura, não apresentam essa divisão com a mesma clareza e ele concluiu, a partir dessa noção, que aquelas formas de arte que propiciam a divisão mais nitidamente deveriam ser consideradas as mais excelentes: e não se deixou perturbar muito pelo fato de não ser capaz de decidir se um retrato seria ou não uma obra de arte épica ou se um arquiteto poderia ser, de acordo com sua própria vontade, um poeta lírico, épico ou dramático. Estabelecendo por esse processo simples a forma literária da arte como a mais excelente, ele passou a examiná-la à luz da sua teoria, ou, conforme ele colocava, passou a estabelecer as relações subsistentes entre a imagem literária, a obra de arte em si, e a energia que a imagina e a concretiza, ou seja, aquele centro de vida consciente, reflexiva, singular: o artista.

O artista, ele imaginava, posicionando-se como mediador entre o mundo das suas experiências e o mundo dos seus sonhos — um mediador, consequentemente, dotado de dupla aptidão, uma aptidão seletiva e uma aptidão reprodutiva. Equacionar essas aptidões era o segredo do sucesso artístico: o artista capaz de livrar a alma sutil de uma imagem que reflete o emaranhado das circunstâncias que a definem com mais exatidão e reincorporá-la a circunstâncias artísticas selecionadas como as mais propícias seria o artista supremo. A perfeita coincidência dessas duas aptidões artísticas era o que Stephen chamava de poesia e ele pensava o domínio da arte segundo o formato de um cone. O termo "literatura" agora lhe parecia um termo depreciativo e ele o empregava para designar a extensa região mediana situada entre o ápice e a base, entre a poesia e o caos dos escritos esquecidos. O mérito residia na representação da exterioridade; o reino dos príncipes dessa extensa região era o reino dos hábitos e costumes das sociedades — um vasto reino. Mas a sociedade em si, ele pensava, é um corpo complexo envolto e embrulhado em determinadas leis e portanto ele proclamava que o campo do poeta era o campo dessas leis inalteráveis. É possível que tal teoria levasse facilmente o respectivo inventor à aceitação da anarquia espiritual na literatura se ele ao mesmo tempo não insistisse no estilo clássico. O estilo clássico, ele dizia, é o silogismo da arte, o único processo legítimo de um mundo ao outro. O classicismo não é o estilo de uma era determinada ou de um país determinado: é um estado constante da mente artística. É um temperamento que mescla segurança, satisfação e paciência. O temperamento romântico, tão frequente e dolorosamente mal interpretado, não mais por outros temperamentos do que por si próprio, é inseguro, insatisfeito e impaciente, um temperamento que não vê aqui um domicílio adequado aos seus ideais e que portanto opta por contemplá-los de acordo com imagens insensíveis. O resultado dessa opção é que tal temperamento acaba por desconsiderar certas limitações. Suas imagens são infladas, tornando-se aventuras desenfreadas, carecendo da gravidade dos corpos sólidos, e a mente que as concebe acaba por renegá-las. O temperamento clássico por outro lado, sempre cioso de suas limitações, opta por se debruçar sobre coisas presentes e assim por trabalhá-las e moldá-las para que a inteligência vivaz possa transcendê-las e alcançar-lhes o significado ainda não expresso. Nesse método, o espírito saudável e jubiloso avança e atinge uma perfeição imperecível, sob a assistência da natureza, com sua boa vontade e gratidão. Pois enquanto este lugar na natureza nos for concedido, é correto que a arte não cometa qualquer violência contra esse dom.

No contexto dessas duas escolas antagônicas, a cidade das artes se tornara maravilhosamente intranquila. A muitos espectadores a contenda parecera dizer respeito à nomenclatura, uma batalha cujo resultado era impossível de ser previsto. Se somarmos a isso hostilidades mortais — a escola clássica lutando contra o materialismo que a acompanha, e a escola romântica lutando para resguardar a coerência —, contemplaremos o modo indelicado com que a crítica é forçada a reconhecer o surgimento de qualquer façanha. O crítico é o indivíduo que, a partir dos sinais fornecidos pelo artista, é capaz de perceber o temperamento que criou a obra e enxergar o que nela é bem feito e o que ela significa. Para ele uma canção de Shakespeare, que parece livre e cheia de vida, tão distante de qualquer propósito consciente quanto a chuva que cai sobre um jardim ou as luzes da noite, revela-se como o discurso rítmico de uma emoção que de outra forma seria incomunicável, ou então menos comunicável. Mas perceber o temperamento que criou a obra é um ato de reverência diante do qual muitas convenções precisam ser primeiramente suspensas, pois é certo que o interior jamais revelará seus segredos a quem estiver enredado em profanações.

Entre essas profanações Stephen destacou o velho princípio de que o objetivo da arte é instruir, elevar e entreter. "Não encontro um vestígio sequer dessa concepção puritana do objetivo estético na definição que Aquino confere ao belo", ele escreveu, "nem em qualquer dos seus escritos acerca do belo. As características por ele esperadas da beleza possuem uma natureza deveras tão abstrata e comum que é impossível até para o seguidor mais ferrenho utilizar a teoria de Aquino com o propósito de atacar qualquer obra de arte que tenha saído das mãos de qualquer artista". Tal reconhecimento do belo, em virtude das relações mais abstratas propiciadas por um objeto ao qual o termo possa ser aplicado, longe de possibilitar qualquer respaldo a uma ordem do tipo *Noli*

Tangere,* não passava de uma consequência justa da supressão de todas as interdições do artista. Os limites da decência se insinuam prontamente ao especulador moderno e o efeito de tais limites é incentivar a mente profana rumo a uma jurisdição bastante inútil. Afinal, é preciso deixar absolutamente claro na mente do público que a tradição da arte está com os artistas e que, embora os artistas nem sempre pratiquem violações dos limites da decência, a mente do público não tem o direito de concluir que eles não arroguem para si a liberdade de fazê-lo, se quiserem. É absurdo, escreveu o rebelde incendiário, que uma crítica baseada em homilias proíba os caminhos escolhidos pelo artista em sua *revelação* do belo, assim como seria absurdo que um policial proibisse que a soma de dois lados de um triângulo fosse maior do que o terceiro lado.

Em suma, a verdade não é que o artista precise de um documento expedido por um chefe de família autorizando-o a proceder assim ou assado mas que cada época deve sancionar os seus próprios poetas e filósofos. O poeta é o centro intenso da vida em sua época, com a qual ele estabelece uma relação cuja vitalidade é impossível de ser batida. Somente o poeta é capaz de absorver a vida que o cerca e devolvê-la ao mundo exterior em meio à música das esferas. Quando o fenômeno poético é sinalizado no firmamento, exclamava o ensaísta celestial, é hora de o crítico conferir seus cálculos. É hora de reconhecer que aqui a imaginação contemplou intensamente a verdade dos seres do mundo visível e que a beleza, esplendor da verdade, terá nascido. A época, ainda que se enterre em fórmulas e maquinaria, necessita dessas realidades, as únicas que lhe propiciam e lhe preservam a vida, e deve esperar obter desses centros de vivificação a força para viver, a segurança da vida que somente tais realidades podem ensejar. Assim o espírito do homem promove uma afirmação contínua.

Exceto pela conclusão contumaz e arrogante o ensaio de Stephen constituiu a exposição diligente de uma teoria estética diligentemente pensada. Ao concluir o ensaio ele achou necessário alterar o título, de "Drama e Vida" para "Arte e Vida", pois tanto se ocupara de fixar as fundações que não deixara espaço suficiente para erguer a estrutura como um todo. Aquele manifesto estranhamente impopular foi revisto pelos dois irmãos frase por frase e palavra por palavra e finalmente considerado perfeito sob todos os aspectos. O texto foi então guardado com segurança até que chegasse o momento de ser levado a público. Além

* Latim: "Não me toques". Palavras de Jesus a Maria Madalena (João 20:17). [N. do T.]

de Maurice, dois outros simpatizantes tiveram uma prévia do ensaio; tais indivíduos foram a mãe de Stephen e o amigo Madden. Madden não fizera o pedido diretamente mas ao final de uma conversa em que Stephen relatara sarcasticamente a visita ao Seminário Clonliffe, ele se perguntara vagamente que estado de espírito produziria tais irreverências, e Stephen ofereceu-lhe imediatamente o manuscrito, dizendo: "Eis o primeiro dos meus explosivos". Na noite seguinte Madden devolvera o manuscrito e elogiara veementemente a redação. Uma parte do ensaio tinha sido demasiado profunda, ele disse, mas tinha sido possível constatar que o texto estava muito bem escrito.

— Sabe, Stevie — ele disse (Madden tinha um irmão chamado Stephen, e às vezes empregava essa forma íntima) — você sempre disse que eu era um *buachail** e que não consigo entender vocês, rapazes místicos.

— Místico? — disse Stephen.

— No que diz respeito a planetas e estrelas, você sabe. Alguns dos rapazes da Liga pertencem ao grupo místico daqui. Eles logo entenderiam.

— Mas posso lhe dizer que não há nada místico no ensaio. Foi escrito com todo esmero...

— Ah! Isso eu posso constatar. O texto está muito bem escrito. Mas tenho certeza que vai ficar acima do entendimento da plateia.

— Não vai me dizer, Madden, que você acha que se trata de uma composição "floreada"!

— Sei que você refletiu bastante. Mas você é poeta, não é?

— Eu já escrevi... versos... se é isso que você quer dizer.

— Sabia que o Hughes também é poeta?

— O Hughes!

— Sim. Ele escreve para o nosso jornal, sabe? Você quer ver uma amostra da poesia dele?

— Você poderia me mostrar algo?

— Por coincidência, tenho um poema dele no bolso. E tem outro no número da revista *Sword*† que saiu nesta semana. Aqui está: pode ler.

Stephen pegou o papel e leu um poema intitulado "*Mo Náire Tù*" ("Minha vergonha és tu"). O poema continha quatro estrofes e cada estrofe terminava com a frase irlandesa — *Mo Náire Tu* —, sendo que esta

* Isto é: "Menino interiorano". [N. do E.]

† O título do periódico era *An Claidheamh Soluis* ("A espada da luz"). [N. do E.]

última palavra rimava com uma palavra inglesa no verso correspondente. O poema começava:

> Como! A língua maviosa dos galeses
> Há de ceder à gíria dos saxões?

e prosseguia, com versos cheios de patriotismo exaltado, desprezando o irlandês que não aprendesse o velho idioma da sua terra natal. Stephen nada reparou de especial nos versos exceto a frequência de formas como *e'en*, *ne'er* e *thro*, em vez de *even*, *never* e *through*,* e devolveu o papel a Madden sem oferecer qualquer comentário.

— Suponho que você não goste desse poema porque é irlandês demais mas vai gostar deste outro, eu acho, porque é o tipo de coisa mística, idealista, que vocês, poetas, tanto gostam. Só não pode dizer que eu o deixei ver...

— Não, não.

Madden retirou do bolso interno uma folha de papel almaço dobrada em quatro na qual estava escrito um poema que consistia de quatro estrofes de oito versos cada, intitulado "Meu Ideal". Cada estrofe iniciava com as palavras "És real?". O poema falava das agruras do poeta num "vale de lágrimas" e da "aflição" que tais agruras lhe causavam. Falava de "noites enfadonhas" e "dias angustiados", bem como do "anseio insaciável" por uma excelência que transcende "o que a terra pode oferecer". Depois desse idealismo melancólico a estrofe final propiciava ao poeta sofredor uma alternativa consoladora e hipotética: o começo era bastante esperançoso:

> És real, meu Ideal?
> Virás um dia até mim,
> No crepúsculo terno e dócil,
> Com vosso rebento assim?

O efeito dessa[38] visão em Stephen provocou um demorado rubor de raiva. Os versos de mau gosto, a inútil mudança do pronome e a abordagem manca e ridícula ao "Ideal" de Hughes, tudo isso acabrunhado pela presença inexplicável do rebento, somava-se para lhe causar uma dor

---

* Isto é, formas sincopadas, caracterizadas pelo desaparecimento de fonemas no interior da palavra. O objetivo é diminuir o número de sílabas, de modo a permitir determinada metrificação. [N. do T.]

aguda na região sensível. Novamente ele devolveu o poema sem dizer uma palavra de elogio ou crítica e decidiu que não era mais possível assistir às aulas de Mr. Hughes e sentia-se tolo demais para se arrepender de ter cedido ao impulso por simpatia a um amigo.

Quando a solicitação de simpatia inteligente fica sem resposta o disciplinador excessivamente severo se culpa por ter oferecido a um idiota a oportunidade de participar do movimento mais cálido de uma vida bem mais organizada. Portanto, Stephen achava que os empréstimos dos seus manuscritos eram sofisticadas sinalizações feitas com frases. Não considerava sua mãe uma idiota mas o resultado da segunda decepção na busca por apreço foi que ele pôde jogar a culpa sobre os ombros de terceiros — e não sobre os próprios ombros: nesse particular ele já acumulava responsabilidades suficientes, herdadas e adquiridas. A mãe não pedira para ver o manuscrito: ela continuara a passar roupa na mesa da cozinha sem demonstrar a menor suspeita da agitação da mente do filho. Ele tinha sentado sucessivamente em três ou quatro cadeiras na cozinha e, desventurado, sacudira as pernas nos cantos livres da mesa. Por fim, incapaz de controlar o nervosismo, perguntou a ela diretamente se gostaria que ele lesse o ensaio em voz alta.

— Ah, sim, Stephen... se você não se importa que eu passe algumas roupas...

— Não, não me importo.

Stephen leu o ensaio para ela, lenta e enfaticamente, e quando acabou de ler ela disse que estava muito bem escrito mas, havendo algumas coisas que não conseguira compreender, pediu-lhe que relesse o ensaio e explicasse alguns trechos. Ele releu e se permitiu fazer uma longa exposição de suas próprias teorias guarnecida de muitas alusões corriqueiras e surpreendentes com as quais pretendia ser mais bem compreendido. Sua mãe, que provavelmente jamais desconfiara que "o belo" pudesse ser algo mais do que uma convenção social ou um antecedente natural do casamento e da vida conjugal, surpreendeu-se ao constatar a honra extraordinária que o filho conferia àquela noção. Beleza, para uma mulher como a mãe dele, costumava ser sinônimo de licenciosidade e provavelmente por esse motivo ela sentiu-se aliviada ao descobrir que os excessos daquela nova idolatria eram supervisionados por uma reconhecida autoridade sagrada. Contudo, visto que os hábitos recentes do ensaísta não eram muito animadores ela resolveu combinar interesse e uma solicitude discreta e maternal, o que, não sendo plausível a acusação de fingimento, foi inicialmente sinalizado como elogio. Enquanto dobrava zelosamente um lenço ela disse:

— O que Ibsen escreve, Stephen?

— Peças.

— Nunca ouvi falar nele. Ele está vivo?

— Está, sim. Mas, a senhora sabe, na Irlanda as pessoas ignoram o que está acontecendo na Europa.

— Ele deve ser um grande escritor, a julgar pelo que você diz.

— A senhora gostaria de ler algumas peças dele, mãe? Eu tenho algumas.

— Sim. Eu gostaria de ler a melhor de todas. Qual é a melhor de todas?

— Não sei... Mas a senhora quer mesmo ler Ibsen?

— Quero, sim.

— Para ver se estou lendo autores perigosos... é por isso?

— Não, Stephen — respondeu-lhe a mãe expressando corajosa mentira. — Acho que você já tem idade suficiente para saber o que é certo e o que é errado sem que eu precise lhe dizer o que deve ler.

— Também acho... Mas estou surpreso com a sua pergunta sobre Ibsen. Eu não imaginava que a senhora tivesse o menor interesse nesses assuntos.

Mrs. Dedalus empurrou suavemente o ferro de passar sobre uma anágua branca na mesma velocidade que o fluxo de sua memória.

— Bem, é claro que eu não fico falando nisso, mas não sou tão indiferente... Antes de me casar com seu pai, eu costumava ler bastante. Eu me interessava por tudo o que era peça nova.

— Mas desde que se casaram vocês não adquiriram um livro sequer!

— Bem, você sabe, Stephen, seu pai não é como você: ele não se interessa por esse tipo de coisa... Ele me disse que quando era jovem costumava passar as horas vagas caçando ou remando no Lee. Gostava de esportes.

— Eu acho que sei do que ele gostava — disse Stephen com irreverência. — Sei que ele não dá a mínima importância ao que eu penso ou escrevo.

— Ele quer vê-lo encaminhado, subindo na vida — disse a mãe, defensivamente. — É isso que ele ambiciona. Você não deve culpá-lo por isso.

— Não, não, não. Mas talvez não seja a minha ambição. Eu abomino esse modo de viver: considero-o repulsivo e covarde.

— Evidentemente, a vida não é o que eu achava que era quando era menina. É por isso que eu quero ler algum grande escritor, para ver o ideal de vida que ele propõe... não estou certa em dizer "ideal"?

— Sim, mas...

— Porque, às vezes... não que eu me queixe do legado que Deus Todo-poderoso me concedeu e a minha vida com o seu pai é mais ou menos feliz... mas, às vezes, tenho vontade de deixar essa vida e embarcar em outra... durante algum tempo.

— Mas isso está errado: esse é o grande erro que as pessoas cometem. A arte não é uma fuga da vida!

— Não?

— Obviamente, a senhora não ouviu o que eu disse ou então não entendeu o que eu disse. A arte não é uma fuga da vida. É exatamente o oposto. A arte, ao contrário, é a expressão central da vida. O artista não é um sujeito que fica balançando um céu mecânico diante do público. O padre faz isso. O artista faz afirmações a partir da plenitude da sua própria vida; ele cria... A senhora está entendendo?

E assim por diante. Um ou dois dias mais tarde Stephen entregou à mãe algumas peças. Ela fez a leitura com grande interesse e achou Nora Helmer uma personagem encantadora. Admirou o dr. Stockmann mas tal admiração foi naturalmente reprimida pela descrição alegre e blasfema feita pelo filho, que se referia àquele burguês robusto como "Jesus de casaca". Mas sua peça predileta tinha sido *O pato selvagem*. A respeito dessa peça ela falou com prazer e espontaneidade: o texto a deixara profundamente comovida. Para escapar da acusação de impetuosidade e partidarismo, Stephen não a incentivou a expressar abertamente seus sentimentos.

— Espero que a senhora não vá se referir à Pequena Nell, de *Loja de antiguidades*.

— É claro que eu gosto de Dickens, também, mas vejo uma grande diferença entre a Pequena Nell e a pobre criaturinha... qual é o nome dela?

— Hedvig Ekdal?

— Hedvig, sim... É tão triste: chega a ser terrível ler aquilo... Eu concordo com você que Ibsen é um autor maravilhoso.

— De verdade?

— Sim, de verdade. As peças dele me impressionaram muito.

— A senhora acha que ele é imoral?

— É claro, você sabe, Stephen, ele aborda questões... que eu praticamente desconheço... questões...

— Questões que a senhora acha que não devem ser discutidas?

— Bem, era essa a ideia da gente antiga mas não sei se isso era certo. Não sei se é bom para o povo ficar totalmente ignorante.

— Então por que não abordar tais questões abertamente?

— Acho que pode fazer mal a algumas pessoas... pessoas incultas, desequilibradas. A natureza das pessoas é tão diferente. Você talvez...

— Ah, não se preocupe comigo... A senhora acha que essas peças são impróprias à leitura?

— Não, eu acho que são peças deveras magníficas.

— E não imorais?

— Acho que Ibsen... tem um conhecimento extraordinário da natureza humana... E acho que a natureza humana é, por vezes, algo extraordinário.

Stephen foi obrigado a se contentar com essa generalidade mais do que batida pois reconhecia nela um sentimento autêntico. Sua mãe, na verdade, tinha se evangelizado a tal ponto que assumira os deveres de um missionário perante os pagãos; isto é, ofereceu algumas peças para o marido ler. Ele ouviu com ar assustado os elogios feitos por ela sem observar qualquer traço em seu rosto, com os óculos enfiados num olhar atônito e a boca expressando uma surpresa ingênua. Ele sempre se interessava por novidades, com interesse e receptividade infantis, e o novo nome somado aos fenômenos que esse mesmo nome provocara em sua casa eram novidades para ele. Ele não fez qualquer tentativa de desmerecer o novo interesse da esposa mas se ressentia porque tal interesse fora desenvolvido sem sua ajuda e porque, em decorrência desse interesse, ela atuava como intermediária entre ele e o filho. Ele censurava como inoportunas mas não desmerecia as impertinentes incursões do filho em literatura estranha e, embora não compartilhasse do mesmo gosto, dispunha-se a realizar o mais virtuoso dos heroísmos, a saber, estender solidariedade, tarde na vida, em deferência à causa de um indivíduo mais jovem. Seguindo o hábito de certas pessoas antiquadas que jamais compreendem por que a sua condescendência ou o seu julgamento provocava a ira dos letrados, ele escolheu a peça pelo título. A metáfora é um vício que atrai a mente lerda devido à sua exatidão e repele a mente séria devido à sua artificialidade e ao seu risco de maneira que, afinal, existe algo a ser dito, talvez nada vultoso, mas ao menos uma palavra de concessão para aquela classe da sociedade que na literatura, tanto quanto em tudo o mais, caminha sempre com as quatro patas no solo. Mr. Dedalus, em todo caso, desconfiava que *Casa de bonecas* seria uma trivialidade, assim como *O pequeno lorde Fountleroy*, e de vez que nunca fora, nem mesmo oficiosamente, membro daquela sociedade internacional que pesquisa e examina fenômenos psíquicos, decidiu que *Fantasmas* provavelmente seria uma história insípida sobre alguma casa mal-assombrada. Escolheu *A união dos jovens*, na qual esperava encontrar reminiscências de fanfarrões que pensassem como ele e, depois de ler dois atos de intrigas provincianas, abandonou o projeto por considerá-lo entediante. Ele havia prometido a si mesmo, com base nas atitudes alienadas e nas meias palavras mais ou menos elogiosas de jornalistas diante da menção do nome, uma certa extravagância, talvez um entusiasmo anômalo do Norte, e embora[39] o nome abaixo da fotografia de Ibsen jamais deixasse de despertar certa admiração, a linha perpendicular do "b", posicionada estranhamente ao lado da letra inicial, como se pretendesse elevar a mente em meio a incertezas durante alguns instantes esquecidos, a última impressão causada pela figura à qual o nome se referia, figura que ele associava à de um advogado ou corretor de valores da Dame Street, era uma impressão de alívio mesclado com decepção,[40] sendo que o alívio, pelo bem do filho, superava condignamente a decepção tão leve quanto real. De modo que a respeitabilidade não contava com o apoio de nenhum dos genitores de Stephen.

Uma semana antes da data estabelecida para a leitura do ensaio Stephen entregou nas mãos do ouvidor um pequeno folheto coberto de letras bem cuidadas. McCann estalou os lábios e pôs o manuscrito no bolso interno do paletó:

— Vou ler isso hoje à noite e vou encontrá-lo aqui a esta mesma hora amanhã. Acho que já sei tudo o que está contido aqui.

Na tarde[41] seguinte McCann informou:

— Bem, já li o seu ensaio.

— Então?

— Brilhantemente escrito... um tanto forte, segundo me parece. Mas entreguei-o ao reitor hoje de manhã para que ele o lesse.

— Por quê?

— Todos os ensaios devem ser submetidos à aprovação prévia dele, você sabe.

— Você quer dizer — disse Stephen em tom de zombaria — que o reitor precisa aprovar meu ensaio antes que eu possa lê-lo para a Associação de vocês!

— Sim. Ele é o censor.

— Que Associação valiosa!

— Por que não?

— É apenas brincadeirinha de criança, homem! Vocês me lembram crianças no quarto de brinquedos.

— É inevitável. Precisamos verificar o que nos chega.

— Por que não fecham as portas imediatamente?

— Bem, a coisa vale a pena. Treinamos jovens para falar em público... para os tribunais e a plataforma política.

— Mr. Daniel poderia dizer o mesmo em relação às suas anedotas.

— Suponho que sim.

— Então esse censor de vocês está inspecionando meu ensaio?

— Bem. Ele tem uma mentalidade liberal...

— Sei.

Enquanto os dois jovens conversavam nos degraus da biblioteca, Whelan, o orador da turma,* aproximou-se. O jovem rechonchudo e afável, secretário da Associação, preparava-se para ser inscrito como advogado. Seus olhos fitaram Stephen deixando transparecer um espanto contido e invejoso, e ele esqueceu toda a bagagem de Ática:

— Seu ensaio é tabu, Dedalus.

— Quem disse isso?

— O próprio reverendo dr. Dillon.

A comunicação da notícia foi seguida de um silêncio durante o qual Whelan umedeceu o lábio inferior lentamente, com a saliva da língua, e McCann se viu prestes a sacudir os ombros.

— Onde está aquele velho maldito e imbecil? — disse o ensaísta prontamente.

Whelan enrubesceu e apontou o polegar por cima do ombro. Num instante, Stephen deslocou-se até o meio da praça. McCann chamou por ele:

— Aonde você vai?

Stephen se deteve mas, percebendo que estava zangado demais para falar, apenas apontou na direção do prédio da universidade e avançou apertando o passo.

---

* As palavras "oferecendo-lhe as uvas, 'eu não como uva moscatel'" aparecem escritas a lápis na margem do manuscrito neste ponto, para serem inseridas depois da palavra "orador". Joyce evidentemente esqueceu-se de alterar o texto. [N. do E.]

Então, depois de todo o esforço por ele envidado, refletindo sobre o ensaio e redigindo aquelas frases, aquele velho reacionário pretendia censurá-lo! Sua indignação abrandou, transformando-se numa sensação de desprezo político enquanto ele atravessava o Green. O relógio no saguão da universidade marcava três e meia no momento em que Stephen se dirigiu ao porteiro senil. Precisou falar duas vezes, da segunda vez pronunciando as palavras distinta e pausadamente, pois o porteiro era obtuso e surdo:

— Posso... falar... com... o... reitor?

O reitor não se encontrava em sua sala: estava dizendo o ofício no jardim. Stephen saiu na direção do jardim e desceu até a quadra. Uma figura pequena trajando uma larga capa preta em estilo espanhol apresentava-lhe as costas, próxima ao ponto extremo oposto da calçada. A figura seguiu lentamente até o final do caminho, parou durante alguns instantes, e então deu meia-volta e apresentou-lhe, por cima de um breviário, uma cabeça bem feita e arredondada coberta de cabelos cacheados e grisalhos e um rosto bastante enrugado cuja cor era indescritível: a parte superior tinha a tonalidade de argamassa e a parte inferior era atravessada por uma tonalidade de ardósia. O reitor, trajando sua capa avantajada, aproximou-se vagarosamente pela calçada, movendo em silêncio os lábios cinzentos enquanto dizia o ofício. No final da calçada deteve-se novamente e olhou para Stephen com uma expressão intrigada. Stephen ergueu o chapéu e disse "Boa-noite, senhor". O reitor respondeu com o sorriso que uma bela garota exibe ao receber um elogio que a deixa desconcertada — um sorriso "vencedor":

— O que o senhor deseja? — ele perguntou com uma voz profunda[42] e ensaiada.

— Fui informado — disse Stephen — que o senhor deseja falar comigo acerca do meu ensaio... do ensaio que escrevi para a Associação de Debates.

— Ah, é o Mr. Dedalus — disse o reitor num tom mais grave, mas ainda cordato.

— Talvez eu esteja atrapalhando...

— Não, já acabei o ofício — disse o reitor.

Ele recomeçou a andar lentamente, numa cadência que sugeria um convite. Stephen manteve-se, portanto, ao seu lado.

— Admiro muito o estilo do seu ensaio — ele disse com firmeza — mas não aprovo, absolutamente, as teorias do senhor. Receio não poder autorizá-lo a ler o ensaio na Associação.

Caminharam até o final da calçada, sem falar. Então Stephen disse:

— Por quê, senhor?

— Não posso incentivá-lo a disseminar tais teorias entre os rapazes desta universidade.

— O senhor acha que minha teoria da arte é falsa?

— Decerto não é a teoria estética prestigiada nesta universidade.

— Com isso eu concordo — disse Stephen.

— Ao contrário, essa teoria é o somatório da inquietação moderna e da moderna liberdade de pensamento. Os autores que o senhor cita como exemplos, esses que o senhor parece admirar...

— Aquino?

— Não, Aquino não; já vou me referir a ele. Mas Ibsen, Maeterlinck... esses escritores ateus...

— O senhor não gosta...

— Ficarei surpreso se algum aluno desta universidade tiver encontrado o que admirar nesses escritores, escritores que usurpam a condição de poeta, que professam abertamente suas doutrinas ateias e enchem as mentes dos leitores com todo o lixo da sociedade moderna. Isso não é arte.

— Mesmo admitindo a corrupção da qual o senhor fala, eu nada vejo de ilegal no exame dessa mesma corrupção.

— Sim, pode ser legal... para o cientista, para o reformista...

— Por que não também para o poeta? Dante certamente examina e critica a sociedade.

— Ah, sim — disse o reitor, em tom de explicação —, com um propósito moral: Dante foi um grande poeta.

— Ibsen também é um grande poeta.

— Não se pode comparar Dante com Ibsen.

— Não estou fazendo isso.

— Dante, o eminente defensor da beleza, o maior poeta italiano, e Ibsen, um autor acima e além de todos os demais, Ibsen e Zola, que buscam a degradação da sua própria arte, que satisfazem o gosto corrupto...

— Mas *o senhor* os está comparando!

— Não, não se pode compará-los. Um persegue um elevado objetivo moral... e enobrece a humanidade; o outro a degrada.

— A ausência de um código específico de convenções morais não degrada o poeta, na minha opinião.

— Ah, se ele examinasse as coisas mais abjetas — disse o reitor num leve tom de tolerância —, se ele as examinasse e mostrasse aos homens o caminho da purificação, isso seria diferente.

— Isso é para os salvacionistas — disse Stephen.

— O senhor quer dizer que...

— Eu quero dizer que a avaliação que Ibsen faz da sociedade moderna é tão sinceramente irônica quanto a avaliação que Newman apresenta da moralidade e da fé protestante inglesa.

— Isso pode ser — disse o reitor apaziguado pela analogia.

— E igualmente livre de qualquer intenção missionária.

O reitor ficou calado.

— É uma questão de temperamento. Newman se absteve de escrever sua *Apologia* durante vinte anos.

— Mas que ataque! — disse o reitor dando uma risadinha e completando o pensamento com expressividade. — Pobre Kingsley!*

— É tudo uma questão de temperamento... da atitude do indivíduo perante a sociedade... se o indivíduo é poeta ou crítico.

— Ah, sim.

— Ibsen tem temperamento de arcanjo.

— É possível: mas sempre acreditei que ele fosse um realista ferrenho, tanto quanto Zola, e que tivesse alguma nova doutrina a pregar.

— O senhor estava enganado.

— Essa é a opinião geral.

— Opinião equivocada.

— Eu achava que ele tivesse alguma doutrina... uma doutrina social, vida livre, e uma doutrina artística, permissividade desenfreada... tanto que o público não tolera as suas peças encenadas e que não se pode mencionar seu nome diante de senhoras e crianças.

— Onde o senhor viu isso?

— Ora! Por toda parte... nos jornais.

— Esta é uma discussão séria — disse Stephen em tom de reprovação.

Longe de se ressentir dessa afirmação atrevida, o reitor pareceu se curvar diante da justiça nela expressa: ninguém tinha uma opinião mais negativa do que a dele sobre o jornalismo inculto prevalecente naqueles

---

* Charles Kingsley (1819–1875) foi ministro da igreja anglicana, romancista, socialista cristão e protestante polêmico. John Henry Newman (1801–1890) foi sacerdote da igreja anglicana convertido ao catolicismo, posteriormente nomeado cardeal pelo papa Leão XIII. Foi beatificado no dia 19 de setembro de 2010 pelo papa Bento XVI. Kingsley e Newman foram figuras importantes da Era Vitoriana. [N. do T.]

dias e ele certamente não permitiria que um jornal lhe ditasse críticas. Ao mesmo tempo havia tamanha unanimidade de opinião acerca de Ibsen que ele supunha...

— O senhor me permite perguntar se já leu muitas obras dele? — indagou Stephen.

— Bem, não... devo dizer que eu...

— O senhor me permite perguntar se já leu uma linha sequer?

— Bem, não... devo admitir...

— E com certeza o senhor não acha correto avaliar um escritor cuja obra o senhor não tenha lido uma linha sequer?

— Sim, devo admitir.

Stephen hesitou depois desse sucesso inicial. O reitor voltou a falar:

— Estou bastante interessado no entusiasmo que o senhor demonstra por este escritor. Nunca tive a oportunidade de ler Ibsen mas sei que ele goza de grande reputação. O que o senhor diz a respeito, devo confessar, altera a minha visão dele consideravelmente. Talvez um dia eu...

— Posso emprestar-lhe algumas peças dele, se o senhor quiser — disse Stephen com uma singeleza imprudente.

— Pode mesmo?

Ambos se detiveram um instante: então...

— O senhor verá que se trata de um grande poeta e um grande artista — disse Stephen.

— Terei grande interesse — disse o reitor, com boa intenção — em ler alguma obra dele. E certamente o farei.

Stephen sentiu vontade de dizer "Peço-lhe cinco minutos de licença para enviar um telegrama a Christiania", mas resistiu ao impulso. Durante a conversa ele teve mais de uma ocasião de reprimir severamente aquele inconveniente demônio interior cujo apetite beirava o farsesco. O reitor começava a exibir o lado liberal do seu caráter, mas com uma cautela sacerdotal.

— Sim, terei grande interesse. As suas opiniões são um tanto quanto estranhas. O senhor pretende publicar o ensaio?

— Publicar!

— Eu não gostaria que identificassem as ideias do seu ensaio com os ensinamentos da nossa universidade. Dependemos da confiança dos que apoiam esta instituição.

— Mas o senhor não é responsável por tudo que um aluno da universidade pensa ou diz.

— Não, claro que não... mas, lendo o seu ensaio e sabendo que o senhor é egresso da nossa universidade, as pessoas haveriam de supor que nós inculcamos tais ideias aqui.

— Decerto um aluno da universidade pode se interessar pela área de estudos que ele escolher.

— É isso mesmo que procuramos incentivar nos nossos alunos mas, segundo me parece, o seu estudo o leva a adotar teorias... bastante revolucionárias.

— Se eu publicasse amanhã um panfleto bastante revolucionário sobre um método para evitar a praga da batata, o senhor se consideraria responsável pela minha teoria?

— Não, não, claro que não... mas o fato é que esta não é uma escola agrícola.

— Tampouco é uma escola de dramaturgia — respondeu Stephen.

— Seu argumento não é tão conclusivo quanto parece — disse o reitor após breve pausa. — Contudo, agrada-me constatar que sua atitude diante do assunto é verdadeiramente séria. Ao mesmo tempo o senhor deve admitir que esta sua teoria... se for levada à conclusão lógica... livra o poeta de toda e qualquer lei moral. Notei também que no ensaio o senhor se refere satiricamente ao que chama de teoria "antiquada", a saber, a teoria segundo a qual o teatro deve ter objetivos éticos, que deve instruir, elevar e divertir. Suponho que o senhor se refira à Arte pela Arte.

— Eu apenas levei à conclusão lógica a definição que Aquino confere ao belo.

— Aquino?

— *Pulcra sunt quae visa placent.** Ele parece considerar belo aquilo que agrada ao apetite estético e nada mais... aquilo cuja pura e simples apreensão agrada...

— Mas ele se refere ao sublime... aquilo que eleva o homem.

— O comentário se aplica à representação de um prato de cebolas por um pintor holandês.

— Não, não; aquilo que agrada à alma em estado de beatificação, à alma em busca do bem espiritual.

— A definição aquiniense do bem é base instável para se operar: é demasiado ampla. Ele parece quase irônico ao abordar os "apetites".

O reitor coçou a cabeça um pouco hesitante.

---

* Isto é: "Belas são as coisas que, ao serem vistas, agradam". [N. do T.]

— Evidentemente, Aquino é uma mente extraordinária — ele murmurou —, o maior Doutor da igreja: mas ele exige imensa interpretação. Há trechos de Aquino que sacerdote algum se atreveria a anunciar do púlpito.

— Mas e se, na condição de artista, eu me recusar a aceitar as precauções consideradas necessárias àqueles que ainda se encontram num estado de idiotice original?

— Acho que o senhor é sincero mas vou lhe dizer uma coisa, na qualidade de alguém mais velho e alguém que acumula uma certa experiência: o culto à beleza é algo difícil. O esteticismo costuma começar bem mas acaba nas piores abominações de que...

— *Ad pulcritudinem tria requiruntur.**

— É algo insidioso, algo que se infiltra na mente, aos pouquinhos...

— *Integritas, consonantia, claritas.*† A mim parece que essa teoria contém esplendor em vez de perigo. A natureza lúcida a percebe prontamente.

— São Tomás, evidentemente...

— É claro que Aquino está do lado do artista capaz. Não ouço qualquer referência à instrução ou elevação.

— Defender o ibsenismo com base em Aquino me parece um tanto paradoxal. Os jovens frequentemente confundem paradoxo brilhante e convicção.

— A minha convicção não me leva a lugar algum: a minha teoria afirma a si mesma.

— Ah, o senhor é paradoxista — disse o reitor sorrindo com leve satisfação. — Posso perceber... E tem mais uma coisa... uma questão de gosto, acima de tudo... que me faz achar a sua teoria juvenil. Parece que o senhor não entende a importância do teatro clássico... É claro que, em seu estilo próprio, Ibsen talvez seja um autor admirável...

— Mas, por favor, senhor — disse Stephen —, toda a minha estima está voltada para o temperamento clássico na arte. Certamente, o senhor se recorda que eu disse...

— Segundo me recordo — disse o reitor elevando para o céu pálido um rosto meio sorridente no qual a memória se esforçava para conferir uma amabilidade vazia — segundo me recordo, o senhor se refere ao tea-

* Isto é: "Três coisas são necessárias à beleza". [N. do T.]

† Isto é: "Integridade, harmonia, claridade". [N. do T.]

tro grego... ao temperamento clássico... de maneira bastante superficial, com uma espécie de... impudência juvenil, pode-se dizer?

— Mas o teatro grego é heroico, monstruoso. Ésquilo não é um autor clássico!

— Eu disse que o senhor é paradoxista, Mr. Dedalus. O senhor pretende derrubar séculos de crítica literária com uma frase brilhante, com um paradoxo.

— Eu emprego a palavra "clássico" num determinado sentido, com um significado específico... só isso.

— Mas o senhor não pode empregar qualquer terminologia que lhe aprouver.

— Eu não alterei os termos. Eu os expliquei. "Clássico", para mim, significa a paciência serena e elaborada da arte da satisfação. O heroico, o fabuloso, é o que chamo de romântico. Talvez, Menandro, não sei...

— O mundo inteiro reconhece Ésquilo como o dramaturgo clássico supremo.

— Ah, o mundo dos professores, os quais ele ajuda a alimentar...

— Críticos competentes — disse o reitor severamente —, homens extremamente cultos. E até o público é capaz de apreciá-lo. Eu li, acho, em algum... jornal, acho que foi... que Irving, o grande ator, Henry Irving, montou uma das peças dele em Londres e que o público londrino correu para o teatro.

— Por curiosidade. O público londrino corre para ver qualquer coisa nova ou estranha. Se Irving resolvesse imitar um ovo cozido, eles correriam para ver.

O reitor ouviu esse absurdo com uma gravidade inabalável e, ao chegar ao final da calçada, parou alguns instantes antes de conduzir Stephen de volta a casa.

— Não prevejo muito sucesso para a sua causa neste país — ele disse, generalizando. — O nosso povo tem a sua fé e é feliz. É fiel à sua Igreja e a Igreja basta ao povo. Até para o mundo profano esses escritores pessimistas modernos são um pouco... um pouco demais.

Com uma mente cheia de desdém que ia desde o Seminário Clonliffe a Mullingar, Stephen tentou se preparar para algum pacto final. O reitor conseguira habilmente levar a conversa para a região do bate-papo.

— Sim, somos felizes. Até os ingleses já começaram a perceber a tolice contida naquelas tragédias mórbidas, naquelas tragédias desprezíveis, infelizes, doentias. Outro dia eu li que um dramaturgo precisou alterar o último ato de uma de suas peças porque tudo acabava em catástrofe... algum assassinato sórdido, ou suicídio, ou morte.

— Por que não tornar a morte um crime capital? — disse Stephen. — As pessoas são muito medrosas. Seria bem mais simples agarrar o touro à unha e acabar logo com a coisa.

Quando chegaram ao saguão do seminário, o reitor parou ao pé da escadaria antes de subir para o seu quarto. Stephen aguardou em silêncio:

— Comece a ver o lado bom das coisas, Mr. Dedalus. A arte precisa ser saudável, em primeiro lugar.

O reitor suspendeu a batina, preparando-se para a subida, com um gesto lento e hermafrodita:

— Admito que o senhor defendeu a sua teoria muito bem... muito bem mesmo. Não concordo com ela, é claro, mas vejo que o senhor refletiu zelosamente. O senhor refletiu zelosamente?

— Sim, refleti.

— Ela é muito interessante... um tanto paradoxal, às vezes, e um pouco juvenil... mas fiquei muito interessado. Tenho certeza de que, quando os seus estudos avançarem, o senhor terá condições de corrigi-la de modo que... ela se adeque melhor aos fatos reconhecidos; tenho certeza de que o senhor poderá aplicá-la melhor... quando a sua mente tiver passado por um... treinamento... metódico e o senhor adquirir noções mais amplas de... comparação...

XX

A maneira indefinida com que o reitor encerrou a conversa deixou algumas dúvidas na mente de Stephen; ele não foi capaz de discernir se a retirada para os andares superiores era um estremecimento de relações amigáveis ou uma confissão política de inabilidade. Contudo, visto que nenhuma proibição definitiva foi expedida resolveu prosseguir tranquilamente em seu caminho até se deparar com alguma barreira sólida. Quando voltou a encontrar McCann, sorriu e esperou o questionamento. O relato da conversa percorreu as turmas do curso de graduação e ele divertiu-se bastante ao constatar a expressão de surpresa de muitos olhares que, a julgar pela perplexidade franca, humilhada, pareciam identificar nele características de um Nelson moral.* Maurice ouviu o relato do irmão acerca da batalha com a devida autoridade mas não fez qualquer observação. O próprio Stephen, não contando com o serviço de terceiros, começou a comentar o incidente prolificamente, detendo-se em cada fase da entrevista. Consumiu muito combustível criativo naquela divertida busca ao presumível e as várias e sucessivas direções acenderam nele uma chama de descontentamento diante da impassibilidade de Maurice:

— Você está me ouvindo? Sabe do que estou falando?

— Sim, tudo bem... Você vai poder ler o ensaio, não vai?

— Sim, claro que vou... Mas o que há com você? Está entediado? Está pensando em alguma coisa?

— Bem... sim, estou.

— Em quê?

— Descobri por que estou me sentindo diferente nesta noite. Por que será? O que você acha?

— Não sei. Diga-nos.

— Estou me sentindo um tanto inseguro.

Stephen olhou de soslaio para a fisionomia séria do interlocutor, a ver se detectava algum sinal de troça mas, encontrando tão-somente sincera autoanálise, disse:

— É mesmo? Isso é interessante demais!

Na noite de sábado em que estava marcada a leitura do ensaio Stephen se viu diante das carteiras do anfiteatro de física. Enquanto a ata era lida pelo secretário ele teve tempo para notar os óculos do pai brilhando no alto, perto da janela, e pressentiu, mais do que viu, a forma corpulenta de Mr. Casey bem ao centro. Não viu o irmão mas percebeu a presença do padre Butt numa das carteiras da frente, além de McCann e dois outros padres. O moderador foi Mr. Keane, professor de redação em língua inglesa. Concluídas as formalidades, o moderador convidou o ensaísta a ler seu texto e Stephen levantou-se. Aguardou até que uma saudação em forma de discreto aplauso cessasse e McCann com suas mãos vigorosas batesse quatro palmas sonoras como um solo final de boas-vindas. Então leu o ensaio. Fez uma leitura contida e marcante, inserindo cada ousadia de pensamento e expressão no invólucro de uma

---

* Horatio Nelson (1758–1805), 1º Visconde Nelson, 1º Duque de Bronté, vice--almirante da Marinha Real Britânica, célebre por suas intervenções e façanhas nas Guerras Napoleônicas. Ganhou várias batalhas da qual se destaca a Batalha de Trafalgar, em 1805, durante a qual foi morto. [N. do T.]

melodia baixa e inócua. Leu com serenidade até o final: a leitura não foi interrompida por aplauso em momento algum, e depois de ler as frases finais, num tom de clareza metálica, sentou-se.

O primeiro pensamento identificável que lhe surgiu em meio a uma sensação de inquietude foi a nítida convicção de que jamais deveria ter escrito o ensaio. Enquanto buscava seu próprio conselho, se deveria atirar o manuscrito nas cabeças deles e ir para casa ou ficar e esconder o rosto à sombra da luz das velas sobre a mesa do moderador, percebeu que o debate sobre o ensaio tinha iniciado: tal constatação o surpreendeu. Whelan, o orador da turma, propunha um voto de agradecimento e sacudia a cabeça, seguindo a cadência de frases rebuscadas. Stephen se perguntou se alguém mais notava os movimentos infantis da boca do orador. Queria que Whelan fechasse os maxilares com um estalido a fim de revelar a presença de dentes sólidos; o simples som do discurso o remetia ao ruído que Sarah, a babá, costumava fazer quando misturava o pão e o leite para Isabel na tigela azul em que sua mãe agora guardava goma. Mas absteve-se imediatamente de tal crítica e procurou ouvir as palavras do orador. Whelan expressava profusa admiração: tivera a sensação durante[43] a leitura do ensaio de Mr. Dedalus de estar ouvindo a fala de anjos sem saber que língua falavam. Aventurava-se a criticar com certa timidez mas era evidente que Mr. Dedalus não compreendia a beleza do Teatro Ático. Ressaltou que Ésquilo era um nome imperecível e previa que o teatro dos gregos sobreviveria a muitas civilizações. Stephen reparou que Whelan disse "*yisterday*" duas vezes, em vez de "*yesterday*", imitando o padre Butt, nativo do Sul da Inglaterra, e especulou se teria sido um religioso dominicano ou jesuíta que fornecera ao orador a frase final. "A arte grega", disse Whelan, "não é para uma época, mas para todas as épocas". Permanece isolada, sozinha. É imperial, imperiosa e imperativa.

McCann ratificou o voto de agradecimento habilmente proposto por Mr. Whelan e acrescentou seu próprio tributo à eloquente homenagem prestada por Mr. Whelan ao ensaísta da noite. Talvez houvesse muita coisa no texto que Mr. Dedalus lera naquela noite com as quais não concordasse, mas não era um partidário tão cego da Antiguidade pelo bem da Antiguidade como Mr. Whelan parecia ser. As ideias modernas careciam de um meio de expressão: o mundo moderno precisava encarar problemas urgentes: e ele achava que qualquer escritor capaz de chamar atenção para tais problemas de modo contumaz merecia a consideração de toda pessoa séria. Acreditava estar falando em nome de todos os presentes, quando disse que Mr. Dedalus, ao ler seu ensaio franco e grave naquela noite, tinha feito um benefício à Associação.

A diversão da noite começou depois que aquelas duas falas iniciais foram concluídas. Stephen foi submetido ao fogo de seis ou sete opositores hostis. Um deles, um jovem chamado Magee, declarou-se surpreso que um ensaio concebido num espírito tão hostil ao espírito da própria religião — ele ignorava se Mr. Dedalus compreendia o verdadeiro significado da teoria por ele defendida — contasse com o favor da Associação. Quem, senão a Igreja, havia apoiado e promovido o temperamento artístico? O teatro não devia o seu próprio nascimento à religião? Era deveras pífia uma teoria que sustentava um teatro entediante que falava de intrigas pecaminosas e menosprezava obras-primas. Mr. Magee disse que não conhecia Ibsen tão bem quanto Mr. Dedalus — tampouco desejava conhecê-lo — mas sabia que uma de suas peças versava sobre as condições sanitárias de um balneário. Se aquilo era teatro, ele não via por que algum Shakespeare dublinense não pudesse escrever uma obra imortal sobre o novo Sistema de Esgoto do Município de Dublin. O discurso foi um sinal para o ataque generalizado. O ensaio foi definido como uma cantilena de palavras sem sentido, uma astuta apresentação de princípios malévolos disfarçados de teorias artísticas, uma reprodução de opiniões literárias decadentes egressas das exauridas capitais europeias. Supostamente, o ensaísta brincava em determinados trechos do ensaio: todos sabiam que *Macbeth* gozaria de fama quando os autores desconhecidos que tanto agradavam a Mr. Dedalus estivessem mortos e esquecidos. A arte da Antiguidade se aprazia em defender o belo e o sublime: a arte moderna podia optar por outros temas: mas aqueles que ainda mantivessem suas mentes imunes aos venenos ateus saberiam escolher. O clímax da agressividade foi alcançado quando Hughes se levantou. Com um sonoro sotaque do Norte, ele declarou que o bem-estar moral do povo irlandês estava ameaçado por essas teorias. O povo não queria essas porcarias do exterior. Mr. Dedalus podia ler os autores que quisesse, obviamente, mas o povo irlandês tinha a sua própria literatura gloriosa, onde era sempre possível encontrar novos ideais para incentivá-lo a novos feitos patrióticos. O próprio Mr. Dedalus era um desertor das fileiras nacionalistas: professava o cosmopolitismo. Mas um homem que pertencesse a todos os países não pertencia a país algum — é preciso se ter nação antes de se ter arte. Mr. Dedalus podia fazer o que lhe conviesse, ajoelhar-se diante do sacrário da Arte (com "A" maiúsculo) e delirar com autores obscuros. A despeito do uso hipócrita do nome de um grande Doutor da Igreja, a Irlanda ficaria alerta contra a teoria insidiosa de que a arte pode ser separada da moralidade. Se houvesse arte, que fosse uma arte moral, uma arte que elevasse, acima de tudo, uma arte nacional:

> Bons irlandeses dos irlandeses,
> Nem saxões nem italianos.*

Chegado o momento em que o moderador deveria concluir os trabalhos e apresentar a moção à plenária, sobreveio a pausa costumeira. Durante a pausa, padre Butt levantou-se e pediu licença para proferir algumas palavras. Os presentes aplaudiram e se prepararam para ouvir uma denúncia *ex cathedra*. Padre Butt desculpou-se, em meio a gritos de "não, não", por reter a plateia até aquela hora tão avançada, mas achava necessário dizer uma palavra em defesa do ensaísta tão criticado. Ele atuaria como *advocatus diaboli* e sentia o peso da tarefa sobretudo porque um dos oradores, com justiça, descrevera a linguagem do ensaio escrito por Mr. Dedalus como linguagem de anjos. Mr. Dedalus apresentara um ensaio bastante admirável, um ensaio que animara o recinto e os agraciara com uma discussão acalorada. Evidentemente, todos não haveriam de compartilhar da mesma opinião em se tratando de questões artísticas. Mr. Dedalus reconhecia no embate entre românticos e clássicos a condição de todas as realizações e aquela noite tinha comprovado que um embate entre teorias antagônicas produzira efeitos tão diversos quanto o próprio ensaio, peça notável, de um lado, e a memorável refutação expressa por Mr. Hughes, como líder da oposição, do outro. Ele achava que um ou dois oradores tinham sido desnecessariamente severos com o ensaísta, mas confiava que em se tratando de argumentação o ensaísta soubesse se defender. Quanto à teoria em si, padre Butt confessou a sensação inusitada de ouvir Tomás de Aquino citado como autoridade em Filosofia Estética. Filosofia Estética era uma disciplina moderna e, fosse lá o que fosse, era prática. Aquino se referira superficialmente ao belo mas sempre a partir de um posicionamento teórico. Para se interpretar suas asserções em termos práticos era necessário maior entendimento da totalidade da teologia aquinense do que dispunha Mr. Dedalus. Ao mesmo tempo ele não chegaria ao ponto de afirmar que Mr. Dedalus

* Versos do poema "The Welshmen of Tirawley", de autoria do poeta irlandês Samuel Ferguson (1810-1896). [N. do T.]

houvesse, deveras, com ou sem intenção, deturpado Aquino. Mas assim como um ato bom em si mesmo pode se tornar mau devido às circunstâncias, um objeto intrinsecamente belo pode ser contaminado por outras considerações. Mr. Dedalus escolheu abordar o belo intrinsecamente e negligenciar essas outras considerações. Mas o belo tem também seu lado prático. Mr. Dedalus era admirador ardente do artístico e esse tipo de indivíduo nem sempre é o mais prático do mundo. Padre Butt fez lembrar à plateia a história do rei Alfredo e da idosa que assava bolos — isto é, do teórico e do indivíduo prático, e concluiu expressando a esperança de que o ensaísta imitasse o rei Alfredo e não reagisse com excessiva severidade diante dos indivíduos práticos que o criticaram.

Na fala de encerramento o moderador parabenizou o ensaísta por seu estilo mas disse que o ensaísta havia evidentemente esquecido que a arte implica opções. Ele achava que o debate sobre o texto fora muito instrutivo e tinha certeza que todos estavam gratos ao padre Butt pela crítica clara e concisa. Mr. Dedalus tinha sido tratado com bastante rigor mas, considerando as tantas qualidades do ensaio, ele (o moderador) achava justo solicitar a concordância unânime de que o maior agradecimento da Associação era devido, e agora apresentado a Mr. Dedalus, por seu ensaio admirável e instrutivo! O voto de agradecimento foi aprovado por unanimidade, mas sem entusiasmo.

Stephen levantou-se e fez uma mesura. Era hábito o ensaísta da noite se valer da ocasião para responder aos críticos mas Stephen se contentou em agradecer o voto de gratidão. Alguns pediram-lhe que se pronunciasse mas, depois que o moderador esperou em vão durante alguns instantes, a reunião se encaminhou rapidamente para o final. Em cinco minutos o anfiteatro de física ficou vazio. No saguão do andar inferior os jovens se ocupavam de vestir casacos e acender cigarros. Stephen procurou o pai e Maurice mas não os encontrou e então foi para casa sozinho. Na esquina do Green esbarrou num grupo de quatro rapazes, Madden, Cranly, um jovem estudante de medicina chamado Temple e um funcionário da alfândega. Madden pegou Stephen pelo braço e disse, em tom de consolo, discretamente:

— Bem, meu velho, eu lhe disse que aqueles sujeitos não entenderiam a coisa. Eu sabia que era bom demais para eles.

Stephen comoveu-se com a demonstração de amizade mas sacudiu a cabeça como se desejasse mudar de assunto. Além disso, ele sabia que Madden mal compreendia o ensaio e que discordava daquilo que compreendia. Quando Stephen encontrou os quatro jovens, estes caminhavam lentamente, falando dos planos de uma viagem a Wicklow na segunda-feira depois da Páscoa. Stephen caminhou ao lado de Madden, à beira da calçada, de modo que o grupo avançava em fileira ao longo de um caminho largo. Cranly, no centro, formava um elo entre Madden e o funcionário da alfândega. Stephen ouvia vagamente. Cranly falava (conforme costumava fazê-lo quando andava ao lado de amigos) um idioma cuja base era latim e cuja superestrutura era composta por irlandês, francês e alemão:

— *Atque ad duas horas in Wicklowio venit.**

— *Damnum longum tempus prendit*† — disse o funcionário da alfândega.

— *Quando*... não, quero dizer... *quo in*... *bateau*... *irons-nous*?‡ — perguntou Temple.

— *Quo in batello*? — disse Cranly — *in "Regina Maris"*.§

Então, após uma breve conversa os rapazes concordaram em fazer uma viagem até Wicklow no *Sea-Queen*. Stephen sentiu grande alívio ao ouvir a conversa: em poucos minutos a dor do desastre já não era tão aguda. Cranly finalmente observou Stephen caminhando à beira da calçada e disse:

— *Ecce orator qui in malo humore est.*

— *Non sum* — disse Stephen.

— *Credo ut estis* — disse Cranly.

— *Minime.*

— *Credo ut vos sanguinarius mendax estis quia facies vestra mostrat* [*sic*] *ut vos in malo humore estis.*¶

Madden, que não dominava bem esse idioma, reconduziu o grupo à língua inglesa. O funcionário da alfândega parecia disposto a expressar admiração pelo estilo de Stephen. Era um jovem alto e forte com um rosto oleoso e portava um guarda-chuva. Era vários anos mais[44] velho que os companheiros mas decidira estudar para colar grau em Ciência

* "E chegou às duas horas em Wicklow." (Nota da Editora; doravante [N. da E.]. Essas notas diferem de [N. do E.] por serem da presente edição e não do editor original.)

† "Leva um tempo danado de longo." [N. da E.]

‡ Temple mistura aqui latim e francês: "Em que barco iremos?". [N. da E.]

§ "Em que barco?" "No *Rainha do Mar*." [N. da E.]

¶ "Eis o orador que está de mau humor." "Não estou." "Acho que sim." "Pouco." "Acho que você é um maldito mentiroso, pois seu próprio rosto mostra que você está de mau humor." *Sanguinarius* significa aqui, no latim macarrônico de Cranly, *bloody*. [N. da E.]

Mental e Moral. Era parceiro constante de Cranly e a eloquência deste o induzira a se matricular no curso noturno da universidade. Cranly dedicava grande parte do seu tempo a convencer jovens a seguir diversas carreiras. O funcionário da alfândega se chamava O'Neill. Era um indivíduo muito amável, que sempre tinha acessos asmáticos de riso diante das brincadeiras sérias de Cranly mas se interessava por qualquer oportunidade para se aperfeiçoar intelectualmente. Frequentava a Associação de Debates e as reuniões da Confraria da Universidade porque assim se mantinha em "contato" com a vida universitária. Era um rapaz circunspecto mas permitia que Cranly "mexesse" com ele em se tratando de garotas. Stephen tentou dissuadir o grupo de falar no ensaio mas O'Neill considerava a oportunidade valiosa. Dirigiu perguntas a Stephen do tipo encontrado nas páginas de cadernos de confissões de mocinhas e Stephen concluiu que o paraíso mental dele era muito semelhante a uma confeitaria. Temple era um jovem rústico com aspecto de cigano, andar gingado e jeito de falar gingado. Era natural do Oeste da Irlanda e conhecido como revolucionário. Depois que O'Neill se dirigiu a Cranly durante algum tempo, que a ele respondera com mais polidez do que Stephen, Temple, após alguns tropeços iniciais, conseguiu dizer uma frase:

— Acho que... foi um ensaio excelente.

Cranly voltou uma fisionomia vaga na sua direção mas Temple[45] prosseguiu:

— E captou a atenção deles.

— *Habesne bibitum?** — perguntou Cranly.

— Desculpe, senhor — disse Temple,[46] dirigindo-se a Stephen, do outro lado do grupo. — O senhor acredita em Jesus? Eu não acredito em Jesus — acrescentou.

Stephen riu alto do tom daquela afirmação e prosseguiu quando Temple começou a balbuciar uma espécie de apologia:

— É claro, eu não sei... se o senhor acredita em Jesus. Eu acredito no Homem... Se o senhor acredita em Jesus... é claro... eu não deveria falar nada, na primeira vez que nos encontramos... O senhor não acha?

O'Neill guardou um silêncio solene até que a fala de Temple perdesse força e se tornasse um murmúrio indistinto; então disse, como se abordasse um tópico totalmente novo:

---

* "Bebeu ou não bebeu?" [N. da E.]

— Fiquei muito interessado em seu ensaio e nas falas também... O que você achou do Hughes?

Stephen não respondeu.

— Grosseirão — disse Temple.

— Achei a fala dele de muito mau gosto — disse O'Neill num tom solidário.

— *Bellam boccam habet** — disse Cranly.

— Sim, acho que ele foi longe demais — disse Madden — mas, você sabe, ele se deixa levar pelo entusiasmo.

— *Patrioticus est.*†

— Sim, ele é um *patriotário* — disse O'Neill, rindo e arfando. — Mas achei a fala do padre Butt muito boa, muito clara e filosófica.

— Você achou? — gritou Temple, da parte central da calçada, dirigindo-se a Stephen. — Desculpe... eu queria saber o que ele achou da fala do Butt — explicou ao mesmo tempo para os outros três.[47] — O senhor também o achou um grosseirão? Stephen não pôde evitar o riso diante daquele novo vocativo embora a fala do padre Butt provocasse nele um estado de espírito nada caridoso.

— Foi exatamente o tipo de coisa que ele nos diz todos os dias — disse Madden. — Vocês já conhecem o estilo.

— A fala dele me aborreceu — disse Stephen, secamente.

— Por quê? — disse Temple com ansiedade. — Por que o aborreceu?

Stephen fez uma careta em vez de responder:

— Fala de um grosseirão — disse Temple. — Sou racionalista. Não acredito em religião alguma.

— Acho que, em parte, a fala foi bem intencionada — disse Cranly, lentamente, após uma pausa, voltando o rosto na direção de Stephen. Stephen devolveu o olhar, fitando um par de olhos castanhos e brilhantes, e no momento em que os olhares se cruzaram ele sentiu esperança. Não havia o que incentivar naquela frase; ele duvidava muito da sua justiça: mas sabia que tinha sido tocado pela esperança. Seguiu em frente, ao lado dos quatro rapazes, refletindo. Cranly parou diante da vitrine de uma lojinha numa das ruelas pelas quais passavam, e fitou um velho exemplar amarelado do *Daily Graphic* pendente de lado no vidro. A ilustração era de uma cena de inverno. Ninguém falou e, quando o silêncio parecia prestes a se instalar permanentemente, Madden perguntou-lhe o que

---

* "Que bela boca ele tem." [N. da E.]

† "Ele é patriótico." [N. da E.]

estava olhando. Cranly olhou para o interlocutor e voltou a olhar a foto suja, e fez um sinal pesado com a cabeça:

— O que é... o que é? — perguntou Temple, que estivera contemplando pés de porco na vitrine seguinte.

Mais uma vez, Cranly voltou o rosto vago na direção do interlocutor e apontou para a foto, dizendo:

— *Feuc an eis super stradam... in Liverpoolio.**

O círculo familiar de Stephen crescera com o regresso de Isabel do convento. Durante algum tempo a saúde da jovem estivera precária e as freiras recomendaram convalescença no lar. Ela chegou em casa poucos dias após o célebre dia do ensaio de Stephen. Stephen estava de pé diante da pequena janela da frente, voltada para a foz do rio, quando viu seus pais caminhando ao deixar o bonde, escoltando uma jovem magra e pálida. O pai de Stephen não gostava da ideia de ter mais gente residindo na casa, sobretudo uma filha pela qual nutria pouco afeto. Incomodava-o que a filha não tinha se beneficiado da oportunidade que lhe fora oferecida no convento, mas sua noção de dever público era autêntica, ainda que espasmódica, e ele jamais deixaria de ajudar a esposa a trazer a jovem para casa. A ideia de que a filha, em vez de ser um auxílio, seria um estorvo e a suspeita de que o peso da responsabilidade por ele depositada nos ombros do filho primogênito começava a irritar o jovem perturbavam-lhe a visão do futuro. Talvez tivesse uma queda por contrastes, o que o levava a esperar dedicação e sobriedade por parte dos filhos, mas[48] não se pode dizer que desejasse qualquer reexaltação material. Precisamente essa excelência impalpável, que ele queria que o filho afirmasse a despeito das circunstâncias, era o que lhe garantia o perdão condicional de Stephen. Mas essa leve ameaça de união entre pai e filho tinha sido desgastada pelas convenções da vida diária e, devido à fragilidade dessa união e à ferrugem gradual que começara a corroer a sua camada superior, a troca de mensagens era cada vez mais rara e mais débil.

O pai de Stephen era perfeitamente capaz de se convencer de algo que sabia ser inverídico. Sabia muito bem que sua ruína era obra exclusivamente sua mas se convencera de que era obra de terceiros. Compartilhava do desapreço do filho em relação à responsabilidade mas carecia da coragem do filho. Era um daqueles sabichões ilógicos para quem prova

---

* Gaélico, alemão e latim: "Veja o gelo na rua... em Liverpool". A ortografia correta é "*Feuch*". [N. do E.]

alguma é capaz de demover uma primeira impressão. A esposa tinha se desincumbido de seus deveres com uma literalidade impressionante mas nunca fora capaz de expiar a ofensa do sangue. Mal-entendidos desse tipo, aceitos como naturais em níveis sociais mais elevados, são indevidamente rejeitados na classe burguesa onde geralmente acabam gerando rixas de um ódio insaciável, mesquinho. Mr. Dedalus odiava o nome de solteira da esposa com uma intensidade medieval: o nome lhe fedia às narinas. A partir disso, a aliança por ele demonstrada era o único pecado do qual, na franca honestidade da sua covardia, ele podia se acusar. Agora que chegava às últimas décadas de vida com a dorida consciência de ter diminuído os bens de conforto e ter acumulado hábitos desconfortáveis, ele se consolava e se vingava com queixas tão demoradas e tão frequentes que corria o risco de se tornar monomaníaco. O lar à noite era a testemunha sagrada dessas vinganças, pensadas, murmuradas, resmungadas e execradas. A exceção com que a clemência inicialmente favorecera a esposa logo desapareceu e ela passou a irritá-lo com seu simbolismo zeloso. A grande decepção da vida dele foi acentuada por uma perda menor e mais incisiva — a perda da fama cobiçada. Como resultado de certa renda e certos dons sociáveis, Mr. Dedalus se habituara a se considerar o centro de um pequeno mundo, o queridinho de uma pequena sociedade. Esforçava-se ainda para manter tal posição mas ao preço de uma liberalidade incauta, pela qual a família era obrigada a sofrer de fato e de espírito. Ele supunha que enquanto se esforçasse para preservar aquela posição charmosa, as questões domésticas, graças à ação de um filho que ele não tentava compreender, por alguma intercessão divina, haveriam de se ajeitar. Por vezes, essa esperança, quando alimentada, amargava o afeto sentido por um filho que ele reconhecia como superior, mas, agora que suspeitava que a esperança fosse ilusória, o amargor daquele afeto parecia se fixar permanentemente entre suas referências emocionais. A noção que o filho tinha de aristocracia não era aquela com a qual ele simpatizava e o silêncio do filho diante das batalhas domésticas já não lhe parecia expressar lisonja. Na realidade, ele era suficientemente perspicaz para perceber aqui uma ameaça velada contra direitos castelares e não estaria equivocado se imaginasse que o filho considerava qualquer assistência durante aqueles monólogos tortuosos e obscenos como um pagamento exigido por um pai, por prover um mínimo de suprimentos a um filho impertinente...

Stephen não levava os pais muito a sério. Em sua opinião eles tinham estabelecido entre si e com ele relações enganosas e artificiais e achava que o afeto que sentiam por ele era recompensado pelo seu comportamento estudado em relação a eles e pela disposição sincera de prestar-lhes uma série de serviços de ordem material que, no seu presente estado de idealismo ferrenho, ele considerava ninharias. Os únicos serviços materiais por ele negados eram aqueles que considerava espiritualmente perigosos e cabe admitir que essa exceção praticamente anulava sua benevolência, pois ele cultivara a independência da alma ao ponto de admitir pouca sujeição. Modelos religiosos o sancionavam nesse particular. A frase que os pregadores transformavam em mandamento de obediência parecia-lhe pobre, irônica e inconclusiva e a narrativa da vida de Jesus não lhe parecia, absolutamente, a narrativa da vida de alguém que se sujeitasse a terceiros. Quando ele era católico, no sentido estrito do termo, a figura de Jesus sempre lhe parecera demasiado remota e demasiado desapaixonada e ele jamais expressara de coração uma única prece fervorosa para o Redentor: era à Maria, na condição de figura mais fraca e mais cativante da salvação, que ele confiara seus interesses espirituais. Agora sua libertação da disciplina da Igreja parecia coincidir com uma volta instintiva[49] ao Fundador e tal impulso talvez o conduzisse à consideração dos méritos do protestantismo, se outro impulso natural não o inclinasse a alinhar até aquilo que era contraditório e absurdo. Ele não sabia, além disso, se a arrogância do papado não seria derivada do próprio Jesus, como uma relutância de se deixar pressionar além do "Amém: eu vos digo", diante de qualquer relato, mas tinha certeza de que por trás dos pronunciamentos enigmáticos de Jesus existia uma concepção bem mais definida do que qualquer concepção supostamente discernível por trás da teologia protestante:

— Escreva isso no seu diário — ele disse a Maurice, o transcritor. — A ortodoxia protestante é como o cachorro do Lanty McHale: segue por um trecho do caminho qualquer pessoa.

— Acho que foi São Paulo que treinou esse cachorro — disse Maurice.

Um dia, indo por acaso à universidade, Stephen encontrou McCann de pé no saguão, segurando uma extensa declaração. Uma outra parte da declaração estava sobre a mesa do *hall* e praticamente todos os rapazes da universidade assinavam o documento. McCann falava rapidamente a um pequeno grupo e Stephen se deu conta de que a declaração era uma homenagem dos alunos da Universidade de Dublin ao czar da Rússia. Paz mundial: solução de todas as disputas por meio de arbitragem: desarmamento geral das nações: eram esses os benefícios pelos quais os alunos agradeceriam. Sobre a mesa do saguão havia duas fotografias, uma do czar da Rússia, outra do editor da *Review of Reviews*: ambas as fotos autografadas pela dupla famosa. Estando McCann de lado e voltado para a luz, Stephen se divertiu buscando semelhanças entre ele e o Imperador do Pacífico cuja foto tinha sido batida de perfil. A expressão do Czar, de Cristo delirante, provocou-lhe uma sensação de escárnio e ele recorreu ao apoio de Cranly, que estava de pé ao lado da porta. Cranly usava um chapéu de palha imundo, no formato de um balde emborcado, sob cuja proteção seu rosto se compunha de uma calma glauca.

— Ele não parece um "verrdadeirro" Jaysus? — disse Stephen, apontando a foto do czar e utilizando a versão dublinense do nome como um substantivo comum.

Cranly olhou na direção de McCann e retrucou, assentindo com um meneio de cabeça:

— "Verrdadeirro" Jaysus e cabeludo Jaysus.

Naquele instante McCann avistou Stephen e fez um sinal, indicando que logo viria falar com ele:

— Você assinou? — perguntou Cranly.

— Essa coisa? Não... você assinou?

Cranly mostrou-se indeciso mas então enunciou um enfático "Sim".

— Por quê?

— Por quê?

— É.

— Pela... *Pax*.

Stephen olhou para o que estava embaixo do chapéu em formato de balde mas não pôde ler qualquer expressão no rosto do companheiro. Seu olhar subiu até o vértice desbotado do chapéu.

— Em nome de Deus, por que você usa este chapéu? Não está tão quente assim, está? — ele indagou.

Cranly tirou o chapéu lentamente e contemplou-lhe as profundezas. Após uma breve pausa apontou o interior do chapéu e disse:

— *Viginti-uno denarios.**.

— Onde? — disse Stephen.

— Comprei — disse Cranly, com grande altivez e grande objetividade — no verão passado em Wickla.

Voltou a olhar para o interior do chapéu e disse, sorrindo com um afeto azedo:

— Não é... o pior... dos chapéus... sabia?

* "Vinte e um denários." [N. da E.]

E recolocou o chapéu na cabeça lentamente, murmurando consigo mesmo, por força do hábito: "*Viginti-uno denarios*".

— *Sicut bucketus est* —* disse Stephen.

O assunto não foi mais discutido. Cranly retirou do bolso uma bolinha cinzenta e passou a examiná-la cuidadosamente, pressionando a superfície em diversos pontos. Stephen observava essa operação quando ouviu McCann dirigindo-se a ele.

— Quero que você assine este documento.

— Do que se trata?

— É um tributo à coragem demonstrada pelo czar da Rússia ao responder às Potências advogando arbitragem, em vez de guerra, como meio de resolver desavenças nacionais.

Stephen sacudiu a cabeça. Temple, que estivera girando pelo saguão em busca de adesão, aproximou-se e disse a Stephen:

— Você acredita na paz?

Ninguém lhe respondeu.

— Então você não vai assinar? — disse McCann.

Stephen voltou a sacudir a cabeça:

— Por que não? — disse McCann, asperamente.

— Se precisamos de um Jesus — respondeu Stephen —, que seja um Jesus legítimo.

— Pelo inferno! — disse Temple rindo. — Essa é boa. Vocês ouviram isso? — ele disse, dirigindo-se a Cranly e McCann, como se os julgasse surdos. — Vocês ouviram isso? Jesus legítimo!

— Então posso deduzir que você aprova guerra e matança — disse McCann.

— Não fui eu quem fez o mundo — disse Stephen.

— Pelo inferno! — disse Temple, dirigindo-se a Cranly. — Eu acredito na fraternidade universal. Desculpe — ele disse, virando-se para McCann —, você acredita na fraternidade universal?

McCann não prestou atenção à pergunta e continuou a se dirigir a Stephen. Iniciou uma argumentação em defesa da paz, à qual Temple deu ouvidos durante alguns instantes, mas, de vez que McCann falava de costas para Temple, o jovem revolucionário, não podendo ouvi-lo muito bem, voltou a circular pelo saguão. Stephen não polemizou com McCann mas no momento de uma pausa conveniente, disse:

— Não tenho intenção de assinar.

* "Exatamente como um balde." [N. da E.]

McCann calou-se e Cranly disse, pegando Stephen pelo braço:

— *Nos ad manum ballum jocabimus.**

— Tudo bem — disse McCann prontamente, como se já estivesse habituado a recusas —, se não vai, não vai.

Saiu para recolher mais assinaturas em prol do czar enquanto Cranly e Stephen retiraram-se para o jardim. A quadra estava vazia, então resolveram jogar uma partida de vinte, sendo que Cranly cedeu sete pontos a Stephen. Stephen não tinha muita prática no jogo e portanto marcara apenas dezessete pontos, quando Cranly gritou: "Ponto!". Perdeu o segundo *game* também. Cranly era um jogador forte e certeiro mas na opinião de Stephen tinha os pés demasiado pesados para se destacar. Enquanto jogavam Madden apareceu na quadra e sentou-se sobre um caixote velho. Estava bem mais agitado que os dois jogadores e chutava o caixote com os calcanhares, gritando: "Agora, Cranly! Agora, Cranly!", "Defenda, Stevie!". Cranly, que sacava no terceiro *game*, lançou a bola pela lateral da quadra, no terreno de Lord Iveagh, e o jogo precisou ser interrompido enquanto ele foi procurá-la. Stephen agachou-se ao lado de Madden e ambos ficaram olhando para a figura de Cranly, em cima do muro, agarrado à rede e fazendo sinais para um dos jardineiros. Madden retirou do bolso materiais para fumar:

— Você e Cranly vão se demorar aqui?

— Não muito — disse Stephen.

Madden pôs-se a enfiar no cachimbo um fumo ordinário:

— Sabe de uma coisa, Stevie?

— O quê?

— O Hughes... não gosta de você... não gosta mesmo. Ouvi-o falar de você com alguém.

— "Alguém" é vago.

— Ele não gosta mesmo de você.

— Ele se deixa levar pelo entusiasmo — disse Stephen.

Na noite de sábado, véspera do Domingo de Ramos, Stephen se viu sozinho com Cranly. Os dois estavam debruçados sobre a escadaria de mármore, na biblioteca, observando ociosamente as pessoas que entravam e saíam. Os janelões diante deles estavam escancarados e entrava[50] um ar agradável:

— Você gosta dos ritos da Semana Santa? — disse Stephen.

— Sim — disse Cranly.

---

* "Joguemos handebol." [N. da E.]

— São maravilhosos — disse Stephen. — *Tenebrae*...* que infantilidade, pretender nos assustar com batidas de breviários nos bancos. Não é estranho assistir à Missa dos Pré-santificados... sem luzes e sem vestes eclesiásticas, o altar desnudo, a porta do sacrário aberta, os padres prostrados ao pé do altar?

— Sim — disse Cranly.

— Você não acha o Leitor que inicia a missa uma pessoa estranha? Ninguém sabe de onde ele vem: ele não tem qualquer ligação com a missa. Aparece sozinho e abre um livro do lado direito do altar e, depois que lê o texto, fecha o livro e sai do jeito que chegou. Não é estranho?

— Sim — disse Cranly.

— Sabe como a prática inicia? *Dixit enim Dominus:*† *in tribulatione sua consurgent ad me; venite et revertamur ad Dominum.*‡

Ele entoou o começo da prática em meia-voz e o canto desceu escorrendo pela escadaria e deu a volta pelo saguão circular, cada nota retornando ao ouvido, ornada e suave.

— Ele suplica — disse Stephen. — Ele é o que aquele sujeito com cara de pó de giz foi para mim, *advocatus diaboli.*§ Jesus não tem amigo na Sexta-feira da Paixão. Sabe que tipo de figura surge diante de mim na Sexta-feira da Paixão?

— Que tipo?

— Um homenzinho feioso que assume em seu corpo os pecados do mundo.¶ Algo entre Sócrates e um Cristo gnóstico... um Cristo da Idade das Trevas. Foi isso que a missão de redenção lhe reservou: um corpo arqueado e feio do qual nem Deus nem o homem sente pena. É estranha a relação de Jesus com aquele pai dele. O pai me parece um

---

* Na Igreja católica, *Tenebrae* (latim, "trevas") é o nome de uma celebração realizada nos três últimos dias da Semana Santa. Durante a *Tenebrae*, enquanto as velas são gradualmente apagadas, é feita uma série de leituras e salmos são cantados ou recitados. [N. do T.]

† Corrigido, com lápis vermelho: "*Haec dicit Dominus*" ("Isso diz o Senhor."). [N. do E.]

‡ "Levantar-se-ão contra mim quando em aflição; venham e voltemos ao Senhor." [N. da E.]

§ "Advogado do diabo." [N. da E.]

¶ Escrito na margem, a lápis, lê-se a seguinte frase: "A noção do bode expiatório, no Antigo Testamento, e do Cordeiro de Deus, no Novo (palavras do próprio Cristo)". [N. do E.]

tanto esnobe. Você já reparou que ele só reconhece o filho publicamente uma única vez... quando Jesus está no cume do Tabor?

— Não gosto muito da Quinta-feira Santa — disse Cranly.

— Nem eu. Tem mamães e filhinhas demais caçando capela. A capela cheira demais a flor, vela quente e mulher. Além disso, garotas rezando me deixam desconcertado.

— Você gosta do Sábado de Aleluia?

— A missa é sempre muito cedo mas eu gosto.

— Eu gosto.

— Sim, a Igreja parece ter ponderado e resolvido dizer: "Bem, afinal, agora é manhã e ele não estava tão morto quanto pensávamos". O corpo se transforma na vela pascal com cinco grãos de incenso nela encravados em vez de cinco chagas. E também as três fiéis Marias, que pensavam que tudo tinha acabado na sexta-feira, têm cada uma a sua vela. Os sinos dobram e a missa se enche de aleluias irrelevantes.* É uma questão mais propriamente técnica, abençoando isso, aquilo e aquilo outro, mas é alegre e solene.

— Mas você não supõe que o povo idiota enxergue algo nessas missas, não é?

— Não enxerga? — disse Stephen.

— Ora! — disse Cranly.

Um dos amigos de Cranly subiu a escadaria enquanto eles conversavam. Era um jovem que durante o dia trabalhava na Cervejaria Guinness e à noite frequentava o curso de Filosofia Moral e Mental na universidade. Obviamente, Cranly o induzira a fazer o curso. O tal jovem, chamado Glynn, não conseguia manter a cabeça firme pois sofria de uma condição nervosa congênita e suas mãos tremiam muito sempre que ele tentava fazer com elas qualquer coisa. Quando falava demonstrava hesitação e nervosismo e parecia que só se acalmava quando batia os pés no chão de forma ritmada. Era um jovem de baixa estatura, com rosto de negro e cabelo crespo de negro. Costumava portar um guarda-chuva e sua conversa, no mais das vezes, traduzia banalidades em frases polissilábicas. Tal hábito fora cultivado porque o poupava da inconveniência de pensar em velocidade normal e talvez porque achasse que fosse esse o canal mais adequado ao seu humor esquisito.

— Eis que chega Glynn, o professor Guarda-Chuvão — disse Cranly.

* Esta frase e as duas que a precedem aparecem escritas na margem a lápis, como acréscimos feitos posteriormente. [N. do E.]

— Boa-noite, cavalheiros — disse Glynn, fazendo uma reverência.

— Boa... noite — disse Cranly vagamente. — Bem, sim... é uma boa noite.

— Isso eu posso ver — disse Glynn, sacudindo um trêmulo dedo indicador em sinal de reprovação. — Posso ver que você está prestes a fazer comentários óbvios.

Na noite de Quarta-feira Santa, Cranly e Stephen assistiram à celebração das *Tenebrae* na catedral provisória.* Passaram pela parte posterior do altar e foram se ajoelhar atrás dos alunos de Clonliffe que estavam cantando o ofício. Stephen ficou exatamente de frente para Wells e pôde observar a grande mudança que uma sobrepeliz provocara na aparência do jovem. Stephen não gostou do ofício, que foi entoado depressa demais. Disse a Cranly que a capela com bancos encerados e luminárias acesas se assemelhava a um escritório de seguradora. Cranly fez planos para que na Sexta-feira Santa eles assistissem à celebração na igreja carmelita, na Whitefriar Street, onde, segundo ele, o ofício era bem mais singelo. Cranly acompanhou Stephen por um trecho do caminho seguido por Stephen até em casa e explicou, com detalhes, recorrendo às suas mãos avantajadas, todas as vantagens do bacon de Wicklow.

— Você não é israelita — disse Stephen. — Vejo que você come o animal impuro.

Cranly respondeu que era bobagem considerar o porco impuro porque o animal comia sujeira, e ao mesmo tempo considerar a ostra, que come basicamente excremento, uma iguaria. Em sua opinião, o porco era muito caluniado: disse que era possível ganhar bastante dinheiro com porcos. E deu o exemplo dos alemães que fizeram pequenas fortunas em Dublin abrindo açougues especializados em carne suína.

— Eu sempre pensei seriamente — ele disse, interrompendo a caminhada a fim de enfatizar o comentário — em abrir um açougue de carne de porco... sabe? E pôr uma placa com a palavra *Kranliberg*† ou algum nome alemão, sabe, acima da porta... e fazer uma bela fortuna com carne suína.

— Deus nos abençoe! — disse Stephen. — Que ideia horrenda!

---

* Igreja paroquial temporariamente utilizada como catedral de uma diocese. [N. do T.]

† A lápis na margem aparecem as palavras "açougueiro alemão"; não há indicação do ponto em que tais palavras seriam inseridas. [N. do E.]

— É — disse Cranly, andando com um passo pesado — que bela fortuna eu faria.

Na Sexta-feira da Paixão, perambulando pela cidade, Stephen viu um cartaz num muro anunciando que As Três Horas de Agonia seria pregada pelo reverendíssimo W. Dillon, S.J. e pelo reverendíssimo J. Campbell, S.J., na igreja jesuíta, na Gardiner Street. Stephen sentia-se solitário e sem rumo, cruzando uma sequência de ruas desertas e, sem perceber, tomou a direção da Gardiner Street. O dia estava quente e sombrio e a cidade tinha o ar de um torpor sagrado. Quando passou diante da Igreja de São Jorge, viu que já era duas e meia — fazia três horas que ele perambulava pela cidade. Stephen entrou na igreja, na Gardiner Street e, passando sem se deter pela mesa do irmão, que, na expectativa de uma moeda se levantou de um cochilo embasbacado, chegou à ala direita da capela. A capela estava lotada, do altar às portas, com uma multidão bem vestida. Por toda parte, ele via a mesma bajulação aos jesuítas, que têm por hábito atrair à ordem as almas de milhares de cidadãos respeitáveis e inseguros da classe média, oferecendo-lhes um asilo refinado, uma certa amabilidade interesseira, confessional, à qual suas aventuras espirituais absolutamente não os habilitam. Não muito longe dele, no abrigo de uma das pilastras, Stephen avistou o pai e dois amigos. O pai direcionava os óculos ao coro distante e seu rosto estampava um ar de intensa devoção. O coro executava um trecho floreado que traduzia uma expressão de luto. A caminhada, o calor, o aperto, a escuridão da capela dominaram Stephen e, encostando-se no forro da porta, ele semicerrou os olhos e se permitiu divagar. Rimas começaram a se formar em sua cabeça.

Percebeu vagamente que uma figura branca subira ao púlpito e ouviu uma voz dizer *Consummatum est.* Reconheceu a voz e sabia que o padre Dillon pregaria a Sétima Palavra. Não se deu ao trabalho de ouvir o sermão mas de tantos em tantos minutos escutava uma nova tradução da Palavra rolando por cima da congregação. "Está acabado", "Está feito". Tal sensação o despertou da divagação e, à medida que as traduções se sucediam cada vez mais rapidamente, ele notou que seus instintos se aguçavam. Apostou consigo mesmo que palavra o pregador escolheria. "Está... feito", "Está... consumado", "Está... concluído". Nos poucos segundos entre a primeira e a segunda parte da frase a mente de Stephen realizava façanhas de adivinhação: "Está... acabado", "Está... terminado", "Está... concretizado". Finalmente, num ímpeto de retórica, padre Dillon bradou que tudo chegara ao fim e a congregação começou a verter pelas ruas. Stephen foi carregado pela multidão e em torno de si ouviu os mesmos murmúrios de admiração e as mesmas expressões de contentamento, burburinhos discretos, exclamações contidas. Os protegidos dos jesuítas se congratulavam por uma Sexta-feira Santa devidamente celebrada.

Evitando encontrar o pai, Stephen dirigiu-se ao interior da capela e aguardou no pórtico central enquanto o populacho se acotovelava e tropeçava ao passar por ele. Ali também havia admiração, contentamento. Um jovem operário passou acompanhado da esposa e Stephen escutou as palavras: "Ele sabe 'teolugia', vou te contar". Duas mulheres pararam diante do receptáculo de água benta e, depois de esfregar as mãos em vão na parte inferior, fizeram o sinal da cruz com um gesto desleixado e as mãos secas. Uma delas suspirou e se envolveu num xale marrom.

— E o jeito que ele fala! — disse a mulher.

— Ah, é.

Então a outra mulher também suspirou e se embrulhou no xale:

— Pois é... — ela disse — Deus abençoe o 'home'... ele fala umas 'palavra' que nem você nem eu 'entende'.*

XXI

Entre a Páscoa e o final de maio a amizade de Stephen e Cranly progrediu noite após noite. À medida que se aproximavam os exames finais Maurice e Stephen deveriam estar se dedicando arduamente aos estudos. Maurice se retirava para seu quarto zelosamente todas as noites depois do jantar e Stephen se dirigia à biblioteca, onde supostamente se concentrava no trabalho. Na realidade, ele estudava pouco, ou nada, na biblioteca. Ficava conversando com Cranly em uma das mesas ou no topo da escadaria, se despachados pelo bibliotecário ou pelos olhares indignados dos estudantes. Às dez horas, quando a biblioteca fechava, os dois voltavam juntos pelas ruas centrais travando conversas banais com outros colegas.

A princípio parecia um tanto estranho e improvável que os dois jovens tivessem algo em comum além do desejo insaciável de lazer. Stephen começava a se considerar seriamente um artista das letras: expressava

* Depois disso, a lápis, aparecem as seguintes palavras: "Se eu dissesse a elas que a ausência de água no receptáculo simboliza o fato de que, quando Cristo nos lava com sangue, não precisamos de qualquer outro tipo de aspersão". [N. do E.]

desprezo pela ralé e desdém pela autoridade. Os companheiros escolhidos por Cranly representavam a ralé em estágio parcial de fermentação, um ponto mediano do processo, entre barril e garrafão, e Cranly parecia satisfeito com o espetáculo dessa caricatura da sua própria incapacidade. Em todo caso, tanto diante da ralé quanto da autoridade ele demonstrava uma deferência submissa e Stephen estaria inclinado a considerar tal comportamento demasiado amadurecido como sinal de corrupção interior, se não tivesse provas diárias de que Cranly se prontificava a arriscar a própria reputação enquanto membro da Irmandade e ministro leigo da Igreja, ao se relacionar com um sujeito reconhecidamente contaminado. Cranly, no entanto, talvez quisesse que os padres achassem que ele acompanhava o artista jovem e rebelde com o objetivo secreto de reconduzi-lo ao bom caminho e, como se apreciasse secretamente a sua própria aptidão pra tal tarefa, ele sempre apresentava e interpretava as doutrinas da Igreja *vis-à-vis* as teorias de Stephen. Assim confrontado, o defensor da ortodoxia utilizava a artimanha de sugerir uma possível reconciliação entre vizinhos, e sugerir ainda[51] que a Igreja não se precipitaria em condenar os devaneios da arquitetura, nem o uso de emblemas e ornamentos pagãos, desde que o aluguel devido fosse pago antecipadamente a cada três meses. Esse acordo de negócio, cuja lealdade pareceria suspeita a almas mais simples, não haveria de assustar dois jovens que gostavam de remeter até fenômenos morais à região de suas células primárias. A doutrina moral do catolicismo, tão astutamente forrada e trançada pela zelosa liga da consciência, e operando sob a gestão de um espírito flexível, era capaz de realizar façanhas de dilatação e contração. Após um milhar dessas mudanças de forma o corpo elástico foi subitamente detectado numa nova posição e um ponto até então externo era agora visto como algo interno: e tudo isso de maneira imperceptível, enquanto o olho era engambelado pela simples exibição de tantas variações executadas num determinado instinto ameboide.

Quanto às simpatias artísticas não se podia afirmar que Cranly delas dispusesse. Ele possuía toda a afeição rústica pelas coisas prosaicas dos seis dias da semana e, além disso, carecia do gosto hipócrita que os rústicos, no sétimo dia, fingem ter pelas Belas Artes. Na biblioteca, lia apenas os semanários ilustrados. Às vezes, pegava um livro volumoso em cima do balcão e o carregava solenemente até o local onde estivera sentado, onde abria o livro e estudava a folha de rosto e o prefácio durante cerca de uma hora. Da boa literatura ele conhecia, quase literalmente, nada. Seu conhecimento da prosa inglesa parecia restrito a uma turva noção do início de *Nicholas Nickleby* e quanto à poesia inglesa ele tinha certamente lido o poema de Wordsworth intitulado "Conselho a um pai". Ambos esses feitos ele comunicou a Stephen um dia, ao ser surpreendido lendo com toda atenção a folha de rosto de um livro cujo título era *Enfermidades do boi*. Nada comentou acerca da leitura e simplesmente mencionou as duas proezas, admirado por tê-las concretizado. Comandava um esparso regimento de palavras e assim conseguia se exprimir: mas tinha um discurso insípido e frequentemente cometia erros infantis. Tinha um jeito ousado de empregar termos técnicos ou estrangeiros como se quisesse dizer que, para ele, tais termos não passavam de convenções de linguagem. Sua capacidade de absorção não era ameaçada por náuseas; ele absorvia tudo aquilo que viesse em sua direção e era por puro instinto que Stephen percebia qualquer afinidade especial naquele indivíduo tão sem percepção. Ele gostava de reconduzir qualquer debate filosófico à própria mecânica das faculdades mentais e fazia o mesmo com questões mundanas, testando tudo pelo valor nutricional.

Foi em favor desse jovem que Stephen resolveu desobedecer ao mandamento de reticência. Cranly, por seu turno, estaria acima de todas as vicissitudes da vida, se não experimentasse uma comoção resultante daquela lisonja delicadamente insistente. Stephen falou ao ouvido depauperado do rapaz a partir da plenitude de um vocabulário acumulado, e confrontou as ousadas banalidades do estado de espírito dele com um complexo brilho de pensamento. Cranly raramente, ou nunca, impunha a própria presença nesses monólogos. Ouvia tudo, parecia compreender tudo e parecia pensar que era dever do seu caráter especulativo ouvir e compreender. Jamais se negava a escutar. Stephen recorria àquele ouvido continuamente pois sentia a necessidade de uma compreensão inteligente. Lado a lado, percorriam juntos quilômetros de ruas. Se chovesse, detinham-se embaixo de grandes pórticos, cedendo à visão de alguma trivialidade atraente. Às vezes, sentavam-se na plateia de um teatro de variedades, um mostrando ao outro a tapeçaria dos seus intentos poéticos, enquanto a orquestra vociferava para o comediante e o comediante vociferava para a orquestra. Cranly acostumou-se a ter as suas sensações e impressões registradas e analisadas na hora exata em que surgissem. Esse tipo de concentração na própria pessoa era-lhe desconhecido[52] e a princípio ele se espantava com o júbilo do controle solitário diante da arrogância ingênua de Stephen. Tal fenômeno, que punha em xeque todos os seus julgamentos anteriores, e abria um novo sistema de vida no limite final do mundo dele,[53] causava[54] certa irritação à mente.[55] Também o irritava porque ele conhecia muito bem o grande percentual de sentimento cristão escondido sob um verniz de estoicismo, o que o impedia de achar que dispusesse de algum talento para aquele tipo de extravagância. E no entanto, ouvindo o jovem franco e egoísta verter orgulho e raiva aos seus pés como um bálsamo caro, e beneficiando-se de uma liberalidade que parecia nada guardar em reserva, por mais que ele quisesse se manter distante de laços daquele tipo, ele se via gradualmente respondendo ao chamado por meio de uma afeição calada, perversa. Fingia ser mais cruel do que era normalmente e, como se estivesse infectado pela arrogância do companheiro, parecia esperar que a prática da crítica agressiva fosse suspensa no seu caso.

Uma licença à qual ele se permitia livremente dizia respeito à abstração indelicada, tão profunda ao ponto de sugerir grande atividade mental, mas resultando, no fim das contas, em alguma dura realidade. Se uma conversa[56] decorrente de alguma trivialidade lhe parecesse prosseguir indevidamente, ele a recebia com um silêncio que sutilmente expressasse aversão e, numa pausa da conversa, descia o martelo brutalmente sobre o pobre assunto. Às vezes, Stephen achava esse hábito ultraclássico bastante desagradável. Certa noite o monólogo foi interrompido várias vezes. Stephen tinha mencionado a doença da irmã e desfiado algumas léguas de teorias sobre o tema da opressão doméstica. Cranly não chegara a interromper o discurso mas tinha inserido pergunta após pergunta, sempre que percebia uma brecha. Quis saber a idade de Isabel, os sintomas, o nome do médico, o tratamento, a dieta, o aspecto dela, que cuidados a mãe lhe dispensava, se um padre tinha sido chamado, se ela estivera doente antes. Stephen respondera a todas essas perguntas mas Cranly não se satisfizera. Prosseguira o questionamento até que o monólogo teve de ser abandonado: e Stephen, refletindo sobre a atitude dele, não fora capaz de decidir se a conduta era sinal de profundo interesse em enfermidade humana ou sinal de insatisfação e irritabilidade com um teórico desumano.

Stephen absolutamente não deixou de aplicar a repreensão a si mesmo mas com toda a honestidade não foi capaz de reconhecer sua justiça. A irmã se tornara quase uma estranha para ele, em consequência da maneira como tinha sido criada. Ele mal lhe dirigira uma centena de palavras desde o tempo em que eram crianças. Agora não tinha como falar com ela a não ser como se fala com uma estranha. Ela aceitara a religião da mãe; ela aceitara tudo o que lhe fora proposto. Se sobrevivesse, teria exatamente o temperamento de uma esposa católica de inteligência limitada e docilidade carola, e se morresse teria supostamente garantido um lugar no céu eterno dos cristãos, do qual os dois irmãos provavelmente ficariam de fora. Consta que as calamidades deste mundo pesam pouco nos ombros do verdadeiro cristão, que sabe aguardar até que o Criador institua o reino dos justos. O caso de Isabel provocava em Stephen ódio e comiseração mas ele viu imediatamente o quanto seria inútil tentar interferir. A vida de Isabel tinha sido e sempre seria uma caminhada trêmula diante de Deus. A menor troca de ideias entre eles tinha que ser, da parte dele, condescendência ou tentativa de corrupção. Nenhuma consciência da consanguinidade dos dois o perturbava com um afeto natural, irracional. Ela era chamada de irmã assim como a mãe era chamada de mãe mas jamais qualquer prova da relação lhe fora propiciada por meio da atitude emocional das duas para com ele, ou qualquer reconhecimento da relação lhe fora permitido em sua atitude emocional para com elas. Marido e mulher católicos, pai e mãe católicos, podem optar por agir naturalmente mas a mesma graça não é estendida aos filhos católicos. Estes devem resguardar uma disciplina incondicional, sob pena de serem repreendidos e chamados de desnaturados pelos próprios pregadores que afirmam que a natureza é propriedade de Satanás. Stephen tivera ímpetos de piedade pela mãe, pelo pai, por Isabel, por Wells também, mas acreditava ter agido bem ao resistir a tais impulsos: ele precisava primeiramente salvar a si mesmo e não tinha por que salvar terceiros a menos que seu experimento consigo mesmo o justificasse. Cranly tinha feito acusações sérias contra ele, invocando, por implicação, a imagem de Isabel com sua chama que gradualmente se apagava, seus longos cabelos castanhos e grandes olhos sonhadores, mas Stephen enfrentou as acusações e respondeu, de coração, que era injustiça apontar o dedo e censurá-lo e que a piedade vaga e passiva por parte daqueles que apoiavam o sistema de mútua associação servil em relação àqueles que o aceitavam era apenas uma brincadeira com as emoções características tanto do egoísta quanto do homem sensível. E mais, Stephen não achava que Isabel corresse grande perigo. Disse a Cranly que ela decerto estava crescendo rapidamente demais; muitas jovens são delicadas naquela idade. Confessou que o assunto o entediava um pouco. Cranly manteve-se firme e olhou para ele fixamente:

— Meu caro — disse ele —, sabe o que é?... Você é um homem... extraordinário.

Uma semana antes dos exames Cranly explicou a Stephen seu plano para ler a matéria do curso em cinco dias. O plano tinha sido cuidadosamente elaborado, fundamentado em conhecimentos profundos de examinadores e exames. A intenção de Cranly era estudar das dez da manhã às duas e meia da tarde, e das quatro às seis, e então das sete e meia às dez. Stephen recusou-se a adotar o plano pois acreditava ter boas chances de ser aprovado em virtude do que chamava de conhecimento "indireto", mas Cranly disse que o plano era totalmente seguro.

— Não consigo enxergar — disse Stephen — como você pode ser aprovado... digamos, em redação latina... com uma preparação tão superficial. Se você quiser, eu posso lhe mostrar algumas coisas... não que eu escreva maravilhosamente...

Cranly refletiu, parecendo não ter notado a oferta. Então afirmou sumariamente que seu plano funcionaria:

— Eu juro pela minha Bíblia no leito de morte — ele disse — que vou escrever muito bem, sabe, isso mesmo... do jeito que eles querem. O que eles sabem sobre prosa latina?

— Não muito, eu suponho — disse Stephen —, mas talvez não sejam tão ignorantes quanto à gramática latina.

Cranly pensou sobre o ponto e então encontrou uma saída:

— Sabe de uma coisa — ele disse —, quando não souber a gramática, eu insiro um trecho de Tácito.

— A propósito de quê?

— Que diabo importa... a propósito de quê?

— É bem verdade — disse Stephen.

O plano de Cranly não obteve sucesso nem fracasso, pelo simples motivo de que jamais foi adotado. As noites que antecederam os exames passaram-se no pórtico da biblioteca. Os dois jovens contemplavam o céu tranquilo e discutiam como seria possível ganhar a vida com um mínimo de trabalho. Cranly sugeria abelhas: ele parecia conhecer toda a economia da vida das abelhas e não se mostrava tão intolerante em relação às abelhas como o era em relação aos homens. Stephen disse que seria um bom esquema, se Cranly conseguisse ganhar a vida com o trabalho das abelhas e permitisse que ele (Stephen) ganhasse a vida com o trabalho somado das abelhas e do criador das abelhas.

— "Hei de contemplar, da aurora ao crepúsculo,
O sol refletido em lago alumiar

Abelhas amarelas na hera em flor".[*]

— "Alumiar"? — disse Cranly.

— Sabe o que significa "alumiar"?

— Quem escreveu isso?

— Shelley.

— Alumiar... remete à luz... um dourado profundo.

— Interpretação espiritual da paisagem é coisa rara. Tem gente que acha que escreve espiritualmente só por tornar o cenário sombrio e nublado.

— Esse trecho que você acabou de dizer não me parece espiritual.

— Nem a mim: mas, às vezes, Shelley não evoca o olho. Ele diz: "muitas flautas à beira de um lago".[†] Isso cativa o olho ou a noção de cor?

— O rosto de Shelley me faz lembrar o de um pássaro. Como é mesmo? "O lago cercado de sol alumiar"?...

— "O sol refletido em lago alumiar
Abelhas amarelas na hera em flor".

— O que você está citando? — perguntou Glynn, que acabava de sair da biblioteca após várias e longas horas de estudo.

Cranly o examinou antes de responder:

— Shelley.

— Ah, Shelley? Qual foi mesmo a citação?

Cranly meneou a cabeça na direção de Stephen.

— Qual foi a citação? — perguntou Glynn. — Shelley é uma velha paixão minha.

Stephen repetiu os versos e Glynn sacudiu a cabeça diversas vezes, demonstrando nervosismo e aprovação.

— Linda poesia escreveu Shelley, não? Tão mística.

— Sabe como eles chamam essas abelhas amarelas em Wicklow? — perguntou Cranly subitamente, voltando-se para Glynn.

— Não. Como?

— Abelhão ferrão-rubro.

Cranly gargalhou do seu próprio comentário e bateu com os calcanhares nos degraus de granito. Glynn, ciente da sua frágil posição,

---

[*] Versos do drama lírico "Prometeu Libertado" (Ato 3, cena 1), de autoria do poeta inglês Percy Bysshe Shelley (1792–1822). Stephen altera apenas a pessoa lírica, substituindo a terceira pessoa "ele", pela primeira "eu". [N. do T.]

[†] Outro verso de "Prometeu Libertado" (Ato 2, cena 2, verso 38). [N. do T.]

começou a mexer no guarda-chuva e a buscar algo no seu estoque de ditos espirituosos.

— Mas isso é só — ele disse —, com perdão da má palavra, isso é só por assim dizer...

— "O sol refletido em lago alumiar
Abelhões ferrão-rubro na hera em flor".

— É poesia da boa, tão boa quanto a de Shelley — disse Cranly, dirigindo-se a Glynn. — O que você acha?

— Parece-me inegável — disse Glynn, brandindo diante de si o guarda-chuva trêmulo, para acrescentar ênfase — que as abelhas estejam nas flores. Quanto a isso, podemos afirmar ser evidentemente o caso.

Os exames duraram cinco dias. Passados os dois primeiros dias Cranly sequer se sujeitou à formalidade de entrar na sala; terminada cada prova, ele podia ser visto do lado de fora da universidade, revisando atentamente as questões ao lado dos amigos mais aplicados. Disse que as provas estavam muito fáceis e que qualquer pessoa que tivesse um nível razoável de conhecimento seria aprovada. Não perguntou a Stephen acerca de qualquer questão específica e disse apenas "Suponho que você tenha passado". "Espero que sim", disse Stephen. McCann costumava vir ao encontro dos alunos que acabavam as provas. Em parte, vinha porque achava que tinha o dever de demonstrar interesse em tudo o que acontecia na universidade, e em parte porque uma das filhas de Mr. Daniel estava se submetendo aos exames. Stephen, que não se importava muito se teria sucesso ou seria reprovado, divertia-se bastante com a ciumeira e a ansiedade dissimuladas em ares de displicência. Alunos que tinham estudado com afinco o ano inteiro tentavam se passar por vadios, e tanto os vadios quanto os aplicados pareciam se submeter às provas muito a contragosto. Rivais não se falavam, com receio que seus olhos os traíssem, mas era comum perguntar discretamente a um conhecido como ele tinha se saído nos exames. A excitação era tão autêntica que nem mesmo a excitação do sexo a superava. As alunas não eram tratadas com brincadeiras e piadas mas eram vistas com certa aversão, como inimigas ardilosas. Alguns rapazes aplacavam a animosidade e ao mesmo tempo vingavam-se da superioridade delas dizendo que não era surpresa que as mulheres se saíssem tão bem, visto que podiam estudar dez horas por dia[57] o ano inteiro. McCann, que atuava como intermediário, contava-lhes as intrigas do outro campo e foi ele que espalhou[58] a notícia que Landy não ficaria com o primeiro lugar em Literatura Inglesa porque

Miss Reeves tinha escrito um ensaio de vinte páginas sobre *Usos e abusos do ridículo.*

Os exames terminaram numa terça-feira. Na manhã de quarta-feira a mãe de Stephen se mostrava bastante ansiosa. Stephen não dera aos pais muitas satisfações sobre seu desempenho nas provas mas não achava que fosse essa a causa da apreensão da mãe: aguardou, no entanto, até que a apreensão se revelasse. A mãe esperou até que a sala estivesse vazia e então disse casualmente:

— Você ainda não cumpriu as suas obrigações da Páscoa, não é, Stephen?

Stephen respondeu que não.

— É melhor você ir se confessar de dia. Amanhã é Quinta-feira da Ascensão e as capelas estarão lotadas hoje à noite com gente que deixou para cumprir as obrigações da Páscoa à última hora. É incrível como as pessoas não têm vergonha. Deus sabe de quanto tempo elas dispõem desde a Quarta-feira de Cinzas, e que não precisariam esperar pela décima segunda badalada para procurar um padre... Não estou me referindo a você, Stephen. Eu sei que você esteve estudando para os exames. Mas gente que não tem o que fazer...

Stephen não respondeu e continuou a raspar cuidadosamente a casca do ovo.

— Eu já cumpri as minhas obrigações da Páscoa... na Quinta-feira Santa... mas pretendo comungar amanhã de manhã. Estou fazendo uma novena e gostaria que você oferecesse a sua comunhão em nome da uma intenção minha.

— Que intenção?

— Bem, querido, estou muito preocupada com a Isabel... Não sei o que pensar...

Stephen perfurou o fundo da casca com raiva e perguntou se ainda tinha chá.

— No bule não tem mais mas posso ferver mais água num minuto.

— Ah, não se incomode.

— É só um instantinho.

Stephen consentiu que a água fosse fervida pois isso lhe daria tempo para pôr um fim à conversa. Aborrecia-o extremamente que sua mãe o adulasse apenas para induzi-lo à religião, valendo-se para tal da saúde de sua irmã. Ele achava que aquela tentativa o desonrava e o liberava das últimas dissuasões de devoção sincera. A mãe pôs a chaleira no fogo e parecia menos ansiosa, como se tivesse esperado uma recusa brusca. Até arriscou uma conversa fiada de beata.

— Preciso tentar chegar ao centro amanhã, a tempo de assistir à missa na Marlborough Street. Amanhã é um dia de grande celebração na Igreja.

— Por quê? — perguntou Stephen sorrindo.

— A Ascensão de Nosso Senhor — respondeu a mãe gravemente.

— E por que é um dia de grande celebração?

— Porque foi nesse dia que Ele se revelou Divino: Ele ascendeu ao céu.

Stephen começou a espalhar manteiga numa casca dura do pão enquanto sua fisionomia se fixava em clara hostilidade:

— De onde ele subiu?

— Do Monte das Oliveiras — respondeu a mãe, enrubescendo.

— De cabeça para cima?

— Como assim, Stephen?

— Suponho que ele tenha ficado bastante tonto. Por que ele não foi de balão?

— Stephen, você está querendo zombar de Nosso Senhor? Eu imaginava que você fosse inteligente o bastante para não usar esse tipo de linguagem: é o tipo de coisa que só dizem as pessoas que acreditam apenas no que está diante do nariz delas. Estou surpresa.

— Diga-me, mãe — disse Stephen, enquanto comia —, a senhora quer dizer que acredita que o nosso amigo tenha subido da montanha, como se diz por aí?

— Acredito.

— Eu não.

— O que você está dizendo, Stephen?

— É absurdo: é Barnum.* Como ele vem ao mundo só Deus sabe… caminha sobre a água, sai da cova e sobe do Morro de Howth. Que bobagem é essa?

— Stephen!

— Eu não acredito: e não seria um mérito se eu acreditasse. Tampouco é mérito o fato de eu não acreditar. É uma bobagem.

— Os doutores mais eruditos da Igreja creem e isso já me basta.

— Ele consegue jejuar durante quarenta dias…

* Referência a Phineas Taylor Barnum (1810–91), empresário americano famoso por suas exibições de espetáculos circenses bizarros. [N. da E.]

— Deus tudo pode...

— Tem um sujeito lá na Capel Street que faz um show e diz que come vidro e prego. Ele se apresenta como *O Avestruz Humano.*

— Stephen — disse a mãe —, receio que você tenha perdido a fé.

— Receio o mesmo — disse Stephen.

Mrs. Dedalus parecia bastante constrangida e sentou-se, impotente, na cadeira mais próxima. Stephen fixou a atenção na água e, quando esta ferveu, preparou para si mais uma xícara de chá.

— Nunca pensei — disse a mãe — que a coisa chegaria a este ponto... que um filho meu perderia a fé.

— Mas a senhora já sabe disso há algum tempo.

— Como eu poderia saber?

— A senhora sabia.

— Eu desconfiei que algo estivesse errado mas nunca pensei...

— E mesmo assim a senhora queria que eu recebesse a Santa Comunhão!

— É claro que agora você não pode comungar. Mas eu achei que você fosse cumprir o seu dever de Páscoa, como tem feito todos os anos até agora. Não sei o que o desviou, a menos que tenham sido aqueles livros que você lê. Seu tio John, também... foi desviado por livros quando era jovem... mas só durante algum tempo.

— Pobre sujeito! — disse Stephen.

— Você foi educado por jesuítas, num lar católico...

— Lar muito católico!

— Nenhum dos seus antepassados, seja do lado do seu pai, seja do meu, tem nas veias uma gota de sangue que não seja católica.

— Bem, eu serei o primeiro da família.

— Isso é resultado de excesso de liberdade. Você faz o que quer e acredita no que quer.

— Eu não acredito, por exemplo, que Jesus foi o único homem cujos cabelos eram de um tom castanho avermelhado absolutamente puro.

— E daí?

— Nem que ele foi o único homem cuja estatura era exatamente 1.83m, nem mais, nem menos.

— E daí?

— E daí que a senhora crê nisso. Ouvi a senhora dizer isso anos atrás para a nossa babá, em Bray... a senhora se lembra da babá Sarah?

Mrs. Dedalus defendeu a tradição timidamente.

— Isso é o que dizem.

— Ah, o que dizem! Tantas coisas são ditas.

— Mas você não precisa acreditar nisso, se não quiser.

— Muito obrigado.

— Você só é convidado a crer na palavra de Deus. Pense nos lindos ensinamentos de Nosso Senhor. Pense na sua própria vida quando você acreditava nesses ensinamentos. Você não era melhor e mais feliz naquele tempo?

— Foi bom para mim naquela época, talvez, mas é inútil para mim agora.

— Eu sei qual é o seu problema... você está sofrendo as consequências da soberba intelectual. Você esquece que não passamos de vermes da terra. Você acha que pode desafiar Deus porque você fez mau uso dos talentos que Ele lhe deu.

— Acho que Jeová ganha bem demais para julgar motivações. Eu gostaria de aposentá-lo por idade.

Mrs. Dedalus se levantou.

— Stephen, você pode usar esse tipo de linguagem com os seus companheiros, seja lá quem eles forem, mas não vou permitir que fale assim comigo. Nem mesmo seu pai, por pior que seja, blasfema como você. Receio que você já não seja o mesmo, desde que foi para a universidade. Suponho que você esteja andando na companhia daqueles alunos...

— Deus do céu, mãe — disse Stephen —, não pense assim. Meus colegas são excelentes rapazes. Adoram a religião: seriam incapazes de assustar um ganso.

— Onde quer que você a tenha aprendido não vou permitir que use essa linguagem quando falar comigo sobre coisas sagradas. Reserve isso para as esquinas à noite.

— Muito bem, mãe — disse Stephen. — Mas foi a senhora que puxou o assunto.

— Nunca pensei que chegaria o dia em que um filho meu perdesse a fé. Deus sabe que nunca pensei nisso. Fiz o máximo para mantê-lo no caminho certo.

Mrs. Dedalus começou a chorar. Stephen, tendo comido e bebido a valer, levantou-se e se dirigiu à porta:

— É tudo culpa daqueles livros e das más companhias. Sempre na rua, a noite toda, em vez de ficar em casa, que é o seu lugar. Vou queimá-los... todos. Não vou permitir que fiquem aqui em casa e corrompam outras pessoas.

Stephen parou diante da porta e virou-se para a mãe, que agora soluçava intensamente:

— Se a senhora fosse uma católica autêntica, mãe, deveria me queimar junto aos livros.

— Eu sabia que nada de bom resultaria da sua ida para aquele lugar. Você está arruinando o corpo e a alma. Agora perdeu a fé!

— Mãe — disse Stephen, da soleira da porta —, não sei por que a senhora está chorando. Eu sou jovem, feliz e tenho saúde. Por que o choro?... É muita tolice...

Stephen foi até a biblioteca naquela noite expressamente para encontrar Cranly e relatar-lhe[59] o conflito mais recente com a ortodoxia. Cranly se encontrava no pórtico da biblioteca, divulgando antecipadamente o resultado dos exames. Como de hábito, estava cercado por um pequeno grupo, entre os quais o companheiro, funcionário da alfândega, e outro grande amigo, um estudante mais velho, de ar circunspecto, chamado Lynch. Lynch era um tanto preguiçoso e tinha deixado seis ou sete anos se passarem entre a conclusão do ensino médio e o início do curso superior de medicina. Era muito estimado pelos colegas por sua voz profunda, por jamais retribuir os tragos que os colegas lhe pagassem e por raramente responder aos comentários que escutasse. Sempre mantinha ambas as mãos nos bolsos das calças enquanto falava, e projetava o peito, num gesto que pretendia expressar críticas à vida. No entanto, costumava conversar com Cranly acerca de mulheres e por isso Cranly o apelidara de Nero. Era possível acusar-lhe a boca de uma tendência neroniana mas ele destruía a ilusão de imperialismo ao usar o boné na parte posterior da cabeça de modo a revelar uma vasta cabeleira. Sentia um desprezo sem limites por estudantes de medicina e seus hábitos e, se não tivesse absorvido tanto de Dublin, seria um amante das Belas Artes. Era, de fato, bastante interessado na arte do canto. Valia-se[60] de tal interesse para se aproximar de Stephen e, de vez que o ar circunspecto encobria um idealismo tímido, já começava a sentir, via Cranly, a influência do instigante desregramento de Stephen. Suas objeções, um tanto ou quanto singulares num caráter fraco, a execrações banais e sem sentido, às iniquidades que escapam dos lábios, tinham resultado dois momentos de inspiração. Ele execrava em amarelo ao protestar contra o adjetivo confiante de etimologia incerta e, para descrever o contrato nupcial, empregava um termo invariável. Ele o chamava de *oráculo* e tudo o que estivesse na fronteira ele chamava de *oracular*. O termo era respeitado em seu círculo e ele tinha o cuidado de nunca explicar o processo pelo qual o descobrira.

Stephen se posicionou num dos degraus do pórtico mas Cranly não o saudou com qualquer expressão de boas-vindas. Stephen inseriu algumas frases na conversa mas sua presença permaneceu ignorada por Cranly. Ele não se sentiu absolutamente intimidado diante de tal recepção, mas ficou perplexo, e aguardou em silêncio uma oportunidade. Em dado momento dirigiu-se diretamente a Cranly mas não obteve resposta. Sua mente começou a ruminar aquilo e finalmente as ruminações se expressaram por meio de um largo sorriso. Enquanto se deleitava com o próprio sorriso percebeu que Lynch o observava. Lynch destacou-se do grupo e disse "Boa-noite". Então retirou do bolso um maço de cigarros Woodbine e ofereceu um a Stephen, dizendo:

— Cinco por um centavo.

Stephen, que sabia que Lynch era um rapaz pobre, aceitou o cigarro gratamente. Fumaram em silêncio durante alguns minutos e então o grupo que estava no pórtico também se calou:

— Você tem uma cópia do seu ensaio? — disse Lynch.

— Você quer uma cópia?

— Eu gostaria de ler o ensaio.

— Eu trago uma cópia pra você amanhã à noite — disse Stephen, subindo os degraus.

Aproximou-se de Cranly, que estava encostado em uma pilastra olhando fixamente um ponto adiante, e tocou-lhe o ombro, de leve:

— Quero falar com você — ele disse.

Cranly virou-se lentamente e olhou para ele. Então perguntou:

— Agora?

— Sim.

Subiram juntos em silêncio pela Kildare Street. Quando chegaram ao Green, Cranly disse:

— Vou pra casa domingo. Vamos até a estação da Harcourt Street? Quero ver a que horas sai o trem.

— Certo.

Na estação, Cranly levou bastante tempo lendo horários e fazendo cálculos obscuros. Então subiu até a plataforma e ficou observando a manobra da locomotiva de um trem de carga, a qual se engatava a um trem de passageiros. A locomotiva soltava vapor, apitava de modo ensurdecedor e lançava nuvens de uma fumaça espessa em direção ao teto da estação. Cranly disse que o maquinista era natural da mesma região que ele, e que era filho de um sapateiro de Tinahely. A locomotiva executou uma série de movimentos indecisos e finalmente se acoplou ao trem. O maquinista esticou a cabeça pela lateral e contemplou o trem languidamente:

— Suponho que você o chamaria de Jaysus com fuligem — disse Cranly.

— Cranly — disse Stephen —, abandonei a Igreja.

Cranly pegou Stephen pelo braço ao escutar a palavra e deram as costas à plataforma e desceram a escada. Assim que saíram à rua, ele disse, instando-o a prosseguir:

— Você abandonou a Igreja?

Stephen repetiu a conversa, frase por frase.

— Então você não crê mais?

— Não posso crer.

— Mas houve um tempo em que você acreditou.

— Não posso agora.

— Você poderia se quisesse.

— Bem, eu não quero.

— Tem certeza de que você não crê?

— Sim.

— Por que você não comunga?

— Porque eu não creio.

— Você seria capaz de cometer um sacrilégio com a comunhão?

— Por que eu faria isso?

— Para agradar à sua mãe.

— Não vejo por que eu faria isso.

— Sua mãe vai sofrer muito. Você diz que não crê. A hóstia, para você, é um pedaço de pão comum. Você não comeria um pedaço de pão comum para evitar sofrimento à sua mãe?

— Sim, em diversos casos.

— E por que não nesse caso? Você reluta em cometer um sacrilégio? Se você não crê, não deveria relutar.

— Espere um minuto — disse Stephen. — No momento eu reluto em cometer um sacrilégio. Sou produto do catolicismo; fui vendido a Roma antes do meu nascimento. Agora me libertei da escravidão mas não posso, de uma hora para outra, destruir todos os sentimentos da minha natureza. Isso leva tempo. No entanto, em casos extremos... para salvar a vida, por exemplo... eu cometeria qualquer barbaridade com a hóstia.

— Muitos católicos fariam o mesmo — disse Cranly — se a vida deles corresse perigo.

— Fiéis?

— É... fiéis. Então você mesmo demonstra que tem fé.

— Não é por medo que eu me abstenho de cometer um sacrilégio.

— Por que então?

— Não vejo motivo para cometer um sacrilégio.

— Mas você sempre cumpriu o seu dever pascal. Por que mudar? A coisa para você é uma brincadeira, encenação.

— Se eu fizer uma encenação, será um ato de subserviência, um ato público de submissão à Igreja. Não vou me submeter à Igreja.

— Nem que seja uma encenação?

— Seria uma encenação intencional. A demonstração exterior é nada, mas significa muito.

— Você volta a falar como católico. Exteriormente, a hóstia é nada... um pedaço de pão.

— Eu admito: mas mesmo assim, insisto em desobedecer à Igreja. Não me submeto mais.

— Mas você não poderia ser mais diplomático? Não poderia se rebelar no coração e se sujeitar até por desprezo? Você poderia ser rebelde em espírito.

— Nenhuma pessoa sensível seria capaz de manter tal atitude durante muito tempo. A Igreja sabe o valor dos seus serviços: o padre precisa se auto-hipnotizar todas as manhãs diante do sacrário. Se todas as manhãs eu me levanto, vou até o espelho e digo a mim mesmo: "Você é o Filho de Deus", ao cabo de doze meses vou querer discípulos.

— Se você pudesse fazer com que a sua religião fosse tão gratificante quanto o cristianismo, eu lhe diria para se levantar todas as manhãs e ir até o espelho.

— Isso seria bom para os meus vigários na terra, mas para mim, pessoalmente, a crucificação seria uma inconveniência.

— Mas aqui na Irlanda, ao seguir a sua nova religião da descrença, talvez você se crucifique tal e qual Jesus... só que em termos sociais, não físicos.

— Eis a diferença. Jesus reagiu com bom humor. Eu morreria amargurado.

— Como você pode propor um futuro desses para si e, ainda assim, ter medo de encenar o mais simples dos papéis numa igreja? — disse Cranly.

— Isso é problema meu — disse Stephen, dando um tapinha na testa.

Ao chegarem ao Green atravessaram as ruas e começaram a andar pela parte interna do parque, dentro das correntes. Alguns operários e suas namoradinhas estavam sentados nas correntes que balançavam. O caminho estava deserto, exceto pela imagem metálica de um policial ao longe, devidamente posicionado à luz do lampião como um sinal de alerta. Quando passaram pela universidade os dois jovens olharam ao mesmo tempo para as janelas escuras.

— Posso perguntar por que você abandonou a Igreja? — indagou Cranly.

— Eu não podia obedecer aos preceitos.

— Nem com graça?

— Não.

— Jesus oferece preceitos muito simples. A Igreja é severa.

— Jesus ou a Igreja… pra mim é tudo a mesma coisa. Não posso segui-lo. Preciso ter liberdade pra fazer o que quiser.

— Homem nenhum pode fazer o que quiser.

— Moralmente.

— Não, não moralmente.

— Você quer que eu — disse Stephen — ande na mesma linha que aqueles puxa-sacos e hipócritas da universidade. Jamais farei isso.

— Não. Eu falei em Jesus.

— Não fale nele. Isso agora é para mim um substantivo comum. Eles não creem nele; não obedecem aos preceitos dele. Em todo caso, vamos deixar Jesus fora disso. Minha visão só consegue me conduzir até o lugar-tenente dele, em Roma. É inútil: não me deixarei intimidar ao ponto de pagar tributo em dinheiro ou pensamento.

— Você me disse… lembra-se daquela noite em que estávamos no topo da escadaria conversando sobre…

— Sim, sim, eu me lembro — disse Stephen, que detestava o método que Cranly utilizava para relembrar o passado. — O que eu lhe disse?

— Você me falou da ideia que fazia de Jesus na Sexta-feira da Paixão, de um Jesus feioso e disforme. Já lhe ocorreu a possibilidade de Jesus ter sido um impostor consciente?

— Nunca acreditei na castidade dele… isto é, desde que comecei a refletir sobre ele. Tenho certeza de que ele não é um sacerdote eunuco. O interesse dele em mulheres da vida é constante e demasiado humano. Todas as mulheres associadas a ele têm caráter dúbio.

— Você não acha que ele foi Deus?

— Que pergunta! Explique-se: explique a união hipostática: diga-me se a figura que aquele policial ali adora como o Espírito Santo tem a ver com um espermatozoide alado. Que pergunta! Ele faz comentários gerais acerca da vida; é só isso que eu sei: e eu discordo deles.

— Por exemplo?

— Por exemplo... Escute, não posso falar sobre esse assunto. Não sou um estudioso e não recebo salário de ministro de Deus. Eu quero viver, você me entende. McCann quer ar e comida: eu quero isso e muitas outras coisas também. Não me importo se estiver certo ou errado. Sempre existe esse risco em questões humanas, eu acho. Mas se estiver errado, ao menos não terei de aguentar a companhia do padre Butt por toda a eternidade.

Cranly riu.

— Lembre-se de que ele estaria glorificado.

— Em termos de clima, o céu... em termos de companhia, o inferno, não é isso? É tudo muito idiota. Desista. Sou muito jovem. Quando eu tiver uma barba que chegue à barriga, vou estudar hebraico e escrever pra você a respeito.

— Por que você é tão impaciente com os jesuítas? — perguntou Cranly.

Stephen não respondeu e, quando eles chegaram ao próximo ponto iluminado, Cranly exclamou:

— Seu rosto está vermelho!

— Eu sei — disse Stephen.

— A maioria das pessoas acha que você tem bom autocontrole — disse Cranly após uma pausa.

— E tenho mesmo — disse Stephen.

— Não nesse assunto. Por que você fica tão abalado: não consigo entender. Você precisa pensar sobre isso.

— Eu penso no que quiser. Já pensei nisso tudo com muita atenção embora talvez você não acredite no que estou dizendo. É a fuga que me deixa abalado: eu preciso falar do jeito que falo. Sinto o rosto queimando. Sinto o vento passando por mim.

— "Como o sopro de um forte vendaval"* — disse Cranly.

— Você me incita a adiar a vida... até quando? A vida é agora... esta vida: se eu adiá-la, talvez nunca viva. Caminhar com nobreza pela

* Atos dos Apóstolos, 2:2, indica a descida do Espírito Santo em meio aos apóstolos, no dia de Pentecostes. [N. do T.]

face da terra, expressar-me sem hipocrisia, reconhecer minha própria humanidade! Não pense que estou delirando: falo muito sério. Falo a partir da minha alma.

— Alma?

— Sim: a partir da alma, da minha natureza espiritual. A vida não é um bocejo. A filosofia, o amor, a arte não vão desaparecer do meu mundo pois eu já não creio que ao alimentar a noção de desejo durante um décimo de segundo estarei preparando para mim uma eternidade de tortura. Estou feliz.

— Está mesmo?

— Jesus é triste. Por que ele é tão triste? É solitário... Eu digo... decerto você percebe a verdade no que eu digo. Você está defendendo a Igreja contra mim...

— Permita-me...

— Mas o que é a Igreja? Não é Jesus, o magnífico solitário com sua abstinência incomparável. A Igreja é feita por mim e por gente como eu*... as celebrações, as práticas, as pinturas, a música, as tradições. Foi isso que os artistas deram a ela. Fizeram-na qual ela é. Aceitaram o comentário de Aquino acerca de Aristóteles como se fosse a Palavra de Deus e fizeram-na qual ela é.

— E por que você não a ajuda a continuar sendo o que é... logo você, que é artista?

— Vejo que você percebe a verdade no que eu digo, embora não o admita.

— A Igreja permite à consciência individual ter uma grande... na verdade, se a pessoa crer... crer, isto é... — disse Cranly, batendo o pé a cada palavra — sinceramente e verdadeiramente...

— Basta! — disse Stephen, pegando o companheiro pelo braço. — Não precisa me defender. Eu posso lidar com a situação.

Caminharam em silêncio por três dos quatro lados do Green enquanto os casais começavam a se livrar das correntes e voltar docilmente aos seus locais de descanso; logo em seguida, Cranly começou a explicar a Stephen que ele também ansiara pela vida — uma vida de liberdade e felicidade —, quando era mais jovem, e que àquela época ele também quase abandonara a Igreja, em busca de felicidade, mas que muitos motivos o detiveram.

* No manuscrito, as palavras "feita por mim e por gente como eu" aparecem acrescentadas a lápis vermelho. [N. do E.]

XXII

Cranly foi para Wicklow no fim de semana e Stephen precisou encontrar outro ouvinte. Felizmente Maurice estava de férias e, embora Stephen dedicasse grande parte do seu tempo a perambular pelos bairros pobres da cidade enquanto Maurice visitava Bull, os dois irmãos frequentemente se encontravam e trocavam ideias. Stephen relatava as longas conversas travadas com Cranly, das quais Maurice guardava apontamentos detalhados. O jovem cético não parecia compartilhar da opinião favorável que o irmão tinha acerca de Cranly, embora falasse pouco a respeito. Não era por ciúme mas por superestimar a rudeza de Cranly que Maurice se permitia o preconceito. Ser rude, a seu ver, era ter uma mescla de hábitos ladinos, idiotas e desconfiados. Ele falara com Cranly apenas uma vez mas costumava vê-lo com frequência. Expressara a opinião de que Cranly só pensava quando alguém lhe dirigia a palavra e então produzia[61] alguma banalidade na qual ele gostaria de desacreditar. Stephen achou isso um exagero e disse que a banalidade de Cranly era intrépida, que ele falava pelos cotovelos, mas que era possível atribuir-lhe certa genialidade perversa. O ceticismo desmedido e o caminhar pesado de Cranly levaram Maurice a atacar seu lado rústico com um rótulo. Ele o chamava de Thomas Squaretoes* e jamais admitiria que ele[62] tivesse, ao seu modo, um grande estilo. Cranly, em sua opinião, costumava ir a Wicklow porque tinha necessidade de fazer o papel de deus diante de uma plateia. Ele antipatiza, dizia o jovem e astuto pagão, quando a pessoa começa a atuar como deus diante de alguém. Ele nada dará em troca do que lhe é ofertado, tendo ou não o que oferecer, pois o seu caráter[63] é naturalmente prepotente. Ele não é capaz de compreender a metade do que alguém lhe diz mas gostaria de ser considerado o único indivíduo que consegue entender o interlocutor. Sua intenção é se tornar cada vez mais necessário a alguém, até ter esse alguém em seu poder. É preciso cuidar para nunca demonstrar-lhe qualquer fraqueza quando se está em sua companhia. É possível tê-lo sob controle, desde que a pessoa mantenha o pulso firme. Stephen disse que esse era um conceito de amizade inteiramente novo, cuja veracidade ou falsidade não podia ser verificada exclusivamente por meio do debate mas que tinha consciência de dispor de um instrumento intuitivo confiável para registrar qualquer

---

* Entre os apontamentos de Joyce, sob o título "Byrne" (Cranly), aparece o nome "Thomas Squaretoes". [N. do E.] "Thomas Squaretoes" pode ser traduzido como "Tomás Dedões Quadrados". [N. do T.]

hostilidade, tão logo esta surgisse. Defendia o amigo e a amizade ao mesmo tempo.

O verão foi maçante e quente. Quase todos os dias Stephen perambulava pelos bairros pobres observando a vida sórdida dos habitantes. Lia todas as baladas afixadas nas vitrines empoeiradas de Liberties. Lia marcas e preços rabiscados a lápis azul do lado de fora das tabacarias esquálidas, cujas vitrines eram enfeitadas com jornais que só publicavam casos de polícia. Examinava todas as barracas de livros que vendiam velhos manuais, volumes de sermões e tratados obscuros à[64] base de um centavo por unidade, ou três por dois centavos. Tinha o hábito de ficar em frente a uma fábrica, na parte velha de Dublin, às duas horas, para ver os operários saírem para o almoço — sobretudo rapazes e moças com rostos pálidos, sem expressão, jovens que aproveitavam a oportunidade para simular certo garbo. Entrava e saía de incontáveis capelas nas quais um velho cochilava num banco ou um encarregado espanava o madeiramento ou uma idosa rezava diante da vela que acabara de acender. Enquanto caminhava devagar pelo labirinto de ruas pobres, retribuía com orgulho os olhares estupefatos e observava de soslaio os corpulentos torsos de vaca dos policiais que se viravam lentamente para ele depois que ele passava. Essas perambulações enchiam-no de uma raiva profunda e sempre que encontrava um padre robusto, de batina preta, fazendo uma aprazível ronda por aqueles bairros superpovoados de fiéis servis, ele amaldiçoava a farsa do catolicismo irlandês: uma ilha onde os habitantes confiam sua vontade e sua mente a terceiros, a fim de garantirem para si mesmos uma vida de paralisia espiritual, uma ilha onde todo o poder e toda a riqueza estão sob a guarda de indivíduos cujo reino não é deste mundo, uma ilha onde César confessa[65] Cristo e Cristo confessa César, para que juntos possam engordar às custas de uma ralé faminta que ironicamente é instada a aceitar consolo nesse sofrimento. "O Reino de Deus está dentro de você".

Esse estado de espírito de indignação, que não estava livre de certa superficialidade, resultava indubitavelmente da empolgação causada pela liberdade e quase já contava com sua aprovação, quando ele percebeu que corria o risco de se tornar um demagogo. Sua atitude inata se caracterizava por um ar circunspecto, desdenhoso, e sua inteligência, ademais, convencia-o de que a machadinha, enquanto instrumento de guerra, tornara-se obsoleta. Reconhecia para si mesmo, com uma sinceridade egoísta, que não podia assumir o sofrimento da nação, cuja alma era adversa à sua, com um amargor comparável à indignidade de um verso ruim: mas ao mesmo tempo ele nada era no mundo senão algo pequeno como um artista amador. Queria expressar sua natureza livremente, totalmente em benefício de uma sociedade que ele pudesse aprimorar e também em benefício próprio, de vez que tal procedimento fazia parte de sua vida. Não fazia parte de sua vida encarregar-se de uma grande mudança na sociedade mas sentia a necessidade de se expressar, uma necessidade tão premente, uma necessidade tão real, que ele decidira que convenção social alguma, por mais que mesclasse plausivelmente compaixão e opressão, haveria de interceptar-lhe o caminho, e embora o gosto por elegância e detalhe o incapacitasse para desempenhar o papel de demagogo, devido à sua atitude, talvez ele fosse visto, não sem motivos para tal, como um aliado dos políticos coletivistas que costumam ser seriamente criticados por opositores[66] que creem em Jeovás, decálogos e julgamentos e os acusam de submeter a realidade a uma abstração.

A modalidade de cristianismo denominada catolicismo pareceu interceptar-lhe o caminho e por isso ele a removeu. Fora criado na crença da supremacia romana e, para ele, deixar de ser católico significava deixar de ser cristão. A ideia de que o poder de um império é mais fraco nas fronteiras carece de correção pois todos sabem que o papa não governa a Itália como governa a Irlanda, assim como o czar não é um instrumento tão terrível para os comerciantes de São Petersburgo quanto o é para os pequenos russos das estepes. Na realidade, em muitos casos o governo de um império é mais poderoso nas fronteiras e mais do que nunca será mais poderoso ali, se no centro o poder estiver em declínio. As ondas de ascensão e queda de impérios não se propagam com a rapidez das ondas de luz e talvez demore muito tempo até que a Irlanda consiga compreender que o papado já não vive um momento de anabolismo.* Com a intensidade estupeficante de sua devoção, os bandos de peregrinos escoltados com segurança pelo continente por seus pastores irlandeses devem causar embaraço aos entediados reacionários da cidade eterna, assim como os provincianos recém-chegados da Espanha e da África, de olhos arregalados, talvez despertassem a lealdade de algum romano sorridente, para o qual o futuro da raça[67] se tornava incerto, tanto quanto o passado já se tornara óbvio. Embora, por um lado, seja evidente que a persistência do poder do catolicismo na Irlanda intensifique sobremaneira a solidão do católico irlandês, que voluntariamente se marginaliza, por outro, a força que ele precisa gerar a

* Esta palavra está sublinhada a lápis no manuscrito. [N. do E.]

fim de se projetar para fora de uma tirania tão poderosa e complexa pode muitas vezes ser suficiente para situá-lo além da região da reatração. Foi de fato o próprio fervor da incipiente vida religiosa de Stephen que fez acentuar, para ele, as dores de sua posição solitária e ao mesmo tempo tornou-o uma massa menos maleável de ódios fundidos e arrebatamentos fulgurantes sobre a qual os sentimentos de impotência, solidão e desespero anteriormente atuaram como influências desalentadoras.

As mesas da biblioteca ficavam vazias durante os meses do verão e, sempre que adentrava o recinto, Stephen encontrava poucos rostos conhecidos. Glynn,[68] amigo de Cranly, funcionário da Guinness,[69] era um desses poucos rostos conhecidos: ele se manteve ocupado o verão inteiro lendo manuais de filosofia. Stephen teve o azar de ser capturado certa noite por Glynn,[70] que imediatamente puxou conversa sobre a escola de escritores irlandeses modernos — assunto totalmente desconhecido por Stephen — e foi obrigado a escutar uma torrente ininterrupta de opiniões literárias. Tais opiniões não eram muito interessantes: Stephen, por exemplo, entediou-se bastante ao ouvir Glynn[71] falar da beleza da poesia de Byron e Shelley e Wordsworth e Coleridge e Keats e Tennyson, e dizer que Ruskin e Newman e Carlyle e Macaulay eram donos dos melhores estilos entre os prosadores modernos ingleses. Finalmente, quando Glynn[72] estava prestes a iniciar o relato acerca de um ensaio apresentado por sua irmã na Associação Feminina de Debates, no Convento de Loreto, Stephen sentiu-se justificado ao pôr um fim à conversa, um tanto no estilo de Cranly, perguntando a Glynn,[73] diretamente se ele não lhe conseguiria um "passe" para uma visita à cervejaria. O pedido foi formulado no tom de uma curiosidade tão sedenta que Glynn[74] desistiu de prosseguir com a crítica literária e prometeu fazer o possível para conseguir o "passe". Outro leitor presente à biblioteca que demonstrava bastante amabilidade para com Stephen era um jovem estudante chamado Moynihan, eleito para atuar como Ouvidor da Associação Literária e Histórica a partir do ano seguinte. O discurso de posse estava marcado para novembro e ele escolhera o tema "Descrença moderna e democracia moderna". Era um rapaz extremamente feio,[75] com uma bocarra que parecia ficar embaixo do queixo, até que o rosto fosse visto de perto, um rosto com olhos de um verde aguado, cruelmente próximos, e orelhas grandes e rígidas bastante separadas. Demonstrava um interesse nervoso pelo sucesso do ensaio pois pretendia trabalhar como advogado e dependia do discurso de posse para se tornar conhecido. Ainda não desenvolvera a perspicácia da mente jurídica pois supunha que Stephen compartilhasse do seu interesse nervoso em relação ao pronunciamento. Stephen deparou-se com ele certa noite enquanto o jovem se ocupava em "desenvolver" o tema. Tinha consigo alguns volumes pesados de Lecky* e lia e anotava um verbete da *Encyclopaedia Britannica*, intitulado "Socialismo". Desistiu do trabalho ao ver Stephen e começou a explicar os preparativos em curso pela comissão. Exibiu cartas recebidas de diversos homens públicos convidados pela comissão a fazer uso da palavra. Mostrou o esboço dos convites que, conforme a decisão, seriam impressos, bem como a nota a ser enviada a todos os jornais. Stephen, que não conhecia Moynihan muito bem, ficou surpreso diante da intimidade demonstrada. Moynihan declarou-se certo de que Stephen seria eleito ouvidor depois dele e acrescentou que muito apreciara o estilo do ensaio de Stephen. Em seguida passou a discutir suas próprias perspectivas e as perspectivas do grau de Stephen. Disse que alemão era mais útil que italiano (embora, evidentemente, italiano fosse um idioma mais belo) e que por esse motivo sempre estudara italiano. Quando Stephen se levantou para ir embora, Moynihan disse que também era sua hora de sair e fechou os livros. Seguiu pela Nassau Street a fim de pegar o bonde para o Parque Palmerston, e estando a noite úmida e as ruas escuras e reluzentes por causa da chuva, ele buscou ainda mais intimidade com seu suposto sucessor, por meio de breves exclamações e olhares no rastro de uma enfermeira que usava meias de seda beges e anágua cor-de-rosa. Stephen não ficou descontente diante do espetáculo por ele observado havia algum tempo antes que Moynihan o detectasse, mas as exclamações cobiçosas de Moynihan faziam-no lembrar os estalidos de uma máquina de datilografia. Moynihan, àquela altura já íntimo, disse que gostaria de saber italiano por causa de Boccaccio e outros escritores italianos. Disse a Stephen que se quisesse ler algo "sujinho", o *Decamerão*, em termos de "sujeira", levava o troféu.

— Eu queria ser como você — ele disse. — Deve ser dez vezes pior no original. Não posso lhe contar agora porque o meu bonde já vem ali... mas leva mesmo o troféu... sabe?... bem, tchauzinho!

Mr. Dedalus não tinha uma noção muito clara dos direitos de propriedade privada: raramente pagava o aluguel. Despender dinheiro em troca de alimentos lhe parecia justo mas esperar que as pessoas pagassem

* William Edward Hartpole Lecky (1838-1903) foi um historiador inglês, autor, entre outras obras, de *Uma história da ascensão e influência do Racionalismo na Europa* (1865), e *Uma história da moral europeia, de Augusto a Carlos Magno* (1869). [N. do T.]

por abrigo as somas exorbitantes anualmente cobradas pelos proprietários de Dublin lhe parecia injusto. Fazia um ano que ele ocupava a casa em Clontarf e durante todo o ano pagara apenas três meses de aluguel. A intimação que lhe fora enviada continha uma falha jurídica e tal fato permitiu-lhe prolongar o período de ocupação. Àquela altura a questão chegara a um impasse e ele vasculhava a cidade procurando outra casa. Um recado enviado por um amigo que trabalhava na delegacia especificava o prazo de exatamente cinco dias e todas as manhãs ele escovava cuidadosamente o chapéu de seda e limpava os óculos e saía, cantarolando com ironia, para se oferecer de isca a outros senhorios. A porta do *hall* costumava ser batida com força nessas ocasiões, como se fosse o único final possível para uma altercação. O resultado dos exames prestados por Stephen foi uma aprovação sem louvor e o pai lhe disse confidencialmente que ele deveria procurar um local para se aboletar pois em uma semana todos estariam na rua. O dinheiro na casa andava escasso pois a mobília nova tinha angariado pouco depois que foi levada, peça por peça, à penhora. Credores que tinham visto a mobília ser retirada começaram a bater e tocar a campainha da porta, ação frequentemente seguida pelos olhares curiosos dos moleques da rua. Isabel ficava deitada no quarto dos fundos, cada dia mais debilitada e impaciente. O médico agora vinha duas vezes por semana e receitava iguarias. Mrs. Dedalus se empenhava em propiciar ao menos uma refeição substancial por dia e não dispunha de um minuto livre pois precisava realizar a referida façanha, atender aos clamores da porta da rua, apaziguar o mau humor do marido e prestar assistência à filha moribunda. Quanto aos filhos, um era livre-pensador, o outro, rabugento. Maurice comia pão seco, resmungava xingamentos contra o pai e os credores do pai, exercitava-se empurrando um pedregulho achatado no quintal, erguendo e baixando alteres quebrados e caminhava até Bull todos os dias servidos pela maré. À noite escrevia o diário ou saía para andar sozinho. Stephen vagava de manhã, à tarde e à noite. Os dois irmãos não costumavam sair juntos.[76] Num sombrio crepúsculo de verão deram[77] de cara um com o outro, numa esquina, ambos circunspectos, caíram na gargalhada: e depois disso, às vezes, saíam a caminhar juntos à noite e discutiam a arte literária.

Stephen emprestara o ensaio a Lynch, conforme prometido, e o empréstimo ensejara certa intimidade. Lynch quase fora admitido à ordem dos descontentes mas o egoísmo descarado de Stephen e a sua desapiedada falta de sentimento em relação a si mesmo e a terceiros acabaram por detê-lo. Seu gosto pelas Belas Artes, que a seu ver sempre deveria ser cuidadosamente disfarçado, agora começava a despontar timidamente. Sentiu-se também muito aliviado por constatar que o esteticismo de Stephen se aliava à aceitação saudável e inescrupulosa das necessidades animalescas dos rapazes pois, sendo ele próprio um animal astuto, tinha começado a suspeitar, com base no ardor e na imponência do discurso, que existisse ao menos uma afirmação daquela virgindade irretocável que a raça irlandesa exige de qualquer João que a batizar ou de qualquer Joana que a libertar, como a primeira prova celestial de adequação para essas missões elevadas. A casa dos Daniel tinha se tornado tão enfadonha para Stephen que ele substituíra as visitas dominicais por andanças com Lynch pela cidade. Avançavam com dificuldade por ruas cheias de gente, onde rapazes mal remunerados e moças coquetes passeavam em bandos. Depois de algumas dessas caminhadas, Lynch demonstrou ter assimilado os novos termos que expressavam o novo ponto de vista e começou a perceber justificativas para o desprezo que sempre lhe causara o espetáculo dos hábitos de Dublin. Muitas vezes, empregando a devida gíria, paravam para conversar com as tolas virgens da cidade, cujas almas, diante da profundidade do tom do mais velho dos dois rapazes, tanto se aterrorizavam que quase desistiam de seus intentos impróprios, e Lynch, aquecendo-se numa companhia tão sagaz e liberal, tão livre dos efeitos da rivalidade secreta ou da condescendência, começou a se perguntar como pôde um dia considerar Stephen afetado. Qualquer pessoa, ele agora pensava, que possua um caráter a preservar precisa ter um estilo com o qual preservá-lo.

Certa noite quando estava descendo a escadaria da biblioteca, depois de se distrair durante meia hora com tratado médico sobre o canto,[78] Stephen ouviu atrás de si um vestido roçando os degraus. O vestido pertencia a Emma Clery, que obviamente ficou bastante surpresa ao vê-lo. Ela acabava de estudar um pouco de irlandês medieval e agora ia para casa: o pai não gostava que ela ficasse na biblioteca até as dez horas pois ela não tinha quem a acompanhasse. A noite estava tão agradável que ela resolvera não pegar o bonde. Stephen perguntou-lhe se não poderia acompanhá-la até em casa. Permaneceram no pórtico durante alguns minutos, conversando. Stephen pegou um cigarro e acendeu-o mas imediatamente, com um ar reflexivo,[79] derrubou a brasa e recolocou o cigarro na cigarreira: os olhos dela cintilavam.

Subiram a Kildare Street e quando chegaram à esquina do Green, ela atravessou a rua e continuaram a andar, embora com menos pressa, pelo caminho de cascalho ao lado das correntes. As correntes sustentavam o peso noturno do seu amor. Ele ofereceu-lhe o braço e ela aceitou, nele se apoiando gratamente. Falavam da vida alheia. Ela discutia a possibilidade de McCann se casar com a filha mais velha de Mr. Daniel. Achava muito divertido que McCann pretendesse se casar mas acrescentou com toda seriedade que Annie Daniel era sem dúvida uma garota excelente. Uma voz feminina exclamou, da sombria região dos casais: "Não!"

— "Não" — disse Emma. — Não é esse o conselho de Mr. Punch aos rapazes que estão prestes a se casar?... Ouvi dizer que você anda com aversão às mulheres, Stephen.

— Isso seria alguma novidade?

— E soube que você leu um ensaio horrendo... cheio de ideias. Não foi isso?

— Por favor, nem me fale naquele ensaio.

— Mas tenho certeza de que você está com aversão às mulheres. Você tem andado tão distante, sabe, tão reservado. Talvez não goste de companhia feminina?

Stephen pressionou-lhe levemente o braço em sinal de negação.

— Você também acredita na emancipação das mulheres? — ela perguntou.

— Claro! — disse Stephen.

— Bem, em todo caso, é bom ouvir você falar assim. Achei que você não fosse a favor das mulheres.

— Ah, sou muito liberal... como o padre Dillon; ele tem a mente muito liberal.

— É? Tem mesmo? — ela disse, um tanto perplexa. — Por que você não tem ido mais à casa dos Daniel?

— Eu... não sei.

— O que você tem feito nas noites de domingo?

— Eu... tenho ficado em casa — disse Stephen.

— Você deve ficar entediado em casa.

— Não. Fico do jeito que o diabo gosta.

— Eu gostaria de ouvi-lo cantar novamente.

— Ah, obrigado... Talvez, um dia desses...

— Por que você não estuda música? A sua voz já foi treinada?

— Por incrível que pareça, hoje à noite estive lendo um livro sobre canto. O título é...

— Tenho certeza de que você faria sucesso com essa voz — ela disse, rapidamente, decerto com receio de ceder-lhe o controle da conversa. — Você já ouviu o padre Moran cantar?

— Não. Ele tem uma boa voz?

— Ah, muito boa: ele canta com muita elegância. É um homem extremamente gentil, você não acha?

— Muito gentil mesmo. Você se confessa com ele?

Ela apoiou-se no braço dele com um pouco mais de gratidão e disse:

— Ora! Não seja folgado, Stephen.

— Eu queria que você se confessasse comigo, Emma — disse Stephen, falando de coração.

— Que palavras terríveis... Por que você haveria de querer uma coisa dessas?

— Para ouvir os seus pecados.

— Stephen!

— Para ouvi-la murmurar pecados ao meu ouvido e que se arrependia, que jamais voltaria a cometê-los e para me pedir perdão. E eu a perdoaria e pediria que você prometesse cometê-los sempre que quisesse e diria "Deus a abençoe, minha filha".

— Ah, que vergonha, Stephen! Isso é jeito de falar dos sacramentos!

Stephen achava que ela enrubesceria mas as faces dela guardaram inocência e os olhos tornaram-se mais e mais cintilantes.

— Você logo se cansaria disso também.

— Você acha? — disse Stephen, esforçando-se para não demonstrar surpresa diante de um comentário tão inteligente.

— Você seria um grande flerte, disso eu tenho certeza. Você logo se cansa de tudo... conforme aconteceu no caso da Liga Gaélica.

— As pessoas não devem pensar no fim, ao começarem um flerte, não é?

— Talvez não.

Quando chegaram à esquina da rua em que ela residia, ela parou e disse:

— Muitíssimo obrigada.

— *Eu* é que agradeço.

— Bem, você precisa se redimir, não é? E comparecer domingo que vem à casa dos Daniel.

— Se você expressamente...

— Sim, faço questão.

— Muito bem, Emma. Nesse caso, eu vou.

— Veja bem. Espero que você me obedeça.

— Muito bem.

— Mais uma vez, agradeço a sua gentileza por me acompanhar. *Au revoir!**

— Boa-noite.

Ele esperou até vê-la entrar no jardim da quarta casa da rua. Ela não virou a cabeça para ver se ele a observava mas ele não se decepcionou pois sabia que ela tinha um jeito de enxergar sem utilizar os olhos com franqueza.

É claro que ao ouvir o relato do incidente Lynch esfregou as mãos e profetizou. Seguindo seu conselho, Stephen foi à casa dos Daniel no domingo. O velho sofá de crina de cavalo estava lá, a estampa do Sagrado Coração estava lá, ela estava lá. O pródigo foi acolhido. Ela pouco falou com ele durante a noite e parecia entabular uma conversa séria com Hughes, que recentemente fora honrado com um convite. Ela vestia uma tonalidade creme e o grande volume dos seus cabelos pesava-lhe sobre o pescoço cor de creme. Pediu-lhe que cantasse e quando ele interpretou uma canção de Dowland,† ela pediu-lhe que cantasse uma canção irlandesa. Stephen desviou o olhar para o rosto de Hughes e voltou a sentar-se ao piano. Cantou para ela uma das poucas cantigas irlandesas que sabia, "My Love She Was Born in the North Countree".‡ Terminada a canção, ela aplaudiu vigorosamente, assim como Hughes.

— Adoro música irlandesa — ela disse, alguns minutos depois, inclinando-se na direção dele, com um ar de abandono. — Toca tanto a alma!

Stephen nada respondeu. Lembrava-se de quase todas as palavras que ela dissera desde o instante em que a conhecera e buscava na memória qualquer palavra que revelasse a presença de algum princípio espiritual que valesse uma palavra tão significativa quanto *alma*. Rendeu-se aos perfumes do corpo dela e neles buscou algum princípio espiritual: mas nada encontrou. Ela parecia seguir a crença católica, parecia obedecer a mandamentos e preceitos. Levando em conta todos os sinais externos,

---

* Ao lado dessa expressão aparece um comentário a lápis: "Deveria ser em irlandês". A caligrafia nesse comentário não é a mesma do manuscrito. Será a letra do irmão de Joyce, Stanislaus (o Maurice do texto)? Ele estava ao lado de Joyce, em Trieste, quando o manuscrito foi redigido. [N. do E.]

† John Dowland (1563–1626) foi um dos mais importantes músicos e compositores ingleses do período renascentista, contemporâneo de William Shakespeare. [N. do T.]

‡ Isto é: "Meu amor nasceu na região norte". [N. do T.]

sentia-se compelido a considerá-la devota. Mas não podia se enganar ao ponto de ler no brilho dos olhos dela sinal de devoção e interpretar o arfar[80] daqueles seios como indício de intenções sagradas. Pensou em sua própria religiosidade frugal[81] e em seus ares de clausura, lembrou-se de ter impressionado um empregado, num bosque perto de Malahide, em decorrência de um êxtase de postura oriental e, sem estar muito ciente da influência do charme dela, perguntou-se se o Deus dos católicos o mandaria para o inferno porque ele não fora capaz de entender a bondade mais vendável, aquela que permite a uma pessoa concordar tranquilamente com proposições, sem contudo pautar a vida de acordo com elas, assim como não fora capaz de apreciar o valor digestivo dos sacramentos.

Entre os convidados estava um irmão mais velho de Mrs. Daniel, o padre Healy. Ele acabara de chegar dos Estados Unidos, onde durante sete anos angariara fundos para construir uma capela perto de Enniscorthy. Padre Healy estava sendo recepcionado de volta à terra natal. Sentou-se na poltrona que Mr. Daniel insistira em lhe conceder e juntava as pontas dos dedos suavemente, sorrindo para os presentes. Era um padre baixinho e gorducho cujo corpo fazia lembrar uma bola de tênis nova, e sentado na poltrona, com as pernas elegantemente cruzadas, balançava o pezinho gordo, enfiado num sapatinho de couro que rangia. Articulava um esmerado sotaque norte-americano e, quando ele falava, a sala era toda ouvidos. Interessava-se muito pela renascença gaélica e pelo novo movimento literário irlandês. Prestava atenção especial em McCann e Stephen, dirigindo a ambos diversas perguntas. Concordava com McCann que Gladstone tinha sido o homem mais importante do século XIX e então Mr. Daniel, transbordando orgulho diante das honrarias que estendia ao convidado tão ilustre, contou uma nobre história sobre Gladstone e sir Ashmead Bartlett, aprofundando a voz a fim de imitar a oratória do insigne senhor. Durante as brincadeiras de adivinhação padre[82] Healy a todo momento pedia a Mr. Daniel que repetisse as observações espirituosas dos participantes, e várias vezes gargalhava, quando Mr. Daniel lhe contava o que determinado participante dissera. Não deixava escapar a menor oportunidade para aumentar o conhecimento acerca da vida interna da universidade e cada alusão era irremediavelmente decifrada antes que ele meneasse a cabeça em sinal de satisfação. Atacando Stephen pelo flanco literário ele iniciou um monólogo sobre os escritos de John Boyle O'Reilly* mas achando Stephen demasiadamente polido, passou a depreciar uma formação exclusivamente literária para rapazes. Stephen então começou a falar do beco na universidade e do torneio de *handball*, sempre com judiciosa seriedade.

— Tenho certeza... — disse o padre Healy, inclinando a cabeça, com um ar perspicaz e olhando cordialmente para o jovem — tenho certeza de que você daria um bom jogador. Você tem o físico certo.

— Ah, isso não — disse Stephen, ávido pela presença de Cranly —, sou um jogador medíocre.

— Isso é o que você diz — disse o padre Healy rindo —, isso é o que você diz.

— De verdade — disse Stephen, sorrindo diante dessa astuta detecção dos seus méritos enquanto jogador de *handball* e da lembrança dos xingamentos de Cranly por causa do jeito como ele jogava.

Finalmente o padre Healy começou a bocejar um pouco e o gesto foi interpretado como sinal para se distribuir xícaras de leite e fatias de pão com manteiga aos rapazes e às moças, nenhum dos quais aceitava qualquer bebida mais forte. Hughes, na realidade, foi tão frugal que nada quis comer ou beber, o que deixou Stephen um tanto decepcionado, pois o momento poderia ter-lhe possibilitado uma boa visão do idealista. McCann, que representava a visão prática da vida, comeu ruidosamente e pediu geleia. O pedido fez o padre Healy, que nunca o escutara antes, rir à vontade e os demais sorrirem mas Hughes e Stephen, sentados em lados opostos da toalha desabitada, trocaram um olhar grave. As moças estavam sentadas a uma das pontas da mesa e os rapazes à outra e o resultado era que um canto da mesa se mostrava bastante animado e o outro, bastante sisudo. Stephen, após fracassar na tentativa de puxar conversa com uma tia solteirona da família, que fizera a sua parte ao trazer dois copos de ponche, um para o padre Healy e outro para Mr. Daniel, dirigiu-se em silêncio ao piano, onde começou a dedilhar e murmurar consigo velhas canções, até que alguém à mesa disse "Cante algo para nós", e então ele se afastou do piano e voltou ao sofá de crina de cavalo.

Os olhos dela cintilavam. O caminho percorrido por Stephen em sua autoavaliação o deixara tão exausto que ele desejava apenas descansar na proximidade da beleza dela. Lembrou-se da monstruosa insatisfação que o dominara quando ele ingressou na vida de Dublin e como a beleza

* John Boyle O'Reilly (1844–1890) foi um poeta, romancista e jornalista irlandês. [N. do T.]

dela o tranquilizara. Agora ela parecia oferecer-lhe descanso. Perguntou--se se ela o compreendia ou compartilhava dos seus sentimentos e se a vulgaridade de suas maneiras não seria apenas condescendência por parte de alguém que conscientemente entrava no jogo. Ele sabia que não tinha elaborado uma teoria da arte e da vida, bem como uma guirlanda de versos, para uma imagem daquelas, mas se pudesse ter certeza dos sentimentos dela, encararia sua arte e seus versos com a devida leveza. A avidez por uma noite selvagem de amor apoderou-se dele, um desejo desesperado de condenar a própria alma, a própria vida e a própria arte, de enterrar tudo com ela sob braças de um sono carregado de luxúria. A infame artificialidade das vidas confortavelmente presididas pelo padre Healy marcou-o naquele instante abusivo e ele repetiu consigo um verso de Dante, por nenhum motivo especial, exceto por incluir o irado dissílabo "*frode*".* Decerto, ele pensou, tenho tanto direito ao emprego dessa palavra quanto Dante. Os espíritos de Moynihan e O'Neill e Glynn pareciam-lhe merecer algumas revoadas pelas bordas de um inferno que seria a caricatura do inferno de Dante. Os espíritos dos entusiastas patrióticos e religiosos pareciam-lhe destinados a habitar os círculos fraudulentos, onde escondidos em cubículos de gelo imaculado pudessem alcançar os devidos estertores do delírio. Os espíritos dos dóceis membros da irmandade, puros e inocentes, ele petrificaria em meio a um grupo de jesuítas, no círculo das virgindades tolas e grotescas, e sobre eles e seus ícones aturdidos ascenderia, de onde Emma, sem prescindir do menor detalhe de sua forma e seu vestuário terrenos, num paraíso de Maomé, o chamava.

À porta ele foi obrigado a cedê-la a terceiros e vê-la partir, com mesuras insignificantes, e seguindo para casa sozinho conduziu seu próprio estado de espírito por um labirinto de dúvidas e receios. Depois daquela noite, durante algum tempo, ele não a viu pois questões domésticas muito o absorveram. Os dias concedidos como prazo a seu pai foram agitados. Tudo indicava que a família não teria onde se abrigar, quando na última hora Mr. Dedalus encontrou um teto com um amigo da Irlanda do Norte que viajava vendendo ferro. Mr. Wilkinson ocupava uma casa antiga, contendo talvez quinze cômodos, da qual ele era nominalmente inquilino, mas de vez que o proprietário, um velho avarento sem qualquer herdeiro no mundo, tinha falecido muito convenientemente, Mr. Wilkinson morava sem se preocupar com tempo ou dinheiro. A

* Isto é: "Fraude". [N. do T.]

Mr. Dedalus foi cedido um conjunto de cômodos na mansão decadente mediante módica quantia semanal e na véspera do despejo judicial, ele providenciou à noite a mudança do acampamento. Os poucos móveis que tinham sobrado foram transportados numa carroça e Stephen e o irmão e a mãe e o pai carregaram os retratos ancestrais pois os carroceiros tinham bebido mais do que lhes convinha. Era uma noite clara de final de verão, já mais fresca, e todos caminharam lado a lado pelo quebra-mar. Isabel tinha sido levada mais cedo e confiada aos cuidados de Mrs. Wilkinson. Mr. Dedalus avançava com Maurice animado com o sucesso da manobra. Stephen seguia com a mãe e até ela estava aliviada. A maré cheia batia suavemente na amurada e através do ar límpido Stephen ouvia a voz do pai, como uma flauta amortecida, entoando uma canção romântica. Pediu à mãe que parasse para escutar e ambos se apoiaram nos quadros pesados e ouviram:

> Vai levar meu coração para ti,
> Vai levar meu coração para ti,
> E o sopro da noite fragrante
> Vai levar meu coração para ti.

Na casa de Mr. Wilkinson havia uma imponente sala de visitas forrada com painéis de carvalho e absolutamente destituída de mobília, exceto um piano. Durante o inverno Mr. Wilkinson recebera sete *shillings* por semana de um clube de dança pelo uso da sala nas noites de terça e sexta-feira mas agora usava um dos cantos do cômodo como depósito de amostras de ferragens. Era um sujeito alto, com um olho só, de poucas palavras e grande capacidade de tolerar álcool. Demonstrava profunda consideração pelo convidado, a quem jamais se dirigia sem o prefixo "Mr.". Era casado com uma mulher alta, tão calada quanto ele, leitora de muitos romances curtos e que costumava debruçar a metade do dorso nas janelas, enquanto os dois filhos pequenos se emaranhavam em pedaços de tela e mangueiras da tubulação do gás. A mulher tinha um rosto comprido e branco e ria de tudo. Mr. Dedalus e Mr. Wilkinson seguiam juntos para a cidade todas as manhãs e frequentemente voltavam juntos e, durante o dia, Mrs. Wilkinson debruçava-se nas janelas ou conversava com estafetas e leiteiros enquanto Mrs. Dedalus permanecia ao lado de Isabel. Agora não havia a menor dúvida que a jovem estava mal. Seus olhos se mantinham deploravelmente arregalados e sua voz perdera a sonoridade. Ela ficava o dia todo sentada na cama, apoiada em travesseiros, folheando um livro ilustrado, com os cabelos de aspecto úmido caindo-lhe em tufos pelo rosto. Começava a choramingar quando lhe diziam que comesse ou quando alguém se afastava do lado da cama. Demonstrava pouca animação a menos que o piano soasse na sala de baixo e nesses momentos pedia que deixassem a porta aberta e cerrava os olhos. O dinheiro ainda era escasso e o médico ainda lhe prescrevia iguarias. A natureza prolongada da enfermidade espalhara apatia e falta de esperança pela casa e, embora fosse pouco mais do que uma criança, ela decerto tinha consciência disso. Somente Stephen, com uma bondade persistente, mantinha a jovialidade egoísta de sempre e se esforçava para obter algum fogo daquele braseiro de vida. Ele até exagerava e a mãe o repreendia por fazer tanto barulho. Não podia chegar diante da irmã e dizer-lhe "Viva! Viva!" mas tentava tocar-lhe a alma com a estridência de um assobio ou a vibração de uma nota. Sempre que entrava no quarto fazia perguntas, com um ar indiferente, como se a doença dela não tivesse qualquer importância e uma ou duas vezes achou que os olhos que o contemplavam da cama tinham adivinhado seu intento.

O verão chegou ao fim em meio a um clima sufocante. Cranly ainda estava em Wicklow e Lynch começara a estudar para uma prova que aconteceria em outubro. Stephen estava tão preocupado consigo mesmo que pouco falava com o irmão. Em poucos dias Maurice retornaria à escola, sendo que tal evento fora retardado uma semana em consequência de algo que ele próprio denominava falta de "botas e roupas". A rotina do lar de Mr. Wilkinson arrastava-se dia após dia, com Mrs. Wilkinson pendurada nas janelas e Mrs. Dedalus cuidando da filha. Muitas vezes Mr. Wilkinson trazia o convidado para casa depois de passarem o dia bebendo e os dois ficavam o restante da noite na cozinha discutindo política em voz alta. Quando dobrava a esquina da avenida, Stephen frequentemente escutava a voz do pai, gritando, ou os punhos do pai, esmurrando a mesa. Quando entrava em casa, os debatedores pediam a sua opinião mas ele sempre comia o que houvesse para comer, sem fazer comentário, e se[83] retirava para seu quarto e enquanto subia as escadas ouvia o pai dizer a Mr. Wilkinson "Rapaz estranho, sabe, rapaz estranho!" e imaginava a expressão preocupada nos olhos de Mr. Wilkinson.*

Stephen era muito solitário. A situação do início do verão agora se repetia: ele andava a esmo pelas ruas. Emma tinha ido para as Ilhas Aran com um grupo gaélico. Ele não se sentia infeliz mas tampouco

* A lápis na margem aparece a palavra "olho". [N. do E.]

era feliz. Seus estados de espírito ainda eram observados e cortejados e registrados em frases de prosa e verso: e quando as solas dos pés estavam muito cansadas,[84] seu humor o remetia a uma lembrança por demais sombria ou a uma esperança por demais tímida, ele adentrava a comprida, imponente e empoeirada sala de visitas e sentava-se ao piano enquanto o crepúsculo nublado o envolvia. Sentia em redor e acima de si a casa desprovida de esperança e a decomposição das folhas e na sua alma uma solitária e luminosa estrela da alegria tremulava decadente. Os acordes que flutuavam na direção das teias de aranha e da sujeira e flutuavam futilmente na direção das janelas cobertas de pó eram as vozes sem sentido da sua perturbação, que tão-somente fluíam em inexpressiva sucessão pelas câmaras da sensibilidade. Ele respirava um ar de túmulos.

Até mesmo o valor da sua própria vida se tornou alvo de dúvida. Ele apontava o dedo a cada falsidade ali contida: egoísmo[85] capaz de avançar tão bravamente em meio aos homens que não se assustava diante do menor desafio da consciência, liberdade capaz de vestir o mundo com trajes[86] e usos gerados pela escravidão, domínio de uma arte compreendida por poucos e que devia a sua própria delicadeza à decrepitude física, por seu turno, marca e sinal de ardores vulgares. Os cemitérios revelavam-lhe os seus registros ineficazes, registros das vidas de todos aqueles que, com boas graças ou não, aceitaram uma divindade óbvia. A visão de todos aqueles fracassos e a visão, bem mais lamentável, de vidas congênitas, arrastando-se em meio a bocejos e uivos, cercava-o do mal: um mal similar a um ritual distorcido instava-lhe a alma a fornicar com ela.

Certa noite sentou-se ao[87] piano enquanto o crepúsculo o abraçava. O tristonho pôr do sol se demorava nas vidraças da janela, na lenta combustão de um fogo ferruginoso. Acima dele e em torno dele pesava a sombra da decomposição, decomposição de folhas e flores, decomposição da esperança. Desistiu dos acordes e se pôs a esperar, curvado sobre o teclado, em silêncio: e sua alma se misturou ao crepúsculo avassalador, inarticulado. Uma forma que ele reconheceu ser de sua mãe surgiu no outro extremo da sala, de pé, à porta. Na penumbra o rosto agitado estava rubro. Uma voz que ele reconheceu pertencer à sua mãe, a voz de um ser humano aterrorizado, chamou-o pelo nome. A forma ao piano respondeu:

— Sim?

— Você sabe alguma coisa sobre o corpo humano?...

Ouviu a voz da mãe dirigindo-se a ele, nervosa, como a voz de um mensageiro numa peça de teatro:

— O que devo fazer? Tem alguma coisa saindo pelo buraco no... estômago... da Isabel. Você já ouviu falar nisso?

— Não sei — ele respondeu, tentando entender as palavras, tentando repeti-las consigo mesmo.

— Devo chamar o médico?... Você já ouviu falar nisso?... O que devo fazer?

— Não sei... Que buraco?

— O buraco... o buraco que todos nós temos... aqui.

XXIII

Stephen estava presente no quarto quando a irmã faleceu. A mãe, alarmada, mandara chamar um padre. Era um homem minúsculo que andava com a cabeça inclinada sobre o ombro direito e ceceava de modo quase inaudível. Deu confissão à menina e foi embora dizendo "Entreguem a Deus: Ele sabe o que faz: entreguem a Deus". O médico chegou de carro com Mr. Dedalus, examinou a menina e perguntou se um padre já estivera com ela. Foi embora dizendo que enquanto houvesse vida havia esperança mas que ela estava muito mal. Ele voltaria pela manhã. Isabel morreu pouco depois da meia-noite. O pai dela, que não estava muito sóbrio, andava pelo quarto nas pontas dos pés, tinha pequenos acessos de choro toda vez que a filha demonstrava qualquer alteração e repetia "Isso mesmo, querida: bebe isso agora", sempre que a mãe a forçava a engolir um pouco de champanha e então sacudia a cabeça até recomeçar a chorar. Dizia a todos que a mantivessem animada. Maurice sentou-se diante da lareira vazia e fitou a grade. Stephen sentou-se à cabeceira da cama e segurou a mão da irmã, enquanto a mãe se curvava sobre ela, oferecendo-lhe o copo e beijando-a e rezando. Para Stephen, Isabel parecia ter envelhecido: o rosto se tornara o rosto de uma mulher. Os olhos se alternavam constantemente entre as duas figuras que estivessem mais próximas, como se quisessem dizer que ela tinha sido injustiçada ao ganhar vida e, ao ouvir o pedido de Stephen, ela engolia tudo o que lhe fosse oferecido. Quando ela não pôde mais engolir, a mãe lhe disse "Você vai para casa, querida, agora. Você vai para o céu, onde todos nos encontraremos novamente. Você me entende?... Sim, querida... O céu, com Deus" e a menina fixou no rosto da mãe os olhos arregalados enquanto o peito arfava audivelmente embaixo das cobertas.

Stephen sentiu agudamente o desperdício que fora a vida da irmã. Teria feito muito por ela e, embora ela fosse quase uma estranha, lamentava vê-la morta. A vida lhe parecia uma dádiva; a asserção "Estou vivo" parecia-lhe conter uma certeza satisfatória e muitas outras coisas consideradas indubitáveis pareciam-lhe incertas. A irmã desfrutara de pouco mais que o fato da vida, desfrutara de poucos, ou nenhum, privilégio da vida. A suposição de um Deus sábio chamar de volta à casa uma alma sempre que isso a Ele conviesse não redimia aos seus olhos o desperdício que fora a vida da irmã. O corpo esquálido que jazia diante dele tinha existido por resignação; o espírito que ali habitara jamais ousara viver e nada aprendera com uma abstinência totalmente involuntária. Ela nada tinha sido e por essa razão a nada se apegara, assim como nada a ela se apegara. Quando todos eles eram crianças, as pessoas se referiam a "Stephen e Maurice" e o nome dela era acrescentado como um pensamento tardio. Até o nome, um nome meio inerte, deixava-a distante dos folguedos da vida. Stephen se recordava das vozes das crianças gritando o nome dela com alegria e maldade:

Stephen é alguém, ele sempre vem!

Mas era sempre com desânimo e malícia que elas a chamavam:

Isabel sem mel, cara de pastel.

A morte de Isabel atraiu à casa da família muitos parentes de Mrs. Dedalus. Batiam à porta com certa timidez e, embora fossem bastante comedidos, o anfitrião os acusou intimamente — ao menos as mulheres — de fazerem uso indiscreto dos olhos. Os homens foram por ele recebidos na grande sala de visitas vazia, onde um fogo tinha sido aceso. Durante as duas noites do velório da menina um grande número de pessoas se reuniu na sala: não fumaram mas beberam e contaram histórias. Na manhã seguinte a mesa parecia uma taberna, de tão cheia de garrafas vazias, pretas e verdes. Os dois irmãos de Isabel assistiram ao velório. As conversas, no mais das vezes, tiveram um caráter geral. Um dos tios dos rapazes, dono de vasta cabeleira, era um sujeito asmático que na juventude tinha sido por demais indiscreto com a filha da senhoria e a família não se tranquilizara com o casamento tardio. Um dos amigos de Mr. Dedalus, funcionário de uma delegacia policial, falou aos presentes sobre a tarefa que um amigo dele desempenhava no Castelo,* examinando livros proibidos:

— Uma porcaria — ele disse. — É incrível que haja homem capaz de publicar aquilo.

— Quando eu era menino — disse o tio John, com um sotaque bem marcado — e tinha mais gosto pela leitura do que agora, e muito menos dinheiro, eu costumava ir a uma livraria em Patrick's Close. Um belo dia fui até lá para comprar um exemplar de *Colleen Bawn.*† O sujeito me convidou para entrar e me mostrou um livro...

— Eu sei, eu sei — disse o funcionário da delegacia.

— Que livro para ser posto nas mãos de um rapazola! Que ideias para serem postas na cabeça dele! Que escândalo!

Maurice deixou passar um momento em sinal de aprovação respeitosa e então indagou:

— O senhor comprou o livro, tio John?

Todos pareciam inclinados a rir mas tio John ficou bastante enrubescido e zangado e prosseguiu:

— Eles deveriam ser processados por venderem livros desse tipo. As crianças precisam ser resguardadas.

Na manhã do sepultamento, de pé ao lado do piano fechado, Stephen ouviu o caixão descer pela escada torta, batendo contra a parede. Os enlutados seguiram o féretro e sentaram-se em quatro carruagens. Stephen e Maurice levaram as três coroas na carruagem funerária, que seguiu para o cemitério Glasnevin num trote elegante. Nos portões do cemitério seis carruagens encostaram. O enterro realizado imediatamente antes do de Isabel era de alguém que pertencia à classe baixa. Os enlutados começavam a descer em grupos das carruagens quando Mr. Dedalus e as pessoas que o acompanhavam chegaram. O primeiro funeral entrou pelos portões, onde se aglomerava um pequeno grupo de transeuntes e funcionários. Stephen observou a entrada do cortejo. Dois retardatários abriram bruscamente seu caminho através da pequena multidão. Uma menina, com uma das mãos agarrada à saia de uma mulher, corria à frente. A cara da menina era a cara de um peixe, descolorida e com olhos oblíquos; a cara da mulher era quadrada e estreita, uma cara de

---

* O Castelo de Dublin é um importante complexo governamental irlandês, antiga sede fortificada do governo britânico na Irlanda até 1922. [N. do T.]

† *The Colleen Bawn, or The Brides of Garryowen* é o título de um melodrama escrito pelo dramaturgo irlandês Dion Boucicault. A peça estreou em Nova York, em março de 1860. [N. do T.]

pechincheira. A menina, com a boca retorcida, olhou para a mulher para saber se estava na hora de chorar: a mulher, ajeitando uma touca achatada, apressava-se para chegar à capela mortuária.

Na capela mortuária Mr. Dedalus e seus amigos precisaram aguardar até que os pobres enlutados fossem atendidos. Em poucos minutos o corpo foi encomendado e o caixão de Isabel depositado sobre os cavaletes. Os enlutados se espalharam pelas cadeiras e se ajoelharam timidamente sobre seus lenços. Um padre com um barrigão de sapo pendente para o lado saiu da sacristia, seguido de um coroinha. Ele leu o culto rapidamente, com uma voz coaxante, e aspergiu sonolentamente o caixão, com o menino propiciando as respostas nos devidos intervalos. Ao concluir a leitura do culto, fechou o livro, fez o sinal da cruz e voltou à sacristia, num caminhar ritmado. Entraram alguns funcionários e transportaram o caixão até um carrinho e o empurraram por uma trilha de cascalho. O superintendente do cemitério cumprimentou Mr. Dedalus à porta da capela e seguiu o cortejo lentamente. O caixão baixou à cova com serenidade e os coveiros começaram a jogar terra com suas pás. Ao som das primeiras pazadas Mr. Dedalus irrompeu em soluços e um de seus amigos posicionou-se ao lado dele e segurou-lhe o braço.

Quando o túmulo foi coberto, os coveiros deixaram as pás sobre a terra e se benzeram. As coroas foram depositadas e, após uma oração, os presentes se retiraram, seguindo pelas alamedas bem cuidadas do cemitério. A estranha tensão das condolências foi aliviada e a conversa voltava a ser prática. Entraram nas carruagens e voltaram pela Glasnevin Road. Ao chegar em Dunphy's Corner a carruagem encostou atrás de carruagens de outros funerais. No bar Mr. Wilkinson pagou a primeira rodada: os cocheiros foram chamados e se amontoaram à porta, esfregando as mangas dos casacos em seus rostos ossudos e exauridos, até que alguém lhes perguntasse o que queriam beber. Todos pediram cerveja e na verdade seus corpos não eram muito diferentes de canecas de estanho raramente usadas. A maioria dos enlutados pediu doses pequenas. Quando perguntaram o que Stephen queria beber, ele respondeu prontamente:

— Cerveja.

Seu pai parou de falar e passou a fitá-lo com atenção mas, sentindo-se por demais insensível para se deixar intimidar, Stephen pegou com um ar grave o caneco e o esvaziou com um gole demorado. Enquanto mantinha a boca na borda do caneco, Stephen sabia que o pai estava assustado e sentiu na garganta o gosto amargo da terra do cemitério.

O modo torpe como sua irmã tinha sido sepultada levou Stephen a considerar seriamente os argumentos de que a água e o fogo são as derradeiras moradas dos corpos. Todo o aparato do Estado lhe parecia equivocado da primeira à última operação. Jovem algum é capaz de contemplar o fato da morte com extrema satisfação e jovem algum, condicionado pelo destino ou pelo seu meio-irmão acaso a ser um órgão de sensibilidade e intelectualidade, é capaz de contemplar sem extremo repúdio a rede de falsidades e trivialidades que compõem o funeral de um burguês. Nos dias que sucederam ao sepultamento, Stephen, vestindo roupas de segunda mão em duas tonalidades de preto, foi obrigado a receber condolências. Muitas dessas manifestações partiram de conhecidos da família. Quase todos os homens diziam "E como está reagindo a sua pobre mãe?", e quase todas as mulheres diziam "É uma grande provação para a sua pobre mãe": e os pêsames eram sempre expressos no mesmo tom de voz, indiferente e sem convicção. McCann também expressou condolências. Aproximou-se de Stephen quando este olhava gravatas na vitrine de uma loja de roupas masculinas e se perguntava por que para os chineses o amarelo* representava luto. Apertou vigorosamente a mão de Stephen:

— Lamento a morte da sua irmã... lamento não ter sabido a tempo de comparecer ao enterro.

Stephen libertou a mão aos poucos e disse:

— Ah, ela era muito jovem... uma menina.

McCann largou a mão dele no mesmo instante e disse:

— Mas... como dói.

O cúmulo da falta de convicção pareceu a Stephen ter sido alcançado naquele momento.

O segundo ano da vida universitária de Stephen teve início no começo de outubro. Seu padrinho nada comentara acerca dos resultados do primeiro ano mas Stephen foi informado de que aquela seria a sua última chance. Ele optou por italiano como área de concentração, em parte devido ao desejo de ler Dante seriamente, e em parte para escapar da pressão das aulas de francês e alemão. Ninguém mais na universidade estudava italiano e dia sim, dia não, ele chegava à universidade às dez horas da manhã e se dirigia ao quarto do padre Artifoni. O padre Artifoni era um *moro* inteligente e baixinho, natural de Bergamo, uma

---

* A palavra "amarelo" foi riscada e substituída pela palavra "branco" escrita a lápis vermelho. [N. do E.]

cidade da Lombardia. Tinha olhos límpidos e vivazes e lábios carnudos. Toda vez que Stephen batia à porta, ouvia-se[88] um barulho de cadeiras sendo arrastadas, antes de "*Avanti!*". O padre baixinho jamais lia sentado e o ruído que Stephen ouvia era produzido por um atril improvisado que voltava a ser constituído, a saber, por duas cadeiras de junco e uma pasta mata-borrão. As aulas de italiano costumavam se estender além da hora e gramática e literatura eram menos discutidas do que filosofia. O professor provavelmente conhecia a reputação questionável do pupilo e, por esse exato motivo, adotava uma linguagem ingenuamente devota, não que fosse suficientemente jesuíta ao ponto de carecer de ingenuidade mas era suficientemente italiano ao ponto de apreciar um jogo de crença e descrença. Certa vez repreendeu o aluno porque este expressou admiração pelo autor de *A besta triunfante.**

— Você sabe — ele disse —, o autor, Bruno, foi um herege terrível.

— Sim — disse Stephen —, e foi queimado de modo terrível.

Mas o professor era um mau inquisidor.† Num tom bastante jocoso, disse a Stephen que, quando ele e seus colegas clérigos assistiram a conferências públicas na universidade, o conferencista tinha sido suficientemente astuto ao ponto de modalizar suas próprias críticas. Padre Artifoni aceitara de bom grado a modalização. Era diferente de muitos cidadãos da terceira Itália pois carecia de afeto pelos ingleses e tinha a tendência de ser leniente com as ousadias do aluno, as quais, ele supunha, deveriam resultar de uma "irlandesidade" demasiado ferrenha. Era incapaz de associar ousadia de pensamento a qualquer temperamento que não fosse o de um irredentista.

Padre Artifoni teve de admitir certa vez diante de Stephen que o momento mais condenável do deleite humano, visto que propiciara satisfação a um ser humano, era bom aos olhos de Deus. A conversa versara sobre um romance italiano. Um padre da casa tinha lido o romance e expressou condenação à mesa do jantar. Era nocivo, ele disse. Stephen argumentou que o romance lhe propiciara ao menos prazer estético e que, por esse motivo, poderia ser considerado bom:

— O padre Byrne não acha.

— Mas Deus?

---

* Trata-se de Giordano Bruno (1548–1600), teólogo, filósofo, escritor e frade dominicano italiano, condenado à morte na fogueira pela Inquisição romana. [N. do T.]

† O manuscrito registra "inquiridor". A palavra "inquisidor" está escrita na margem, com a caligrafia de Stanislaus (?). [N. do E.]

— Para Deus talvez seja... bom.

— Então prefiro ficar contra o padre Byrne.

Debateram intensamente acerca do belo e do bem. Stephen pretendia corrigir ou esclarecer a terminologia escolástica: um contraste entre o bem e o belo não era necessário. Aquino definira o bem como aquilo cuja possessão o apetite ansiava, o desejável. Mas o verdadeiro e o belo eram desejáveis, eram as ordens mais elevadas, mais persistentes do desejável, sendo a verdade desejada pelo apetite intelectual aplacado pelas relações mais satisfatórias do inteligível, e sendo o belo desejado pelo apetite estético aplacado pelas relações mais satisfatórias do sensível. Padre Artifoni admirava sinceramente a maneira como Stephen vivificava as generalizações filosóficas e incentivou o jovem a escrever um tratado sobre estética. Deve ter sido uma surpresa para ele encontrar naquela latitude um jovem que não concebia a separação entre arte e natureza, e isso não por razões climáticas ou temperamentais, mas por razões intelectuais. Para Stephen a arte não era nem cópia nem imitação da natureza: o processo artístico era um processo natural. Em nada que ele dizia a respeito da perfeição artística era possível detectar um toque artificial. Falar sobre a perfeição da arte de alguém não significava para ele falar sobre algo reconhecidamente sublime mas que na realidade não passava de uma convenção sublime mas, antes, significava falar do processo verdadeiramente sublime atinente à natureza de alguém e que merecia ser examinado e discutido abertamente.

Era precisamente esse interesse marcante que o mantinha longe de locais de bate-papos constrangedores, como a associação de debates e a cálida irmandade. O discurso inaugural de Mr. Moynihan foi proferido durante a Aula Magna, em novembro. O reitor ocupou a cátedra, cercado de seus professores. A plataforma foi reservada aos dignitários e o salão aos intelectuais bissextos que pulam de conferência em conferência durante a temporada de inverno e nunca perdem a apresentação de uma peça que não seja encenada em inglês. O fundo do salão estava repleto de alunos da universidade. Nove décimos dos alunos eram sérios e nove décimos dos restantes se mantinham sérios em dados momentos. Antes da leitura do discurso, Whelan recebeu das mãos do reitor a medalha de ouro de oratória e um dos filhos de Mr. Daniel foi agraciado com a medalha de prata de oratória. Mr. Moynihan vestia traje a rigor e exibia cachos na parte frontal dos cabelos. Quando ele se levantou para ler o discurso, o reitor o aplaudiu,[89] e na sequência todo o salão o aplaudiu. O discurso de Moynihan demonstrava que o verdadeiro consolo dos aflitos não era o demagogo egoísta, com sua ignorância e moral ambígua, mas a Igreja, e que o melhor caminho para melhorar a condição da classe operária não era ensiná-la a descrer numa ordem espiritual e material que funcionasse harmoniosamente, mas ensiná-la a seguir com humildade a vida do Homem que era amigo de toda a humanidade, do grande e do pequeno, do rico e do pobre, do justo e do injusto, do letrado e do iletrado, do Homem que embora acima de todos os homens era o mais humilde dos homens. Moynihan fez também referência à morte estranha de um escritor francês ateu e insinuou que o próprio Emanuel houvesse se vingado do cavalheiro infeliz, manipulando-lhe furtivamente o fogão a gás.*

Entre os que falaram depois de Moynihan havia um juiz de um tribunal do condado e um coronel reformado que demonstrava tendências reacionárias. Todos os oradores elogiaram o trabalho dos jesuítas na preparação da juventude irlandesa para galgar os patamares mais elevados da vida. O palestrante da noite foi dado como exemplo. Do seu lugar ao lado de Cranly, num canto do salão, Stephen contemplava as fileiras de alunos. As fisionomias agora sérias exibiam todas a mesma marca da formação jesuítica. De modo geral mostravam-se imunes às rudezas mais óbvias da juventude; não deixavam de exibir uma certa e inofensiva autêntica aversão pelos vícios da juventude.† Admiravam Gladstone, as Ciências Físicas e as tragédias de Shakespeare: e acreditavam na aplicação dos ensinamentos católicos às necessidades diárias, na Igreja diplomática. Sem demonstrar o desejo inglês por uma aristocracia substanciosa, consideravam inadequadas quaisquer medidas violentas mas, ao se relacionarem entre si e com seus superiores, demonstravam um liberalismo tenso e bastante inglês (sempre que estivesse em jogo qualquer questão de autoridade). Respeitavam as autoridades espirituais e temporais, as autoridades espirituais do catolicismo e do patriotismo e as autoridades temporais da hierarquia e do governo. A memória de Terence MacManus não era por eles menos reverenciada do que a memória do cardeal Cullen.‡ Se o chamado para uma vida mais insigne e mais nobre os alcançava, eles o ouviam com uma satisfação discreta mas

* Alusão a Émile Zola, falecido em setembro de 1902. [N. da E.]

† A expressão "requer alteração" aparece à margem do manuscrito, com a caligrafia de Stanislaus (?). [N. do E.]

‡ Terence MacManus (1823?-1860) foi um patriota irlandês revolucionário julgado por traição e condenado à morte. Mas a sentença foi atenuada, transformada em exílio perpétuo, e ele foi levado para a Tasmânia. Em 1850 fugiu para São Francisco, onde

sempre decidiam protelar a vida até um momento mais favorável, pois sentiam-se despreparados. Ouviam com atenção todos os oradores e aplaudiam qualquer alusão ao reitor, à Irlanda e à fé. Temple cambaleou salão adentro, no meio da função, e apresentou um amigo a Stephen:

— Desculpe, mas este é o Fitz, bom sujeito. Admirador seu. Desculpe por apresentá-lo, bom sujeito.

Stephen apertou a mão de Fitz, um jovem de cabeça grisalha e rosto corado e atônito. Fitz e Temple ficaram encostados na parede, como apoio, pois estavam ambos um tanto oscilantes. Fitz começou a cochilar, tranquilamente.

— Ele é revolucionário — disse Temple, dirigindo-se a Stephen e Cranly. — Quer saber de uma coisa, Cranly? Acho que você também é revolucionário. Você é revolucionário? Ah, que diabo, você não vai querer responder... eu sou revolucionário.

Naquele momento o orador foi aplaudido por mencionar o nome de John Henry Newman.

— Quem é ele? — disse Temple, dirigindo-se aos que estavam à sua volta. — Quem é esse cara?

— É o coronel Russell.

— Ah, esse coronel... O que ele disse? O que foi que ele disse?

Ninguém respondeu e então ele balbuciou outras perguntas incoerentes e, por fim, frustrado por não desconhecer o pensamento do coronel, gritou "Viva o malucão!" e perguntou a Cranly se este não achava que o Coronel era um grosseirão.

Stephen estudou menos ainda no segundo ano. Foi mais assíduo às aulas mas raramente se dirigia à biblioteca para ler. A *Vita nuova*, de Dante, inspirou-o a compilar seus versos de amor, criando uma guirlanda perfeita e ele explicou a Cranly detalhadamente as dificuldades do versejador. Seus poemas de amor propiciavam-lhe satisfação: levava muito tempo para compô-los e quando os escrevia era sempre impelido por uma emoção amadurecida e equilibrada. Mas em suas expressões de amor sentia-se levado a empregar o que chamava de terminologia feudal e, como não podia empregá-la com a mesma convicção e o mesmo

---

morreu pobre. O corpo foi transladado para a Irlanda em 1861 e sepultado no cemitério de Glasnevin, em meio a demonstrações de nacionalismo. Tais demonstrações foram condenadas pelo cardeal Cullen (1803–1878), o primeiro cardeal irlandês. Cullen era um extremista ferrenho, grande opositor do fenianismo. Consta que fosse o autor da redação final do texto que define a infalibilidade papal. Foi fundador da universidade frequentada por Stephen Dedalus. [N. do E.]

propósito que animavam os poetas feudais, era compelido a expressar o amor de um jeito meio irônico. Essa relatividade, ele dizia, mesclada a uma paixão tão imune, constitui um toque moderno: não podemos prometer nem esperar fidelidade eterna porque reconhecemos bem demais os limites de todas as energias humanas. Não é possível ao amante moderno pensar o universo como um assistente do seu caso de amor, e o amor moderno, perdendo um pouco de sua ferocidade, ganha também em amabilidade. Cranly não queria saber disso: a seu ver, a distinção entre antigo e moderno era um jogo de palavras, pois, mentalmente, ele tinha reduzido passado e presente a um nível de zelosa ignobilidade. Stephen tentava argumentar que, embora durante as breves eras conhecidas como as idades dos homens, a humanidade talvez não se modificasse ao ponto de não mais ser reconhecida e que tais eras são vítimas de diferentes ideias que concebem e articulam qualquer atividade, por mais ínfima que seja. No momento, a distinção, ele argumentava, entre o espírito feudal e o espírito da humanidade não pertence ao discurso dos homens letrados. Cranly, a exemplo de tantos românticos cínicos, defendia que a vida civil absolutamente não afetava a vida individual e que era possível ao homem preservar antigas superstições e preconceitos em meio ao mecanismo da modernidade, assim como era possível ao homem levar, no meio da maquinaria, uma vida de conformidade e, no fundo, rebelar-se contra a norma por ele apoiada: a natureza humana era uma quantidade constante. Quanto ao esquema de elaboração de uma guirlanda de poemas que louvassem o amor, ele achava que se tal paixão de fato existisse, seria impossível expressá-la.

— Não haveremos de saber se ela existe ou não, se alguém não tentar expressá-la — disse Stephen. — Não teremos como testá-la.

— Como é possível testá-la? — disse Cranly. — A Igreja[90] diz que a prova da amizade é dar a vida por um amigo.

— Você não acredita nisso, acredita?

— Não; gente boba morre por qualquer coisa. McCann, por exemplo, morreria por pura obstinação.

— Renan diz que o homem só se torna mártir por algo sobre o qual não tem muita certeza.

— Os homens morrem por dois pedaços de madeira cruzados até na modernidade de hoje. O que é uma cruz, senão dois pedaços de madeira?

— Amor — disse Stephen — é uma palavra, digamos, para denominar algo inexprimível... mas, não, não posso admitir isso... Acho que seria uma prova verificar o tipo de troca que o amor oferece. O que as pessoas dão, quando amam?

— Uma festa de casamento — disse Cranly.

— Seus corpos, não é mesmo? Isso, ao menos. É algo e tanto, dar o próprio corpo, mesmo que seja por dinheiro.

— Então você acha que as mulheres que dão o próprio corpo por dinheiro, como você diz, amam as pessoas às quais dão o corpo?

— Quando amamos, doamos. De certo modo elas amam também. Nós damos algo, uma cartola ou um livro de partituras ou tempo e trabalho ou o próprio corpo, em troca de amor.

— Eu prefiro que essas mulheres me deem uma cartola do que seus corpos.

— Questão de gosto. Você talvez goste de cartola. Eu não.

— Meu caro — disse Cranly —, seu conhecimento da natureza humana é quase nulo.

— Conheço algumas coisas elementares e as expresso por meio de palavras. Sinto emoções e as expresso em versos rimados. A canção é a simples liberação rítmica de uma emoção. O amor pode expressar-se a si mesmo, em parte, por meio da canção.

— Você idealiza tudo.

— Você me lembra o Hughes, quando diz isso.

— Você imagina que as pessoas são capazes de todas essas... toda essa coisa imaginária e bela. Mas não são. Pense nas garotas que você vê todos os dias. Você acha que elas entenderiam o que você diz a respeito do amor?

— Não sei, realmente — disse Stephen. — Não idealizo as garotas que vejo todos os dias. Eu as considero marsupiais... Ainda assim preciso exprimir minha natureza.

— Em todo caso, escreva os versos — disse Cranly.

— Acho que está chovendo — disse Stephen, detendo-se embaixo de um galho e esperando a queda dos pingos.

Cranly parou ao lado dele e observou-lhe a postura, estampando no rosto uma amarga satisfação.

Durante suas perambulações Stephen se deparou com uma velha biblioteca no meio daquelas ruas sórdidas chamadas de velha Dublin. A biblioteca tinha sido fundada pelo arcebispo Marsh e, embora aberta ao público, pouca gente parecia ter conhecimento da sua existência. O bibliotecário, encantado[91] diante da perspectiva de contar com um leitor, mostrou a Stephen nichos e cantos habitados por volumes marrons e empoeirados. Stephen frequentou o local algumas vezes por semana a fim de ler velhos livros italianos que remontavam ao *Trecento*. Começava a despertar interesse pela literatura franciscana. Apreciava, com certo sentimento de pena, a lenda do meigo heresiarca de Assis. Ele sabia, instintivamente, que as correntes de amor de são Francisco não o deteriam durante muito tempo mas o italiano era um indivíduo bastante raro. Elias e Joaquim também realçaram essa ingênua história. Tinha encontrado numa carroça de livros perto do rio um panfleto inédito que continha duas histórias de W. B. Yeats. Uma das histórias se chamava As tábuas da lei e nela era mencionado o prefácio fabuloso que Joaquim, abade de Flora, tinha supostamente inserido em seu Eterno Evangelho. A descoberta, que tão bem calhava com suas pesquisas, induziu-o a se dedicar com afinco aos estudos franciscanos. Todo domingo à noite ele se dirigia à igreja dos capuchinhos, onde anteriormente costumava se livrar da carga infeliz dos seus pecados. Não se perturbava com a procissão de artesãos e operários na igreja e os sermões dos padres eram-lhe amenos, visto que os pregadores não pareciam inclinados a fazer grande uso de seu treinamento retórico e declamatório, nem ansiosos para se revelarem, ao menos em teoria, homens do mundo. Acreditava, de acordo com um estado de espírito assisiano, que aqueles indivíduos mais se aproximavam dos seus propósitos do que outros: e certa noite, enquanto falava com um capuchinho, precisou conter o impulso de pegar o sacerdote pelo braço, conduzi-lo de um lado ao outro do jardim da capela, e contar-lhe na íntegra a história As tábuas da lei, por ele memorizada palavra por palavra. Levando em conta a atitude de Stephen em relação à Igreja, havia certamente nesse impulso um profundo agente contaminador cuja cura exigiria grande esforço por parte do companheiro inteligente. Ele se satisfez conduzindo Lynch pelo interior do Green e lhe causando intenso embaraço ao recitar a história de Mr. Yeats com uma expressividade zelosa. Lynch disse que desconhecia o conteúdo da história mas posteriormente, na segurança de um bar, afirmou que a recitação tinha-lhe propiciado imenso prazer.

— Esses monges são homens de valor — disse Stephen.

— Homens completos, polivalentes — disse Lynch.

— Homens de valor. Estive há alguns dias na biblioteca deles. Tive grande dificuldade para entrar: os monges saíram de todos os cantos para me espionar. O padre curador[92] perguntou o que eu desejava. Então me fez entrar e dedicou boa parte do seu tempo a me mostrar livros. Veja bem, era um padre gorducho e tinha acabado de cear, portanto, estava de ótimo humor.

— Homem bom e de valor.

— Ele não fazia a menor ideia do que eu queria ou por que eu queria o que queria mas subiu e desceu o dedo, página após página, procurando o nome, bufando e murmurando consigo mesmo "Jacopone, Jacopone, Jacopone, Jacopone". Eu tenho uma boa noção de ritmo, não tenho?

Stephen ainda era amante das deformações criadas pelo crepúsculo. O final do outono e o inverno em Dublin são sempre temporadas de clima úmido e sombrio. Ele percorria as ruas à noite entoando frases para si mesmo. Repetia com frequência a história das Tábuas da lei e dos Reis magos. A atmosfera dessas histórias transbordava incenso e presságios e as figuras de monges errantes, Ahren e Michael Robartes, nela caminhavam a passos largos. O discurso deles era como enigmas de um Jesus desdenhoso; sua moralidade era infra-humana ou sobre-humana: o ritual praticado por eles era tão incoerente quanto heterogêneo, mescla tão estranha de trivialidades e práticas sagradas que poderia ser reconhecida como ritual de homens que tinham recebido das mãos de supremos sacerdotes, desde sempre culpados de um certo espírito arrogante, uma tradição confusa e desumanizada, uma ordenação misteriosa. É fato que a civilização pode ser considerada uma criação dos seus próprios contraventores mas o menor protesto contra a ordem existente é feito por contraventores cujo credo e estilo de vida não são renováveis, nem mesmo para o reacionário. Eles habitam uma igreja distinta; exaustos, elevam seus turíbulos diante de altares vazios; vivem além da região da mortalidade, tendo optado por cumprir a lei de sua existência. Um jovem como Stephen, num momento de desânimo e inquietação, não tem[93] escrúpulos em crer na realidade da existência deles. Precipitam-se miseravelmente na[94] direção da terra, como vapores, ávidos por pecar, lembrando-se do orgulho da sua origem, conclamando a aproximação de terceiros. Stephen muito se aprazia em repetir consigo mesmo esse belo trecho de As tábuas da lei: "Por que foges das nossas tochas, feitas com a madeira das árvores sob as quais Cristo chorou no Jardim das Oliveiras? Por que foges das nossas tochas, feitas com madeira doce, depois que esta desapareceu do mundo e voltou a nós que a criamos a partir de velhas cantigas com o nosso sopro?".

Uma certa extravagância começou a colorir-lhe a vida. Ele tinha consciência de que, embora supostamente gozasse de relações amistosas com a ordem da sociedade na qual nascera, não seria possível continuar assim. A vida de um errante lhe parecia bem menos ignóbil que a vida de alguém que aceitara a tirania do medíocre pois o custo de ser excepcional era demasiadamente elevado. A geração que crescia à sua volta considerava suas manifestações de atividade espiritual algo mais do que inconveniente e ele sabia que, por trás do ar de amabilidade temerosa, os representantes da autoridade alimentavam a esperança de que uma natureza desorientada o levaria a um conflito tão lamentável com a realidade que eles um dia teriam o prazer de recebê-lo oficialmente em algum hospital ou hospício. Isso não seria um fim incomum pois a grande façanha da juventude geralmente leva[95] a pessoa à senilidade precoce e a intrepidez de um poeta decerto[96] é[97] má pagadora de promessas, quando o induz a conduzir uma lagosta amarrada com uma fita azul brilhante por uma calçada reservada aos cidadãos.* Ele sentia vividamente os perigos insidiosos que se disfarçam de extravagâncias mas tinha convicção também de que o mero cumprimento dos deveres, nem compreendidos nem agradáveis, era bem mais perigoso e bem menos satisfatório.

— A Igreja acredita que em todos os seus atos o homem busca fazer algum bem — disse Cranly. — O dono de bar quer ganhar dinheiro, Whelan quer se tornar juiz de condado, aquela garota com quem eu o vi conversando ontem...

— Miss Clery?

— Ela quer um homem e uma casinha para morar. O missionário quer transformar pagãos em cristãos, o bibliotecário da Biblioteca Nacional quer transformar o povo de Dublin em estudantes e leitores. Eu percebo o bem[98] que esses indivíduos buscam mas o que você busca?

— A Igreja distingue o bem que esse sujeito busca do bem que eu busco. Existe um *bonum simpliciter*. Então os homens que você menciona buscam um bem desse tipo porque são impelidos por paixões que são diretas,[99] ainda que sejam baixas: luxúria, ambição, gula. Eu busco um *bonum arduum*.†

---

* Nesse trecho Stephen avalia as vantagens e desvantagens de ser um cidadão comum, burguês, ou um poeta, pensador livre. O exemplo em questão se refere a Gérard de Nerval (1808–1855), escritor francês que se tornou o epítome da excentricidade e da rebeldia artística. Um dos atos mais notórios de Nerval foi passear com uma lagosta de estimação ("Thibault"?) presa a uma correia, pelas calçadas de Paris. Os colchetes em torno de Nerval sugerem que Joyce decidiu não especificar o nome do escritor (o tradutor agradece o esclarecimento ao professor Weldon Thornton). [N. do T.]

† Isto é, respectivamente: "Bens simplesmente desejáveis" e "Bens difíceis de atingir". [N. do T.]

— Talvez seja um *bonum* bastante *simpliciter*. Não creio que você saiba — disse Cranly.

XXIV

Àquela época verificava-se certa agitação no mundo político quanto ao funcionamento da Universidade Real. Foi proposta a criação de um comitê para examinar o assunto. Os jesuítas estavam sendo acusados de manipular a situação, visando aos seus próprios interesses, sem demonstrar senso de imparcialidade. Para escapar da denúncia de obscurantismo criou-se uma revista mensal, editada por McCann. O novo editor demonstrava bastante entusiasmo em relação ao evento.

— Já tenho quase toda a matéria do primeiro número — ele disse a Stephen. — Tenho certeza que vai ser um sucesso. Quero que você escreva algo para o segundo número... mas algo que possamos entender. Seja um pouquinho condescendente. Você já não pode dizer que somos bárbaros: temos a nossa própria publicação. Podemos expressar nossas opiniões. Você vai escrever alguma coisa, não vai? Para este mês temos um artigo do Hughes.

— Existe um censor, certo? — disse Stephen.

— Bem — disse McCann —, quem teve a ideia de criar a revista foi o padre Cummins.

— O diretor da irmandade de vocês?

— Sim. A ideia foi dele; portanto, você pode perceber que ele é uma espécie de padrinho nosso.

— Então ele é o censor?

— Ele atua como árbitro mas não é absolutamente tacanho. Você não precisa ter medo dele.

— Entendo. E, diga-me, eu serei remunerado?

— Pensei que você fosse um idealista — disse McCann.

— Boa sorte com a publicação — disse Stephen, acenando com a mão em sinal de adeus.

O primeiro número da revista de McCann continha um longo artigo de Hughes intitulado O futuro do celta. Incluía também um artigo em irlandês de autoria da irmã de Glynn e um editorial assinado por McCann, no qual era narrada a história da criação da revista. O artigo iniciava "Foi uma ideia feliz do diretor da nossa irmandade reunir os vários partícipes da nossa vida universitária, propiciando-lhes a oportunidade de trocar ideias por meio de uma revista da universidade. Graças à dedicação e à iniciativa do padre Cummins, as dificuldades iniciais foram superadas e aqui saudamos o público na expectativa de que o público nos ouça". A publicação continha também diversas páginas de anúncios de várias associações esportivas e intelectuais em que celebridades eram "camufladas" pelo disfarce dos seus sobrenomes latinizados. Os "Memorandos médicos", assinados "H_2O", consistiam[100] em diversos parágrafos congratulatórios acerca de estudantes de medicina aprovados nos exames finais e alguns parágrafos laudatórios versando sobre os amáveis professores da Faculdade de Medicina. A revista incluía alguns versos, A colega mulher, assinados "Toga Girilis".

Na biblioteca, Cranly mostrou a Stephen a nova revista e parecia ter lido a publicação desde a primeira até a última linha. Cranly acompanhou com o amigo item a item, com grande persistência, ignorando as exclamações impacientes de Stephen. Ao ler os "Memorandos médicos", Stephen execrou com tamanho fervor que Cranly começou a rir e um padre de semblante vermelho sentado no outro extremo fitou-os indignado, por cima de um exemplar do *Tablet*. No pórtico da biblioteca havia um pequeno grupo de rapazes e outro de moças, e cada indivíduo tinha em mãos o seu exemplar da revista. Todos riam e falavam, usando a chuva como desculpa para ficarem ali abrigados. McCann, alegre e empolgado, com um boné de ciclista enviesado na cabeça, corria de um grupo ao outro. Ao ver Stephen, aproximou-se com um ar de expectativa.

— Então? Você já viu...?

— Hoje é um grande dia para a Irlanda — disse Stephen, apertando com toda seriedade a mão do editor.

— Bem... já é alguma coisa — disse McCann, com o cenho tenso.

Stephen encostou-se numa das pilastras de pedra e observou o grupo que estava mais distante. Integrando o círculo de colegas, ela ria e conversava. A raiva que a nova revista lhe causara diminuiu gradualmente e ele se pôs a contemplar o espetáculo que ela e as colegas lhe propiciavam. Conforme ocorrera quando da sua entrada no Seminário Clonliffe, uma súbita simpatia surgiu de uma súbita lembrança, uma simpatia nostálgica em relação à vida protegida[101] do seminarista, uma vida cujas virtudes lhe pareciam provocar o olhar desregrado do mundo, numa provocação tão intensa que somente a força de muros e cães de guarda os mantinha no interior de um pequeno círculo de gestos maneirosos e tímidos. Embora a afetação do grupo geralmente carecesse de charme e sua vulgaridade carecesse de pulmões que a anunciassem, a chuva lhe era caridosa. A tagarelice chegava até ele como se viesse de longe, em pulsações recorrentes, e erguendo os olhos ele viu que as nuvens carregadas recuavam sobre a região varrida pela chuva. O breve aguaceiro chegara ao fim, deixando um punhado de diamantes nos arbustos do pátio central, onde uma exalação ascendia da terra enegrecida. O grupo que estava entre as colunas começou a deixar o abrigo, com muitos olhares duvidosos, botas de cano alto estalando, belo resgate de anáguas, embaixo de guarda-chuvas, leves armaduras, empunhados em ângulos estratégicos. Ele viu o grupo retornar ao convento — corredores sóbrios e dormitórios simples, um silencioso rosário de horas — enquanto as nuvens de chuva recuavam para o Oeste e o falatório dos rapazes o alcançava com pulsações ritmadas. Ao longe, no meio da planície varrida pela chuva, ele enxergava uma construção elevada e simplória, com janelões que filtravam a obscura luz do dia. Trezentos meninos, barulhentos e esfomeados, sentavam-se às mesas compridas comendo carne com borda de gordura verde e pedaços de pão branco umedecido, e um dos meninos, apoiando-se sobre os cotovelos, tapava e destapava os ouvidos, de modo que o ruído dos comensais lhe chegava ritmadamente, como o alarido selvagem produzido por animais.

— Deveria haver uma arte do gesto — disse Stephen certa noite a Cranly.

— É mesmo?

— É claro que não me refiro à arte do gesto, no sentido compreendido pelo professor de elocução. Para ele, gesto é ênfase. Refiro-me a ritmo. Você conhece a canção "Come unto these yellow sands"?*

— Não.

— É assim — disse o jovem, fazendo graciosos gestos anapésticos com os braços. — Eis o ritmo, você percebe?

— Percebo.

— Eu gostaria de sair pela Grafton um dia, gesticulando no meio da rua.

— Eu gostaria de ver isso.

— Não faz sentido que a vida deva perder a graça e a nobreza só porque Colombo descobriu a América. Hei de levar uma vida livre e nobre.

— É mesmo?

---

* "Venha para estas areias amarelas." [N. do T.]

— A minha arte vai proceder de uma fonte livre e nobre. Para mim, é demasiado incômodo adotar os hábitos desses escravos. Recuso-me a ser aterrorizado ao ponto de me tornar ignorante. Você acha que um verso pode imortalizar um homem?

— Por que não uma palavra?

— "*Sitio*" é um grito clássico. Tente melhorá-lo.

— Você acha que Jesus, pregado na cruz, poderia apreciar o que você chama de ritmo daquela fala? Você acha que Shakespeare ao escrever uma canção saía à rua gesticulando para as pessoas?

— É evidente que Jesus não tinha condições de ilustrar aquela fala por meio de um magnífico gesto equivalente mas não creio que a tenha pronunciado num tom de voz prosaico.* Jesus possuía um estilo muito puro e trágico: sua conduta durante o julgamento foi admirável. Você acha que a Igreja poderia ter criado sacramentos tão artisticamente elaborados em torno do mito, se a figura original não fosse dotada de certa majestade trágica?

— E Shakespeare...?

— Não acredito que ele quisesse sair à rua mas tenho certeza que apreciava a sua própria música. Não acredito que a beleza seja fruto do acaso. Um homem pode levar sete anos pensando e de repente compor uma quadra que o imortalize, aparentemente sem grande reflexão ou zelo... aparentemente. Então o simplório dirá: "Ah, que versos ele escrevia!": e se eu perguntar "Como foi isso?", o simplório responderá: "Ora, ele escrevia... só isso".

— Acho que essa coisa de ritmo e gesto é pura imaginação sua. Pra você, o poeta é um sujeito terrivelmente perturbado.

— Você diz isso porque nunca viu um poeta em ação.

— Como você sabe disso?

— Você considera a minha teorização um tanto extravagante e fantástica, não é?

— Considero, sim.

* Stephen e Cranly estão conversando sobre a força contida num verso, ou mesmo numa única palavra, quando Stephen cita "Sitio" como um brado clássico expresso por uma só palavra. Literalmente, "Sitio" significa "tenho sede". Cranly reconhece "Sitio" como a palavra dita por Jesus na cruz, em João 19:28, e Stephen, irreverentemente, observa que, pregado na cruz, Jesus não poderia ter feito um gesto que acompanhasse ou ilustrasse a exclamação (o tradutor agradece o esclarecimento ao professor Weldon Thornton). [N. do T.]

— Bem, vou lhe dizer que eu acho que você me considera fantástico simplesmente porque sou moderno.

— Meu caro, isso é besteira. Você está sempre falando sobre essa coisa de "moderno". Você faz ideia da idade da Terra? Você diz que está emancipado mas, na minha opinião, ainda não passou do primeiro livro de Gênesis. Não existe essa coisa de "moderno" ou "antigo": é tudo igual.

— O que é tudo igual?

— Antigo e moderno.

— Ah, sim, eu sei, tudo é igual a tudo. É claro que sei que a palavra "moderno" é apenas uma palavra. Mas eu a emprego num sentido específico...

— Que sentido, por exemplo?

— O espírito moderno é vivisseccionista. A vivissecção em si é o processo mais moderno que se pode conceber. O espírito antigo aceitava os fenômenos com certa má vontade. O método antigo investigava a lei com a lanterna da justiça, a moralidade com a lanterna da revelação, a arte com a lanterna da tradição. Mas todas essas lanternas têm propriedades mágicas: elas transformam e desfiguram. O método moderno examina o próprio território à luz do dia. A Itália acrescentou uma ciência à civilização ao apagar a lanterna da justiça e considerar o criminoso em produção[102] e ação. Toda a crítica política e religiosa moderna dispensa os Estados presuntivos, os[103] Redentores e as Igrejas presuntivas. Essa[104] crítica examina toda a comunidade em ação e reconstrói o espetáculo da redenção. Se você fosse um filósofo praticante da Filosofia Estética, minhas elucubrações lhe interessariam porque constituem o espetáculo do instinto estético em ação. A Faculdade de Filosofia deveria designar um detetive para me seguir.

— Suponho que você saiba que Aristóteles criou a ciência da Biologia.

— Eu não diria uma palavra contra Aristóteles, por nada neste mundo, mas acho que o espírito de Aristóteles não faria justiça a si mesmo em se tratando das ciências "inexatas".

— Eu me pergunto: o que Aristóteles acharia de você enquanto poeta?

— Maldito seria eu, se viesse a pedir desculpas a ele. Que ele me examine, se for capaz. Você pode imaginar uma bela dama, dizendo "Ah, desculpe-me, Senhor Aristóteles, por ser tão bela"?

— Ele foi um homem muito sábio.

— Sim, mas não acho que seja o patrono dos que proclamam a utilidade da marcha estacionária.

— Como assim?

— Você já percebeu como os termos abstratos soam falsos e irreais nos lábios dos antigos na universidade? Veja só o que eles estão dizendo sobre a nova revista. Supostamente, o McCann os está libertando do cativeiro. Essa tal revista não faz você dizer consigo mesmo "Ah, Senhor, felizmente nada tenho a ver com isso"? A vida de brinquedo que os jesuítas permitem a esses dóceis rapazes é o que eu chamo de marcha estacionária. A vida de marionete que o próprio jesuíta leva, na condição de distribuidor de luz e retidão, é outra variedade da marcha estacionária. E no entanto essas duas classes de títeres acham que contam com o apoio de Aristóteles diante dos olhos do mundo. Por favor, lembre-se do mito monstruoso sobre o qual a vida deles é regulamentada... que coisa mais aristotélica! Por favor, lembre-se das regras detalhadas que eles possuem para estimar o montante exato de salvação que existe em cada boa obra... que invenção mais aristotélica!

Cerca de uma semana antes do Natal, Stephen estava no pórtico da biblioteca à noite quando Emma saiu. Ela parou para falar com ele. Estava bem agasalhada, com um belo casaco de *tweed* e longas espirais de um boá branco lhe apresentavam o rosto sorridente ao ar invernal. Qualquer rapaz com um nível razoável de sanidade mental, ao ver uma figura tão alegre e radiante num cenário tão desolador, haveria de querer abraçá-la. Ela usava uma touquinha de pele marrom que fazia com que parecesse uma boneca de Natal e seus olhos incorrigíveis pareciam dizer "Você não quer me acariciar?" Começou imediatamente a tagarelar. Conhecia a garota que tinha escrito *The Female Fellow*... uma garota extremamente sagaz, em se tratando desse tipo de coisa. Elas tinham uma revista no convento, também; ela costumava escrever "paródias" para a tal revista.

— A propósito, tenho ouvido coisas horríveis a seu respeito.

— Como assim?

— Todo mundo está dizendo que você tem ideias horríveis, que você lê livros horríveis. Você é místico, ou algo semelhante. Sabe o que ouvi uma garota dizer?

— Não. O quê?

— Que você não acredita em Deus.

Caminhavam pelo Green margeando as correntes pelo lado de dentro e no momento em que disse isso ela ofereceu-lhe mais do calor do seu corpo e seus olhos o contemplaram com uma expressão de afeto. Stephen fitou-lhe os olhos com determinação.

— Deixe Deus pra lá, Emma — ele disse. — Você me interessa muito mais do que o velho cavalheiro.

— Que cavalheiro? — disse Emma, com franqueza.

— O cavalheiro de meia-idade que possui um aviário... Javé II.

— Não fale esse tipo de coisa na minha presença, eu já te pedi isso.

— Muito bem, Emma. Vejo que você tem medo de perder a fé. Mas não precisa temer a minha influência.

Caminharam do Green até a South Circular Road sem fazer qualquer tentativa de restabelecer a conversa. A cada passo dado a decisão de Stephen no sentido de deixá-la e não voltar a vê-la se tornava mais arraigada. Até como divertimento a companhia dela era um tanto degradante à noção que ele tinha de dignidade. Enquanto andavam embaixo das grandes árvores do Mall, ela desacelerou o passo e, ao se ver longe das luzes da ponte, deteve-se propositadamente. Stephen ficou bastante surpreso pois a hora e o local tornavam equívoca a posição deles e, embora ela houvesse escolhido a sombra das árvores como o local onde parar, a ousadia tinha sido praticada à vista da casa dela. Ficaram escutando o fluxo sereno da água e viram o bonde arrastando-se pela parte mais elevada da ponte.

— Eu o interesso tanto assim? — ela disse, falando finalmente, com um tom de voz cálido e revelador.

— É claro que sim — disse Stephen, tentando responder no mesmo tom. — Eu sei que você está viva e que é humana.

— Mas tanta gente está viva.

— Você é uma mulher, Emma.

— Você agora vai me chamar de mulher? Não acha que ainda sou uma garota?

O olhar de Stephen invadiu o território provocador durante alguns instantes enquanto os olhos dela, semicerrados, aceitaram a invasão sem se queixar.

— Não, Emma — ele disse. — Você não é mais uma garota.

— Mas você não é um homem, é? — ela disse, rapidamente, pois o orgulho, a juventude e o desejo começavam a inflamar-lhe as faces mesmo à sombra.

— Eu sou um cara desajeitado — disse Stephen.

Ela se inclinou mais para perto dele e a mesma expressão de afeto ressurgiu em seus olhos. O calor do corpo dela parecia fluir para dentro do corpo dele e, sem um instante de hesitação, ele enfiou a mão no bolso e começou a manusear as moedas.

— Preciso ir — ela disse.

— Boa-noite — disse Stephen, sorrindo.

Depois que ela entrou em casa, ele seguiu pela margem do canal, ainda à sombra das árvores desfolhadas, entoando baixinho um hino do Evangelho da Sexta-Feira da Paixão. Pensou no que dissera a Cranly — que, quando apaixonadas, as pessoas se entregam — e disse em voz alta "Nunca mais falarei com ela". Quando ele chegou à ponte de baixo uma mulher surgiu das sombras e disse "Boa-noite, amor". Stephen parou e olhou para ela. Era uma mulher pequena e mesmo naquele tempo frio suas roupas exalavam o odor de suores antigos. Um chapéu de palha preto encimava-lhe de modo provocante o rosto vítreo. Ela o convidou a dar uma voltinha. Stephen não respondeu mas, ainda entoando o cântico da Paixão, transferiu as moedas para a mão dela e seguiu seu caminho. De costas, enquanto se afastava, ouviu as bênçãos por ela desejadas e se perguntou o que seria melhor, sob o ponto de vista literário: o relato feito por Renan da morte de Jesus ou o velho relato dos evangelistas. Certa vez ouvira um pregador, num tom igualmente devoto e horrorizado, referir--se à teoria de algum agente literário do diabo segundo a qual Jesus seria um maníaco. A mulher de chapéu de palha preto jamais acreditaria que Jesus fosse um maníaco e Stephen concordava com ela. Ele era certamente um grande exemplo para os solteirões, ele disse consigo mesmo, mas era por demais cauteloso para uma pessoa divina. A mulher de chapéu de palha preto nunca ouvira falar no Buda mas o caráter do Buda parece ter sido superior ao de Jesus no que diz respeito à santidade impassível. Eu me pergunto se ela gostaria daquela história do beijo de Yasodhara em Buda depois da luz e da penitência. O Renan de Jesus é meio budista e os comedores e bebedores vorazes do mundo ocidental jamais adorariam tal figura. Sangue exige sangue. Tem gente nesta ilha que canta um hino cujo título é "Lavado com o sangue do Cordeiro" com o propósito de aliviar o impulso religioso. Talvez seja uma questão de dieta[105] mas eu prefiro ser lavado com água de arroz. Puxa! Que ideia! Um banho de sangue para lavar o corpo espiritual de todos os suores pecaminosos... Uma noção de decoro faz aquela mulher usar chapéu de palha preto em pleno inverno. Ela me disse "Boa-noite amor". A maior amante de todos os tempos não poderia dizer mais que aquilo. Imagine. "Boa-noite, amor". O diabo não ficaria aborrecido ao ouvi-la definida como criatura do mal?

— Não vou mais vê-la — disse Stephen a Lynch algumas noites mais tarde.

— Isso é um grande equívoco — disse Lynch, estufando o peito.

— É pura perda de tempo. Jamais obterei dela o que quero.

— E o que você quer obter dela?

— Amor.

— Hein?

— Amor.

Lynch se deteve abruptamente, dizendo:

— Veja só, eu tenho quatro centavos...

— *Você* tem?

— Vamos entrar em algum lugar. Mas se eu lhe der uma bebida, você tem de prometer não mais dizer isso.

— Dizer o quê?

— Essa palavra.

— "Amor"... é isso?

— Vamos entrar aqui.

Quando estavam sentados na penumbra esquálida de uma taverna, Stephen começou a se balançar na banqueta,[106] com um ar reflexivo.

— Vejo que o eduquei até demais, meu caro Lynch.

— Mas aquilo foi uma atrocidade — disse Lynch, desfrutando do luxo de poder oferecer uma bebida e repreender o companheiro.

— Você não acredita em mim?

— É claro que não.

Stephen fitou a caneca de estanho durante algum tempo.

— É claro — disse finalmente — que eu aceitaria algo menor, se ela me desse.

— Ah, eu sei que você aceitaria.

— Você quer que eu a seduza?

— Muito. Seria muito interessante.

— Ah, não seria possível!

Lynch riu.

— O tom de tristeza com que você diz isso. Bom seria se o McCann pudesse ouvi-lo.

— Sabe, Lynch — disse Stephen —, é melhor admitirmos franca e abertamente. Precisamos das mulheres.

— Sim: concordo. Precisamos das mulheres.

— Jesus disse: "Quem olhar com cobiça para uma mulher já terá cometido adultério no coração". Mas ele não condenou o "adultério". Além disso é impossível não cometer "adultério".

— Impossível mesmo.

— Consequentemente, se eu vir uma mulher inclinada ao oráculo, eu a procuro: se ela não tiver essa inclinação, eu me mantenho distante.

— Mas aquela garota tem inclinação ao oráculo.

— Essa é a parte mais tentadora: eu sei que ela tem. É muito injusto ela me tentar. Eu só devo ir aonde tenho certeza do chão em que piso.

— Mas isso custa dinheiro; e além do mais é perigoso. Talvez você receba uma dose que dure o resto da sua vida. Eu me pergunto se você já não recebeu tal dose.

— Ah, sim... isso não é um transtorno? Contudo, eu preciso ir a algum lugar... Ela é um ser humano, você sabe. Não posso dizer que considero prostitutas seres humanos. *Scortum* e *moechus** são ambos substantivos neutros.

— É claro que um ser humano seria muito melhor. Mas você poderia seduzi-la, se quisesse.

— Como?

— Propondo casamento.

— Foi bom você ter me lembrado disso — disse Stephen. — Eu estava quase me esquecendo.

— Saiba que ela não se esquece — disse Lynch — e não deixa ninguém esquecer.

Stephen suspirou.

— Você se lembra, na *Adoração dos Reis Magos*: "Quando os imortais querem acabar com as coisas que existem hoje e fazer valer as coisas que existiram ontem, eles não têm quem os ajude exceto aquele que foi rejeitado pelas coisas que existem hoje".

— É verdade.

— Quem eu tenho para me ajudar exceto a mulher de chapéu de palha preto? E ainda assim, eu pretendo fazer valer no mundo a renovação espiritual propiciada pelo poeta... Não, já me decidi. Não voltarei a vê-la.

— A mulher de chapéu de palha preto?

— Não, a virgem.

— Ainda acho que você está cometendo um equívoco — disse Lynch, esvaziando a caneca.

Numa manhã fria e nevoenta depois do Natal, Stephen lia *Oreste* no quarto do padre Artifoni. Formulava perguntas mecanicamente e ouvia

* Isto é, respectivamente, "prostituta" e "devassa". [N. do T.]

respostas mecanicamente. Elaborou a seguinte pergunta e resposta para o catecismo pseudoclássico:

Pergunta: Qual é a grande verdade que aprendemos com *Ceóforas*, de Ésquilo?

Resposta: Aprendemos com *Ceóforas*, de Ésquilo, que na Grécia Antiga irmãos e irmãs usavam botas do mesmo tamanho.

Entediado, ele desviou o olhar da horrenda encadernação italiana do livro que tinha em mãos para os desolados jardins do Saint Stephen's Green. Acima dele, abaixo dele e em volta dele, em quartos diminutos, empoeirados e escuros, pulsava o coração intelectual da Irlanda — rapazes se dedicavam à busca de conhecimento. Acima, abaixo e em volta dele jesuítas se posicionavam para guiar os jovens pelos perigosos caminhos do saber. A mão da autoridade jesuíta segurava com firmeza aquele coração intelectual e se, às vezes, a pressão era excessiva, quão pequena era aquela cruz! Os jovens sabiam que tal severidade tinha seus motivos. Aceitavam-na como prova de zelo e interesse, certos de que em suas vidas futuras aquele zelo haveria de prosseguir, aquele interesse haveria de ser mantido: o exercício da autoridade talvez fosse às vezes questionável[107] mas a intenção jamais. Quem, portanto, estaria mais apto do que aqueles jovens a aceitar gratamente os ímpetos de algum professor cordial ou o mau humor de algum porteiro? Quem estaria mais disposto a estimar, em todos os sentidos, e a defender pessoalmente a honra da Alma Mater?

A atmosfera mortificante da universidade rastejava pelo coração de Stephen. Ele se encontrava numa idade difícil, despossuído e necessitado, ciente de tudo o que havia de ignóbil naqueles hábitos, ele que, ao menos em devaneios, conhecera a nobreza. Para remediar um mal tão renitente, um jesuíta sério haveria[108] de recomendar um trabalho junto à Guinness: e sem dúvida um empregado de cervejaria não sentiria desprezo ou piedade apenas por uma comunidade admirável a não ser que desejasse, no jargão dos colegas, um bem difícil. Seria impossível para ele encontrar um bem que lhe bastasse à alma em sociedades que visavam ao estímulo do pensamento crítico dos leigos, ou algo além de calor humano junto à irmandade, na companhia daquelas virgindades tolas e grotescas! Seria impossível para um temperamento sempre trêmulo rumo ao êxtase submeter-se e aquiescer, para uma alma se render à servidão porque sobre uma parte dela a imagem da beleza caíra como um manto.

O frio mortal da atmosfera da universidade paralisou o coração de Stephen. Num estupor de impotência ele reviu a praga do catolicismo.

Ele parecia enxergar vermes gerados nas catacumbas, numa época de doença e crueldade, grassando pelas planícies e montanhas da Europa. A exemplo da praga de gafanhotos descrita em *Callista*,* os tais vermes pareciam represar rios e inundar vales. Chegavam a esconder o sol. Desprezo pela[109] natureza humana, fraqueza, tremores nervosos, medo do dia e da alegria, desconfiança em relação ao homem e à vida, hemiplegia da vontade afligiam† o corpo sofrido e infeliz em consequência daqueles piolhos negros e tirânicos. A exultação da mente diante da beleza jubilosa, a exultação do corpo nas horas de lazer, todo impulso natural voltado à saúde e à sabedoria foi corroído pela peste produzida por aqueles vermes. O espetáculo do mundo em estado de servidão enchia-o do ardor da coragem. Ele, ao menos, embora habitasse o ponto mais distante do centro da cultura europeia, abandonado numa ilha no oceano, embora herdeiro de uma vontade abalada pela dúvida e uma alma cujo ódio se tornava tão fraco quanto água nos braços de sereias, haveria de viver de acordo com o que considerasse constituir a voz de uma nova humanidade, ativa, destemida e franca.

Desincumbiu-se mecanicamente da lição de italiano, sentindo a lugubridade da atmosfera da universidade na garganta e nos pulmões, obscurecendo-lhe a visão e ofuscando-lhe o cérebro. O pequeno relógio de ferro sobre a mesa mal registrara meia hora: a marca das onze horas parecia bem distante. Para satisfazer o ouvido do professor, ele teve de abrir o volume de Maquiavel e ler um parágrafo. A crônica sombria saiu-lhe dos lábios gradativamente, palavras entediantes e pesadas. Em dados momentos, erguia os olhos da página para ver a bocarra do padre corrigir seus "o"s desleixados, algumas vezes com uma súbita e áspera ejaculação do som da vogal, outras com uma protrusão lenta e silenciosa dos lábios. O pequeno relógio de ferro marcou mais cinco minutos. Então o professor começou a corrigir o exercício. Entediado, Stephen olhou pela janela, e contemplou os jardins cobertos pela névoa. O ar estava trançado com vapores de água e todos os canteiros de flores e calçadas confrontavam o cinza do céu com um marrom encharcado e truculento. Capas e sobretudos surgiam pelas calçadas ou desciam os degraus do monumento, embaixo de guarda-chuvas ou encimados por

---

* *Callista* (1855) é um romance de autoria do teólogo, padre e autor católico inglês John Henry Newman. [N. do T.]

† Rabiscada a lápis vermelho por cima dessa frase e da seguinte aparece a palavra "Cogarty". [N. do E.]

uma cabeça humana encapotada. A trilha que existia na parte interior das correntes, por onde Stephen tantas vezes caminhara com amigos à noite, brilhava como um espelho cinzento. Stephen observava os pés passando pela superfície reluzente: perguntava-se se não seriam os momentos de excessiva vitalidade que, por ação contrária, transformavam-se naquelas horas de desespero. Sentiu que contemplava o mundo com os olhos de Cranly e mesmo assim continuou olhando para a trilha.

— Você não pode dizer isso — disse o professor, sublinhando uma frase com o lápis. — Não é italiano.

Stephen desviou o olhar da janela subitamente e levantou-se:

— Eu peço desculpas ao senhor, encarecidamente... Esqueci de dizer que vou precisar sair mais cedo hoje... Acho que já estou atrasado — acrescentou, olhando para o relógio. — O senhor me dá licença?

— Você tem um compromisso agora?

— Sim, quase já me esquecia. Peço que o senhor me dispense por hoje...

— Certamente, certamente. Você pode ir.

— Obrigado. Receio que...

— Certamente, certamente.

Correndo a mão por cima da balaustrada, desceu às pressas a escada, pulando cinco degraus de cada vez. Ao chegar ao *hall*, lutou com o sobretudo e emergiu nos degraus da porta da frente, ofegante e ainda se vestindo. Correu até o meio da rua lamacenta e espiou através da luz fraca na direção do lado leste do parque. Caminhou apressadamente pelo meio da rua, com os olhos fixos num determinado ponto, e ao chegar à calçada do parque começou a correr. Quando alcançou a esquina de Earlsfort Terrace, parou de correr e, dobrando à direita, voltou a caminhar com um passo apertado. Do lado de fora da universidade, encontrou o objeto perseguido.

— Bom-dia!

— Stephen!... Você estava correndo?

— Estava.

— Aonde você vai?

— Eu vi você da janela.

— Qual janela?

— Da universidade. Aonde você vai?

— Estou indo para Leeson Park.

— Por aqui — disse Stephen, pegando no braço dela.

Ela parecia prestes a reclamar de um gesto daqueles em plena luz do dia, mas depois de um rápido olhar de reprovação, permitiu que ele a acompanhasse. Stephen segurou-a firme pelo braço, mantendo-a perto de si, e a desconcertou bastante, falando-lhe bem perto do rosto. O rosto dela reluzia com a névoa e começava a corar em resposta à conduta ansiosa e apaixonada que ele exibia.

— De onde você me viu?

— Eu estava sentado à janela, na minha aula de italiano, com o padre Artifoni. Vi quando você veio pelo Green e atravessou a rua.

— Foi mesmo?

— Então dei um pulo e pedi a ele que me dispensasse, pois eu tinha um compromisso, e voei escada abaixo e saí atrás de você.

A tonalidade da face dela começou a ficar cada vez mais forte e era evidente que se esforçava para parecer tranquila. De início, tinha ficado lisonjeada mas agora começava a se sentir apreensiva. Deu uma risada nervosa quando ele disse que[110] tinha saído correndo atrás dela.

— Deus do céu! Por que você fez isso?

Stephen não respondeu mas apertou-lhe intensamente o braço contra a lateral do seu próprio corpo. Ao chegar ao final da rua, ela dobrou numa viela, por instinto. Ali passou a caminhar mais lentamente. A rua estava bastante serena e ambos baixaram o tom da voz.

— Como você sabia que era eu? — ela disse. — Você deve enxergar bem.

— Eu estava olhando pela janela — ele respondeu —, contemplando o céu e o Green. Senhor Deus! Eu transbordava desespero. Às vezes isso acontece comigo: eu levo uma vida estranha... sem a ajuda ou a simpatia de quem quer que seja. Às vezes tenho medo de mim mesmo. Eu chamo aquelas pessoas da universidade de vegetais, não de homens... Então, enquanto achincalhava meu próprio caráter, eu a vi.

— Foi? — ela disse, fitando com seus grandes olhos ovais a figura confusa que estava ao seu lado.

— Sabe, fiquei muito feliz ao vê-la. Fui compelido a dar um salto e sair correndo. Eu não poderia ter ficado lá nem mais um minuto... Eu disse, eis finalmente uma criatura humana... Você não imagina como fiquei feliz.

— Que menino estranho! — ela disse. — Você não deve sair por aí correndo. Você precisa ser mais sensato.

— Emma! — exclamou Stephen — Não comece a falar assim comigo hoje. Eu sei que você quer ser sensata. Mas você e eu... nós somos ambos jovens, não somos?

— Somos, Stephen.

— Muito bem, então. Sendo jovens, sentimo-nos felizes. Sentimos desejo.

— Desejo?

— Sabe, quando eu a vi...

— Sim, como você sabia que era eu?

— Pelo seu jeito de andar.

— Jeito de andar!

— Sabe, Emma, que de lá da janela eu pude ver os seus quadris se movendo por baixo da capa? Vi uma jovem caminhando com brio pela cidade combalida. Sim, é assim que você caminha: você tem orgulho de ser jovem e orgulho de ser mulher. Sabe, quando eu a vi de lá da janela... sabe o que eu senti?*

De nada adiantava agora para ela fingir indiferença. Suas faces estavam cobertas de um rubor persistente e os olhos cintilavam como pedras preciosas. Ela olhou adiante e sua respiração começou a acelerar. Ficaram juntos na rua deserta e ele continuou a falar, enquanto um leve distanciamento ingênuo guiava-lhe a paixão fremente.

— Senti vontade de abraçá-la... o seu corpo. Senti vontade de ser abraçado por você. Só isso... Então pensei em correr atrás de você e dizer isso... Vamos viver uma noite juntos, Emma, e dizer adeus de manhã e nunca mais voltar a nos ver! Não existe essa coisa de amor no mundo: é só que, quando se é jovem...

Ela tentou retirar o braço que estava preso ao dele e murmurou, como se falasse algo memorizado:

— Você está louco, Stephen.

Stephen soltou o braço dela e pegou-lhe a mão, dizendo:

— Adeus, Emma... Senti vontade de dizer isso pelo meu próprio bem mas se eu ficar aqui nesta rua idiota, ao seu lado, por mais algum tempo, vou começar a dizer mais... Você diz que sou louco porque não barganho com você, ou digo que a amo, ou juro meu amor por você. Mas acredito que você ouve as minhas palavras e me compreende, não?

---

* Escritas ao longo desse parágrafo, a lápis vermelho, aparecem as palavras "orgulho da carne". [N. do E.]

— Eu não o compreendo, de jeito nenhum — ela respondeu, com um toque de raiva.

— Eu vou lhe dar uma chance — disse Stephen, pressionando-lhe a mão. — Hoje à noite, quando você for para a cama lembre-se de mim e vá até a janela: eu vou estar no jardim. Abra a janela, chame-me pelo nome e convide-me a entrar. Então desça e abra a porta. Vamos viver uma noite juntos... uma noite, Emma, a sós e juntos, e então, de manhã, diremos adeus.

— Solte minha mão, por favor — ela disse, puxando a mão que estava presa na dele. — Se eu soubesse que era para essa conversa louca... Nunca mais fale comigo — ela disse, dando um ou dois passos adiante e mantendo a capa de chuva longe do alcance dele. — Quem você pensa que eu sou, para falar comigo desse jeito?

— Não é insulto — disse Stephen, enrubescendo subitamente, impactado pela imagem contrária — quando um homem pede a uma mulher o que eu pedi. Você está aborrecida com alguma outra coisa, não com o que eu disse.

— Você está louco, eu acho — ela disse, passando por ele rapidamente, sem notar o cumprimento. Mas não se afastou depressa o bastante para esconder as lágrimas nos olhos, e ele, surpreso ao vê-las e se perguntando qual seria a causa, esqueceu de dizer o adeus que estava em seus lábios. Ao observá-la caminhando com pressa e com a cabeça ligeiramente curvada, ele teve a impressão de que as duas almas se afastavam célere e eternamente, após quase chegarem a se unir.

XXV

Lynch deu boas risadas dessa aventura.* Disse que era a tentativa mais original de sedução que ele já ouvira falar na vida, tão original que...

— Sabe — ele disse —, devo dizer-lhe que na percepção de uma inteligência comum...

— Ou seja, na sua?

* Escrita a lápis na margem dessa página aparece a sentença: "Stephen queria se vingar das mulheres irlandesas, que, segundo ele, são a causa do suicídio moral da ilha". [N. do E.]

— Na percepção de uma inteligência comum parece que você ficou temporariamente ensandecido.

Stephen fitou intensamente os próprios dedos dos pés: ele e Lynch estavam sentados num banco do Green.

— Foi o melhor que eu pude fazer — ele disse.

— Um melhor muito ruim, na minha opinião. Nenhuma garota que tivesse um grama de cérebro atenderia ao seu pedido. Não é assim que se procede, homem. Você sai correndo atrás dela, aparece suando e ofegante e diz "Vamos dormir juntos". Você estava de brincadeira?

— Não, eu estava falando sério. Pensei que ela talvez... Na verdade, não sei o que pensei. Eu a vi, como lhe contei, corri atrás dela e disse o que se passava na minha mente. Nós somos amigos há muito tempo... Agora parece que eu agi como um maníaco.

— Não, isso não — disse Lynch, estufando o peito —, não como um maníaco mas foi um jeito estranho de abordar a questão.

— Se eu tivesse corrido atrás dela para fazer uma proposta, isto é, para propor casamento, você não diria que a abordagem tinha sido estranha.

— Mesmo[111] nesse caso...

— Não, não, não se iluda; você não diria. Você encontraria alguma desculpa para mim.

— Bem, você há de convir, existe algo relativamente sensato no casamento, não é?

— Na percepção de um homem de inteligência comum, como você, talvez sim: não na minha. Você já leu a Solenização do Matrimônio, no Livro da Oração Comum?

— Não.

— Pois deveria ler. A sua vida quotidiana é protestante: você só se mostra católico quando discute. Bem, para mim, a cerimônia é inaceitável: não é tão sensata como você imagina. Um homem que jura diante do mundo amar uma mulher até que a morte os separe é insensato, seja na opinião do filósofo que compreende o que é mutabilidade, seja na opinião do homem comum que compreende que é mais seguro ser testemunha que agente nesses casos. Um homem que jura fazer algo que está fora do seu alcance não pode ser considerado sensato. Da minha parte, não creio existir um momento de paixão cuja intensidade e energia sejam tamanhas que justifiquem que um homem diga ao objeto adorado "posso amá-la para sempre". Por favor, veja a importância de Goethe...

— Ainda assim, o casamento é um costume. Seguir um costume é indicação de sanidade.

— É indicação de hábito. Admito que muita gente comum seja mentalmente sã assim como sei que muita gente comum se deixa iludir. Mas a capacidade de se deixar enganar por terceiros ou por si mesmo não pode ser considerada parte essencial da sanidade. Antes, a questão é se o indivíduo promove sua própria insanidade, iludindo-se voluntariamente ou permitindo que terceiros o iludam voluntariamente.

— Em todo caso, a sua atitude não foi diplomática.

— Disso todos nós sabemos — disse Stephen, levantando-se —, mas toda diplomacia que se preze tem em vista algum petisco excelente. Que petisco você acha que o Cranly vai ganhar com uma diplomacia em si extremamente meritória? Que petisco eu ganharia ao propor um casamento diplomático, exceto uma parceira "para contemplar minha prosa casta, aliada ao medo"... hein?

— O suco da fruta — respondeu Lynch, levantando-se, por seu turno, e parecendo sedento e cansado.

— A mulher em si, você quer dizer?

— Exatamente.

Calado, Stephen percorreu cerca de vinte metros da trilha: então disse:

— Gosto de uma mulher que se entregue. Gosto de receber... Essa gente considera pecado vender coisa sagrada. Mas é certo que aquilo que elas chamam de templo do Espírito Santo não deveria ser vendido! Isso não é simonia?

— Você quer vender seus versos, não quer? — disse Lynch, abruptamente. — E para um público que você diz desprezar?

— Não quero vender minha mente poética ao público. Espero a recompensa do público pelos meus versos porque acredito que meus versos devam integrar o patrimônio espiritual do Estado. Essa troca não configura simonia. Eu não vendo o que Glynn chama de inspiração divina: não juro amar, honrar e obedecer ao público até a morte... juro? O corpo da mulher é patrimônio material do Estado: se ela comercializar o corpo, deve vendê-lo qual prostituta ou mulher casada ou solteirona ou amante. Mas a mulher é (incidentalmente) um ser humano: e o amor e a liberdade de um ser humano não são patrimônio espiritual do Estado. Pode o Estado comprar e vender eletricidade? Não é possível. A simonia é monstruosa porque afronta nossa noção do que é humanamente possível. Um ser humano pode desfrutar da liberdade de produzir ou receber, ou amar o ato de procriar ou satisfazer. O amor dá e a liberdade toma. A mulher de chapéu de palha preto deu algo antes de vender o corpo ao Estado. Emma vai se vender ao Estado mas nada dará em troca.

— Sabe, mesmo que você tivesse proposto comprá-la decentemente... pelo bem do Estado — disse Lynch, chutando pedrinhas do cascalho —, ela não teria se vendido àquele preço.

— Você acha que não? Mesmo se eu...

— Não creio — disse o outro, com firmeza. — Que idiota ela é!

Stephen corou, ingenuamente:

— Você coloca as coisas tão bem — ele disse.

Na próxima vez que Stephen encontrou Emma na rua ela não o cumprimentou. Não contou o incidente a ninguém, exceto a Lynch. De Cranly, ele esperava pouca solidariedade e se absteve de tocar no assunto com Maurice porque ainda alimentava um desejo típico de irmão mais velho, de parecer vencedor. A conversa com Lynch relevara para ele, com um efeito perturbador, a banalidade da aventura. A pergunta fora feita com seriedade e a expectativa dele era que ela dissesse "sim" à proposta. Era provável que sua mente, ele pensava, estivesse um tanto desequilibrada naquela manhã. E no entanto, ao reconsiderar sua própria defesa daquela conduta, ele a avaliava como justa. O lado econômico do caso não se apresentava com muita nitidez e, na verdade, qualquer nitidez tão somente permitiria que ele deplorasse o fato de que a solução para os problemas morais estivesse tão miseravelmente emaranhada em considerações estritamente materiais. Ele não era doutrinário o bastante para desejar que sua teoria fosse testada por meio de uma grande revolução[112] da sociedade mas tampouco podia crer que sua teoria fosse totalmente impraticável. A noção católica de que um homem deveria ser inabalavelmente contido desde a infância até poder concretizar sua natureza masculina, tendo primeiramente satisfeito a Igreja quanto à ortodoxia, à condição financeira, às[113] perspectivas e intenções gerais desse mesmo indivíduo, e tendo jurado diante de testemunhas que amaria a esposa para sempre a despeito de amá-la ou não e que geraria filhos para o reino do céu de modo a contar com a aprovação da Igreja — essa noção, absolutamente, não lhe parecia satisfatória.

Enquanto ele assim refletia a Igreja lhe enviava aos ouvidos um contingente de argutos defensores. Tais emissários eram de todas as espécies e todos os tipos de cultura. E se dirigiam a todas as facetas da natureza dele. Era um jovem de futuro duvidoso e caráter incomum: eis o primeiro fato a salientar. Tal fato foi abordado pelos emissários sem qualquer rodeio ou pressa. Afirmaram que tinham poderes para aplainar muitos caminhos que prometiam se mostrar árduos e, ao diminuírem as agruras da natureza material, garantiriam ao caráter incomum mais escopo e mais facilidade para se desenvolver e se consolidar. Ele tinha deplorado o emaranhado de considerações estritamente materiais no âmbito de um problema moral e aqui, ao menos, apresentava-se a garantia de que se ele optasse por dar ouvidos aos pleitos dos emissários, o problema moral, no caso dele, tomaria o caminho de uma solução que livraria tal problema de preocupações menores e menos indignas. Ele demonstrava o que ele mesmo chamava de relutância "moderna" a fazer juramentos: juramento algum era necessário. Se ao final de cinco anos seu coração ainda estivesse obstinado, ele ainda poderia se valer da sua liberdade individual sem receio de ser considerado alguém que quebrou um juramento. A prática da consideração cabível era tão antiga quanto sábia. Ele próprio era um grande cético em se tratando do entusiasmo ardoroso dos patriotas. Enquanto artista ele nada sentia além de desprezo por uma obra que resultasse de qualquer outro estado da mente que não fosse o mais sereno. Seria ele menos rigoroso com sua própria vida do que desejava ser com sua arte? Como poderia ele ser culpado de tamanha tolice, de uma subordinação tão cínica do real perante o abstrato, se acreditava sinceramente que o valor de uma instituição depende da proporção direta da sua proximidade em relação a uma necessidade ou energia humana concreta, e que o cognome "vivisseccionista" deve ser aplicado ao espírito moderno, em contraste com o espírito antigo, ou oprimido pela noção de categorias. Desejava para si a vida de um artista. Muito bem! E receava que a Igreja obstruísse tal desejo. Porém, na formulação do seu credo artístico, item após item, não tinha sido tudo previamente confirmado pelo maior e mais ortodoxo Doutor da Igreja, e o que mais, senão a vaidade, o instava a buscar a coroa de espinhos do herege, se sua teoria como um todo, e segundo a qual sua vida artística fora formulada, emergira tão convenientemente da massa da teologia católica? Não podia aceitar sinceramente as propostas da crença protestante: sabia que a liberdade da qual essa crença se vangloriava, muitas vezes, reduzia-se à liberdade de ser simplório em termos de reflexão e amorfo em termos de ritual. Ninguém, nem mesmo o inimigo mais contumaz da Igreja, poderia acusá-la de ser simplória em se tratando de reflexão: a sutileza das investigações tinha se tornado extrema entre os demagogos. Ninguém poderia acusar a Igreja de ser amorfa em se tratando de ritual. O puritano, o calvinista, o luterano foram inimigos da arte e da beleza exuberante: o católico foi amigo daquele que professasse a interpretação ou a divulgação do belo. Seria ele capaz de afirmar que sua própria inteligência aristocrata e sua paixão por uma ordem sumamente satisfatória, no que dizia respeito a todo o fervor da criação artística, não eram qualidades exclusivamente católicas? Os emissários não precisaram insistir nesse ponto.

Além do mais, eles disseram, é uma indicação do espírito moderno demonstrar timidez diante de asserções absolutas. Por mais certeza que você hoje tenha da sensatez das suas convicções não poderá ter certeza de que sempre haverá de considerá-las sensatas. Se você acha sinceramente que um juramento constitui um desrespeito à liberdade humana, não pode jurar que não vai seguir determinado impulso reacionário que decerto haverá de lhe ocorrer. Você não pode ignorar a possibilidade de que suas opiniões sobre o mundo mudarão tanto que farão com que você pense que toda e qualquer interferência no curso dos eventos advirá de pessoas que ainda se deixam iludir pela esperança. Nesse caso, o que sua vida terá se tornado? Você terá desperdiçado a vida ao tentar resgatar indivíduos que não têm inclinação ou aptidão para a liberdade. Você acredita na aristocracia: acredite também na eminência da classe aristocrata e na ordem da sociedade que garante tal eminência. Será que você supõe que os costumes se tornarão menos ignóbeis e as realizações intelectuais e artísticas menos condicionadas, se os ignorantes e os fracos espirituais cheios de entusiasmo que subjugamos vierem a nos subjugar? Nenhum desses fracos entende seus propósitos enquanto artista ou esperam sua compreensão: nós, por outro lado, entendemos seus objetivos e com eles nos solidarizamos e pedimos seu apoio e consideramos sua camaradagem uma honra. Você gosta de dizer que o Absoluto está morto. Se assim for, talvez estejamos equivocados e, se você aceitar tal possibilidade, o que lhe resta senão arrogância intelectual? Conosco você pode exercer sua capacidade de menosprezar quando for reconhecido como membro da aristocracia, e nem será obrigado a fazer uma trégua com as doutrinas, cujo sucesso no mundo assegurou-lhe a condição de aristocrata. Junte-se a nós. Sua vida ficará livre de atribulações vulgares, sua arte estará guardada contra a intrusão de conceitos revolucionários que nenhum artista registrado pela História foi capaz de derrotar. Junte-se a nós, de igual para igual. Em temperamento e mentalidade você ainda é católico. O catolicismo está no seu sangue. Vivendo numa era que professa ter descoberto a evolução, pode você ser tão insensato ao ponto de pensar que simplesmente por ser recalcitrante será capaz de recriar sua mentalidade e seu temperamento ou livrar seu sangue disso que você chama de infecção católica? A revolução que você almeja não ocorre por meio de violência mas gradualmente: e dentro da Igreja você tem a oportunidade de deflagrar sua revolução de modo racional. Pode semear os sulcos de terra que lhe forem confiados e, sendo boa, sua semente haverá de brotar. Mas se você for para o deserto e espalhar suas sementes a esmo em todos os solos, que colheita o aguarda? Tudo parece instá-lo a um caminho de moderação, de resignação; e a vontade purificada pode decerto se expressar igualmente bem na aceitação e na rejeição. As árvores não se ressentem do outono assim como nada na natureza se ressente das suas limitações. Tampouco deve você se ressentir das limitações do comprometimento.

Essas alegações, escrupulosamente ouvidas por Stephen, foram suplementadas pela influência de Cranly. Nenhum dos dois rapazes estava[114] estudando para sua[115] prova e juntos costumavam passar as noites caminhando aleatoriamente e conversando. As caminhadas e as conversas não os levavam a lugar algum porque sempre que algo definido ameaçasse surgir na prosa dos dois Cranly logo buscava a companhia de conhecidos por ele previamente escolhidos. O salão de bilhar do hotel Adelphi era agora um dos locais prediletos dos dois amigos. Todas as noites, depois das dez horas, eles se dirigiam ao salão de bilhar. Era um recinto espaçoso e cheio de mobília, com mesas deselegantes e em mau estado, e pouco frequentado por jogadores. Cranly jogava longas partidas com um ou outro companheiro enquanto Stephen ficava sentado no banco que ladeava a mesa. Uma partida de cinquenta pontos custava seis centavos, quantia dividida igualmente entre os jogadores, Cranly retirando vagarosamente seus três centavos de uma carteira de couro em formato de coração. Às vezes, os jogadores faziam as bolas voarem pelo chão e ocasionalmente Cranly xingava o desgraçado do taco. Havia um bar no salão. No bar trabalhava uma garçonete robusta que usava espartilhos mal confeccionados, inclinava a cabeça para o lado quando servia garrafas de cerveja e falava com sotaque inglês ao conversar com os clientes sobre companhias de diversos teatros. Os clientes eram rapazes que usavam o chapéu de lado, na parte posterior da cabeça, e caminhavam com as pernas abertas. Costumavam usar calças com as barras enroladas acima das botas de couro. Um dos frequentadores mais assíduos daquele bar (embora não se misturasse com os referidos rapazes) era um jovem funcionário da Secretaria de Agricultura, amigo de Cranly. Era um sujeito baixinho e de pernas tortas, que falava pouco quando sóbrio e muito quando bêbado. Quando sóbrio, era bastante disciplinado mas sua embriaguez, sinalizada por uma oleosidade escura no rosto marcado pela varíola, era falastrona e desregrada. Certa noite envolveu-se num violento bate-boca sobre Tim Healy com um corpulento estudante de medicina que apreciava a arte da defesa pessoal. O argumento era praticamente unilateral, de vez que as reações do estudante de medicina se limitavam a risadas de escárnio e comentários como "Ele sabe usar as luvas?", "Ele sabe manter a guarda?", "Ele tem habilidade com as luvas?". Finalmente, o funcionário da Secretaria de Agricultura disse um palavrão para o estudante de medicina e este então virou todos os copos que estavam sobre o balcão na tentativa de "socar" o ofensor. A garçonete correu, gritando pelo proprietário, o estudante de medicina foi apaziguado e contido por amigos ponderados e o ofensor foi retirado do local por Cranly e Stephen e outros companheiros. De início ele se lamentou que os punhos novos de sua camisa estivessem manchados de cerveja e expressou o desejo de voltar e lutar mas, dissuadido por Cranly, começou a contar a Stephen, com um tom de voz confuso, que obtivera as notas mais altas em Matemática Pura, em toda a história dos exames de graduação. Sugeriu que Stephen fosse para Londres escrever para algum jornal e disse que tinha condições de encaminhá-lo na vida. Quando Cranly começou a conversar com os demais acerca do jogo de bilhar interrompido, o companheiro de Stephen mais uma vez anunciou que tinha obtido as notas mais altas em Matemática Pura até então registradas na história dos exames.

Stephen continuou a trabalhar no livro de poesias a despeito dessas influências dispersivas. Chegara à conclusão de que a natureza o designara a ser um literato e portanto decidiu que, a despeito de todas as influências, seguiria o desígnio da natureza. Começava a considerar Cranly má influência. O método de argumentação de Cranly era reduzir tudo ao seu valor mínimo (embora ele próprio fosse o menos pragmático dos teóricos) e o conceito de arte defendido por Stephen ficava bastante enfraquecido se analisado por esse método. Stephen considerava extremo o teste do valor mínimo, um teste no qual o materialismo exacerbado sugeria uma queda das alturas do romantismo. Ele sabia que o materialismo de Cranly era superficial e deduzia que Cranly preferia expressar-se por meio de uma linguagem e uma conduta diretamente ofensivas simplesmente porque o temor de cair no ridículo e o desejo mais que diplomático de se compatibilizar com terceiros instavam-no a se esquivar de qualquer tipo de beleza. Achava também que percebia na atitude de Cranly em relação a ele certa hostilidade decorrente de um desejo frustrado de imitá-lo. Cranly gostava de ridicularizar Stephen perante os companheiros de bar e, embora tais situações supostamente não passassem de brincadeiras, Stephen detectava nelas toques de seriedade. Stephen se recusava a aceitar a mesquinhez e falsidade do amigo e continuava a compartilhar[116] segredos, como se não houvesse observado qualquer mudança. Contudo, já não pedia a opinião do amigo e tampouco permitia que a insatisfação do humor azedo do amigo o afetasse. Egoisticamente, resolvera que nada material, nenhum favor ou revés da sorte, nenhum laço, nenhum impulso e nenhuma tradição o impediria de decifrar ao seu modo o enigma do seu próprio posicionamento. Evitava o pai diligentemente pois agora achava que a arrogância do pai era a faceta mais letal da tirania, interna e externa, a qual ele decidira combater com todo vigor. Não mais discutiu com a mãe, convencido de que não poderia interagir com ela de maneira satisfatória enquanto ela mantivesse a sombra de um clérigo entre a natureza dela e a dele. Sua mãe lhe dissera um dia que falara sobre ele com o padre confessor, pedindo aconselhamento espiritual. Stephen protestou veementemente por ela ter feito tal coisa.

— Que bela atitude — ele disse —, a senhora falar de mim pelas costas. A senhora não tem a sua própria natureza para guiá-la, a sua própria noção do que é certo, sem precisar pedir a um padreco que a guie?

— Os padres conhecem muito bem o mundo — disse a mãe.

— E o que ele aconselhou a senhora a fazer?

— Disse que, se houvesse crianças na casa, ele me aconselhava a retirá-las de lá o quanto antes.

— Que beleza! — disse Stephen com raiva. — Que coisa linda para a senhora dizer a um filho!

— Estou apenas lhe dizendo o que o padre me aconselhou a fazer — disse a mãe com serenidade.

— Esses camaradas — disse Stephen — não conhecem o mundo. É o mesmo que dizer que um rato do esgoto conhece o mundo. Em todo caso, a senhora não vai mais repetir para o confessor o que eu digo, porque não vou mais dizer coisa alguma. E da próxima vez que ele perguntar "O que tem feito aquele rapaz equivocado, aquele rapaz infeliz?", a senhora pode responder "Não sei, padre. Quando perguntei, ele disse que era para eu falar para o padre que ele estava construindo um torpedo".

A atitude geral das mulheres diante da religião desconcertava e frequentemente irritava Stephen. A natureza dele era incapaz de experimentar uma atitude de tal insinceridade ou idiotice. De tanto refletir a respeito dessa questão, ele acabou condenando Emma como a mais enganosa e covarde das marsupiais. Descobriu que o medo servil e não o espírito de castidade a impedira de ceder ao seu apelo. O olhar dela, ele pensava, deve ser estranho, quando erguido perante alguma imagem abençoada, e assim seria com os lábios, quando posicionados para receberem a hóstia. Amaldiçoava a covardia burguesa e a beleza de Emma e dizia para si mesmo que, embora fosse capaz de adular o tolo Deus dos católicos, o olhar dela não o adularia. Ele via a manifestação da alma de Emma em cada imagem perdida nas ruas e cada manifestação renovava a intensidade da sua desaprovação. Ele não percebia que a atitude das mulheres diante das coisas sagradas, na realidade, indicava uma emancipação mais autêntica que a dele próprio e as condenava com base numa consciência estritamente hipotética. Exagerava a perversidade e a má influência das mulheres e retribuía-lhes plenamente a antipatia. Além disso, Stephen vislumbrava uma teoria dualista que simbolizava as duplas eternidades do espírito e da natureza nas duplas eternidades do homem e da mulher e chegava a pensar em explicar as ousadias dos seus próprios versos como alusões simbólicas. Era difícil para ele se obrigar a preservar a temperatura austera do classicismo. Mais do que nunca ansiava pelo final da estação, pelo final da primavera — a nevoenta primavera irlandesa. Numa noite nevoenta, ele passava pela Eccles Street com esses pensamentos realizando em seu cérebro um balé perturbador, quando um incidente banal o levou a compor um poema ardente, por ele intitulado "Vilanela da sedutora". Uma jovem estava de pé nos degraus de uma daquelas casas de tijolos marrons que parecem constituir a própria encarnação da paralisia irlandesa. Um rapaz estava encostado num parapeito enferrujado. Stephen, por ali passando em sua caminhada, ouviu o seguinte fragmento de colóquio, que lhe ensejou uma impressão tão marcante que abalou severamente sua sensibilidade.

A Jovem — (com uma fala discretamente arrastada) ... Ah, sim... eu estava... na... ca... pe... la...

O Rapaz — (com uma fala inaudível) ... eu... (novamente, inaudível)... eu...

A Jovem — (com meiguice) ... Ah... mas você é... mui... to... mal... va...do...

Essa banalidade deu-lhe a ideia de registrar vários desses momentos num livro de epifanias. Para ele, epifania significava uma súbita manifestação espiritual, fosse na vulgaridade de uma fala ou de um gesto ou na memória da própria mente. Ele acreditava que cabia ao homem de letras registrar essas epifanias com grande cuidado, percebendo que nelas se encerram os momentos mais delicados e furtivos. Disse a Cranly que o relógio do Ballast Office* era capaz de propiciar uma epifania. Cranly questionou o mostrador inescrutável do Ballast Office com um semblante não menos inescrutável:

— Sim — disse Stephen. — Eu sempre passo por ele, faço alusões a ele, recorro a ele, olho para ele de relance. É apenas um item do catálogo do mobiliário das ruas de Dublin. Então, de repente, eu o vejo e descubro imediatamente o que ele é: epifania.

— O quê?

— Imagine meus olhares para o relógio como apalpadelas de um olho espiritual que pretende ajustar o foco da própria visão. No momento em que o foco é encontrado o objeto se transforma em epifania. É precisamente nessa epifania que eu identifico a terceira e suprema qualidade do belo.

— É? — disse Cranly, absorto.

— Nenhuma teoria estética — prosseguiu Stephen, implacavelmente — terá qualquer valor se levar a termo investigações à luz da lanterna da tradição. O que nós simbolizamos em preto um chinês talvez simbolize em amarelo: cada um tem a sua tradição. A beleza grega ri da beleza copta e o índio norte-americano despreza ambas. É praticamente impossível reconciliar toda a tradição ao passo que não é absolutamente impossível encontrar a justificativa de qualquer forma de beleza adorada na Terra, bastando para tal examinar o mecanismo de percepção estética, seja ele expresso em vermelho, branco, amarelo ou preto. Não temos motivo para supor que o chinês tenha um sistema digestivo diverso do nosso, ainda que nossas dietas sejam bastante díspares. A capacidade de percepção deve ser examinada em ação.

— É...

— Você sabe o que diz Aquino: os três requisitos do belo são integridade, simetria e claridade. Um dia eu pretendo expandir a frase num tratado. Pense na ação da sua própria mente diante de um objeto

* Literalmente, "escritório do operador de lastro". O Ballast Office foi o predecessor da Autoridade Portuária de Dublin. [N. do T.]

qualquer, hipoteticamente belo. Para apreender o objeto, a mente divide o universo em duas partes: o objeto e o vazio que não é o objeto. Para apreendê-lo é preciso isolá-lo de tudo o mais: e então se percebe que se trata de algo integral, que é *uma* coisa. É possível reconhecer a integridade do objeto. Não é assim?

— E daí?

— Esse é o primeiro atributo do belo: aparece declarado numa síntese simples e súbita produzida pela faculdade da percepção. E então? Então, a análise. A mente considera o objeto em seu todo e em suas partes, em relação a si mesmo e a outros objetos, examina o equilíbrio entre as partes, contempla a forma do objeto, perpassa cada fenda da estrutura. Daí a mente percebe a simetria do objeto. A mente reconhece que o objeto é, no sentido estrito do termo, uma *coisa*, uma entidade definitivamente constituída. Entendeu?

— Vamos voltar daqui — disse Cranly.

Tinham chegado à esquina da Grafton Street e, estando a calçada repleta de gente, voltaram-se para o lado norte. Cranly quis ficar olhando as palhaçadas de um bêbado que tinha sido expulso de um bar na Suffolk Street mas Stephen pegou-o sumariamente pelo braço e o afastou do local.

— Agora vamos ao terceiro atributo. Durante muito tempo eu não entendi o que Aquino queria dizer. Ele emprega um termo figurativo (algo raro da parte dele) mas hoje compreendo. *Claritas* é *quidditas*. Depois da análise que identifica o segundo atributo, a mente realiza a única síntese possível e descobre o terceiro atributo. Esse é o momento que chamo de epifania. Primeiro, reconhecemos que o objeto é *uma* coisa, então reconhecemos que constitui uma estrutura organizada, com efeito, uma *coisa*: finalmente, quando a relação entre as partes é singular, quando as partes se ajustam a um ponto especial, reconhecemos que se trata *daquela* coisa que de fato é. A alma do objeto, a sua essência, salta-nos aos olhos, separando-se dos paramentos da aparência. A alma do objeto mais comum, cuja estrutura seja assim ajustada, há de parecer radiante. O objeto atinge sua epifania.

Tendo concluído o argumento, Stephen seguiu em silêncio. Sentia a hostilidade de Cranly e se acusava de haver banalizado as eternas imagens do belo. Pela primeira vez, também, sentia-se ligeiramente constrangido na companhia do amigo e, para resgatar a atmosfera de intimidade irreverente, olhou de relance para o relógio do Ballast Office e sorriu:

— Ainda não passou pela epifania — ele disse.

Impassível, Cranly olhou rio abaixo e permaneceu calado por alguns minutos durante os quais o proponente da nova Estética repetiu para si mesmo toda a sua teoria. Um relógio do outro lado da ponte badalou e simultaneamente os lábios finos de Cranly se separaram para ele falar:

— Eu perguntaria... — ele disse.

— O quê?

Cranly continuou a olhar na direção da foz do Liffey, qual um homem em transe. Stephen esperou até que a frase terminasse e disse novamente "O quê?". Cranly então virou-se subitamente e disse com ênfase:

— Será que aquele barco maldito, o *Sea-Queen*, já zarpou?*

Stephen concluiu uma série de hinos de louvor à beleza extravagante, por ele próprio publicados em edição manuscrita de um só exemplar. A última conversa com Cranly tinha sido tão desanimadora que ele hesitava em mostrar-lhe o manuscrito. Guardava-o consigo e a presença do exemplar o atormentava. Queria mostrá-lo aos pais mas as provas estavam próximas e sabia que a solidariedade dos pais seria incompleta. Queria mostrá-lo a Maurice mas sabia que o irmão se ressentia de ter sido abandonado em favor de companheiros plebeus. Queria mostrá-lo a Lynch mas temia o esforço físico necessário para instar aquele jovem tão apático a um estado de receptividade. Em algum momento, chegou a pensar em McCann e Madden. Raramente via Madden; o cumprimento que o jovem patriota lhe dirigia nessas raras ocasiões não diferia do cumprimento que um amigo fracassado dirige a um amigo bem-sucedido. Madden passava a maior parte do dia na tabacaria de Cooney, experimentando e discutindo *camàns*, fumando tabaco forte e falando irlandês com provincianos[117] recém-chegados. McCann continuava ocupado da publicação da revista, à qual ele próprio havia contribuído com um artigo sob o título "O Racionalismo na prática". Nesse artigo ele expressava a esperança de que a humanidade, num futuro que não fosse demasiadamente distante, adotasse uma dieta mineral, em vez de animal ou[118] vegetal. O tom da redação se tornara bem mais ortodoxo em comparação ao seu discurso oral. No relato da assembleia geral da irmandade, que ocupava uma coluna e meia da revista, afirmava-se que Mr. McCann,

* Stephen e Cranly se referem a uma passagem do capítulo XX, na qual anunciam a intenção de viajar no barco *Sea-Queen* até Wicklow, condado do qual Cranly se origina. Talvez a referência traduza a intenção de Cranly de trocar a "sofisticação intelectual" de Dublin pelo seu condado natal (o tradutor agradece o esclarecimento ao professor Weldon Thornton). [N. do T.]

num discurso veemente, tinha oferecido[119] muitas sugestões valiosas para o funcionamento da sociedade em bases mais práticas. Stephen ficou surpreso com isso e quando um dia, caminhando pela Nassau Street ao lado de Cranly, encontrou o editor da revista dirigindo-se à biblioteca com passadas vigorosas, disse a Cranly:

— No que está se metendo o Bonny Dundee?*

— Como... se metendo?

— Quero dizer... essa coisa da irmandade na qual ele está se envolvendo. Ele não pode ser tão imbecil ao ponto de achar que pode se valer da irmandade com qualquer objetivo útil.

Cranly olhou para Stephen com um ar inquisidor mas, após considerar a questão, decidiu não fazer qualquer comentário.

O resultado das provas foi que Cranly "rodou" novamente e Stephen passou raspando. Stephen não achava necessário levar muito a sério esses resultados, de vez que sabia[120] que padre Artifoni, que se apresentara para a prova de nivelamento, recebera nota mais alta no teste de inglês do que no de italiano, sendo que em língua italiana ele tinha sido arguido por um poliglota que aplicava testes de francês, italiano, árabe, hebraico, espanhol e alemão. Stephen se compadeceu do professor, que foi ingênuo o bastante para expressar sua perplexidade. Certa noite durante o período dos exames, Stephen conversava com Cranly embaixo da arcada da universidade quando Emma passou. Cranly tirou o velho chapéu de palha (por ele novamente ressuscitado) e Stephen fez o mesmo. Em resposta, ela dirigiu uma reverência extremamente polida a Cranly, ignorando Stephen. Cranly repôs o chapéu e procedeu a meditar, à sombra do chapéu, durante alguns minutos.

— Por que ela fez isso? — ele disse.

— Um convite, talvez — disse Stephen.

Cranly ficou olhando fixamente para o ar através do qual ela tinha passado. E Stephen disse, sorrindo:

— Talvez tenha sido um convite.

— Talvez.

— Você fica incompleto sem uma mulher — disse Stephen.

— O problema é que ela é tão gorda — disse Cranly. — Sabe...

---

* Apelido de John Graham, Primeiro Visconde de Dundee. Sir Walter Scott compôs um poema sobre Graham, e o poema foi mais tarde musicado. [N. do T.]

Stephen se manteve calado. Não gostava que alguém a criticasse e não sorriu quando Cranly pegou-o pelo braço e disse "Partamos também",* palavras sempre[121] empregadas como uma antiga expressão inglesa que convidava a uma retirada. Fazia tempo que Stephen se perguntava acerca da conveniência de dizer a Cranly que a expressão carecia de ajuste mas a ênfase que Cranly aplicava à palavra "*eke*" o impedia de fazê-lo.

A divulgação do resultado dos exames provocou uma rixa doméstica. Mr. Dedalus vasculhou o próprio vocabulário em busca de termos abusivos e concluiu perguntando a Stephen quais eram seus planos para o futuro.

— Não tenho planos.

— Então, quanto mais cedo você sair, melhor. Vejo que você tem nos enganado. Mas com a ajuda de Deus e de Sua Santa Mãe, vou escrever para Mullingar amanhã cedo. Não faz sentido seu padrinho desperdiçar mais dinheiro com você.

— Simon — disse Mrs. Dedalus —, você sempre exagera nessa história. Você pode ser razoável?

— Razoável que nada! Eu não conheço a cambada com quem ele anda... patriotas nojentos e aquele jogador de futebol que usa bermudas! Vou lhe dizer uma verdade divina, Stephen: pensei que o seu orgulho o impediria de se associar àquela canalhada.

— Não acho que Stephen tenha se saído tão mal nas provas: ele não foi reprovado e afinal...

— Ela precisa dizer alguma coisa, você sabe — disse Mr. Dedalus ao filho. — É um pequeno hábito hereditário. A família dela, você sabe... por Deus... eles sabem tudo, até como se faz a mola de um relógio. Puro fato.

— Você não deveria exagerar a questão, Simon. Muitos pais ficariam felizes com um filho assim.

— A senhora não precisa se intrometer entre meu filho e eu. A gente se entende. Não vou ficar dizendo coisas para ele; mas quero saber o que ele tem feito nos últimos doze meses.

Stephen continuou a bater com a lâmina da faca na borda do prato.

— O que você tem feito?

— Tenho pensado.

— Pensado? Só isso?

— E escrito um pouco.

---

* No original, "*Let us eke go*". [N. do T.]

— Humm. Sei. Perdendo tempo, na realidade.

— Não acho que pensar seja perda de tempo.

— Humm. Sei. Sabe, eu conheço esses camaradas boêmios, esses poetas que não acham que pensar seja perda de tempo. Mas ao mesmo tempo eles não sentem o menor constrangimento em pedir alguns trocados emprestados de vez em quando para comprar costeletas. Você vai querer pensar quando não tiver costeletas? Você não poderia se interessar por algo fixo, um bom emprego em alguma repartição pública, e então... por Cristo... você poderia pensar o quanto quisesse? Estude para conseguir algum emprego de primeira linha, há muitos deles, e então você poderá escrever à vontade. A menos, talvez, que você prefira ser um vagabundo, comer casca de laranja e dormir no parque.

Stephen nada respondeu. Depois que o discurso foi repetido cinco ou seis vezes, ele se levantou e saiu. Foi até a biblioteca à procura de Cranly e, não o encontrando no salão de leitura ou no pórtico, dirigiu-se ao hotel Adelphi. Era noite de sábado e os salões estavam repletos de funcionários públicos. O[122] funcionário da Secretaria de Agricultura estava sentado no canto do bar com o chapéu aprumado na parte posterior da cabeça e Stephen reconheceu prontamente a oleosidade escura que ameaçava surgir naquele rosto aquecido. Ele se ocupava de cofiar o bigode com o dedo indicador e em olhar de relance, do rosto da garçonete, para o rótulo da sua garrafa de cerveja. O salão de bilhar estava bastante barulhento: todas as mesas tinham sido ocupadas e as bolas pulavam no chão praticamente a cada minuto. Alguns jogadores usavam camisa de manga curta.

Impassível, Cranly sentava-se no banco que ladeava as mesas e assistia a uma partida. Stephen sentou-se ao lado dele em silêncio, também assistindo à partida. A disputa era entre três jogadores. Um funcionário idoso, que visivelmente se achava superior aos demais, jogava com dois colegas jovens. O funcionário idoso era um homem alto e robusto e usava óculos de aros de ouro numa face que parecia uma maçã vermelha e murcha. Usava camisa de manga curta e jogava e falava com tamanha intensidade que parecia estar treinando, e não jogando. Os dois jovens funcionários estavam de barba feita. Um deles era um rapaz atarracado que jogava tenazmente, sem falar; o outro era um rapaz efervescente com sobrancelhas brancas e gestos nervosos. Cranly e Stephen observaram o andamento da partida, ponto a ponto. O rapaz troncudo fez a sua bola rolar pelo chão três vezes seguidas e a pontuação estava tão baixa que o responsável pela contagem se posicionou ao lado da mesa, como um lembrete de que os vinte minutos tinham passado. Os jogadores começaram a esfregar mais giz nos tacos e, vendo que eles pretendiam deveras encerrar a partida, o responsável pela contagem nada disse a respeito do tempo. Mas a presença dele os afetou. O funcionário mais velho resvalou o taco na bola, realizando uma péssima jogada, e afastou-se da mesa, piscando os olhos e dizendo: "Errei desta vez". O jovem funcionário efervescente correu até a sua bola, fez uma jogada ruim e, olhando para o taco, disse: "Ah!". O jovem tenaz mandou a bola diretamente para a caçapa, fato logo registrado num quadro quebrado pelo sujeito responsável pela contagem. Durante alguns segundos críticos o funcionário idoso espiou por cima dos aros dos óculos, fez outra jogada ruim e, logo procedendo a passar giz no[123] taco, disse sucinta e bruscamente ao jovem efervescente "Vamos, White. Vamos logo com isso".

A pretensão inútil daquelas três vidas que estavam diante dele, aquela servidão irredimível, fez com que o fundo dos olhos de Stephen ardesse como se estivesse queimando. Ele apoiou a[124] mão no ombro de Cranly e disse, impetuosamente:

— Vamos sair daqui agora. Não aguento mais.

Atravessaram o salão juntos e Stephen disse:

— Se eu tivesse ficado ali mais um minuto, acho que começaria a chorar.

— Sim, é mesmo horrível — disse Cranly.

— Ah! Inútil! Inútil! — disse Stephen, cerrando os punhos.

XXVI

Algumas noites antes de Cranly partir para o campo a fim de revigorar[125] o corpo após o fracasso nos exames, Stephen disse a ele:

— Acho que essa temporada vai ser importante para mim. Pretendo chegar a uma decisão sobre como devo proceder.

— Mas você vai tentar Artes Liberais no ano que vem?

— Talvez meu padrinho não arque com os custos. Eles esperavam que eu fizesse uma exposição.

— E por que você não fez? — disse Cranly.

— Vou pensar a respeito — disse Stephen — e ver o que posso fazer.

— Você pode fazer uma centena de coisas.

— Será mesmo? Veremos... Talvez eu queira escrever para você. Qual é o seu endereço?.

Cranly fingiu não ouvir a pergunta. Cutucava os dentes com um palito de fósforo, com grande determinação e zelosamente, em dados momentos parando a fim de enfiar a língua meticulosamente em algum orifício, antes de prosseguir cutucando. Cuspia o que era retirado. O chapéu de palha pendia-lhe quase da nuca e os pés se mantinham afastados. Após longa pausa, retomou a última frase, como se a estivesse revendo interiormente:

— É... centenas de coisas.

Stephen disse:

— Qual é o seu endereço no campo?

— Meu endereço?... Ah... Veja só... na realidade, é impossível saber qual será meu endereço. Mas você não vai chegar à conclusão alguma antes de eu voltar... Tenho quase certeza que vou partir de manhã mas quero ver a que horas sai o trem.

— Nós já verificamos — disse Stephen. — Nove e meia.

— Não... Acho que vou até a Harcourt Street para ver a que horas sai o trem.

Caminharam devagar na direção da Harcourt Street. Stephen, recusando-se a alimentar qualquer mal-estar, disse:

— Que propósito misterioso está por trás do seu prosaísmo incorrigível? Por favor, diga-me. O que está se passando na sua cabeça?

— Se eu tivesse algum propósito misterioso — disse Cranly —, eu não lhe diria (diria?) o que era.

— Eu já lhe falei muita coisa — disse Stephen.

— A maioria das pessoas tem algum propósito na vida. Aristóteles diz que o objetivo de todo ser é o bem maior. Todos nós agimos em prol de algum bem.

— Você não pode ser um pouco mais preciso? Você não quer que eu escreva evangelhos a seu respeito, quer?... Você está mesmo pensando em se tornar açougueiro?

— Sim, estou. Você não pensaria numa coisa dessas. Você poderia embrulhar linguiça nos seus poemas de amor.

Stephen riu.

— Não pense que me engana, Cranly — ele disse. — Eu sei que você é perdidamente romântico.

Na estação da Harcourt Street eles foram até o quadro de horários e após uma olhadela Stephen disse em tom de brincadeira:

— Nove e meia, como eu lhe disse. Mas você não acreditaria na palavra de um bobo.

— Esse é outro trem — disse Cranly, com impaciência.

Stephen sorriu de satisfação enquanto Cranly examinava o quadro, murmurando consigo os nomes das estações e calculando o tempo. Afinal, ele pareceu chegar a alguma decisão pois disse a Stephen "Partamos também". Do lado de fora da estação, Stephen puxou o amigo pela manga do paletó e apontou para um cartaz exposto ao público sobre o pavimento da rua, preso nos cantos por quatro pedras.

— Você viu isso?

Eles[126] se detiveram para ler o[127] cartaz e quatro ou cinco pessoas também pararam para ler. Cranly leu os itens em voz alta com seu sotaque mais rasgado, a começar pela manchete:

EVENING TELEGRAPH
Encontro dos Nacionalistas em Ballinrobe.[128]
Discursos Importantes.
Esquema de Escoamento Principal.
Discussão Animada.
Morte de Célebre Jurista
Vaca Louca em Cabra,
Literatura &.

— Você acha necessário ter grande habilidade para ser bem-sucedido nesse tipo de vida? — perguntou Stephen, depois que retomaram o caminho.

— Suponho que você considere a literatura a coisa mais importante ali?

— Tenho certeza que você adota essa visão do mundo por pura crueldade. Você tenta provar que eu sou anormal e doente mas é igualmente fácil provar que o célebre jurista era doente e anormal. Insensibilidade é sinal de enfermidade.

— Talvez ele fosse o que você chama de artista.

— Sim, é claro... E quanto à tentação que Satanás teve permissão de acenar diante dos olhos de Jesus, na realidade, trata-se da tentação mais ineficaz que se pode oferecer a qualquer homem de talento. O célebre jurista talvez sucumbisse mas para Jesus o reino deste mundo constituía uma frase deveras vazia... ao menos, depois que ele amadureceu e deixou de ser um jovem romântico. Satanás, na realidade, é a juventude romântica de Jesus reaparecendo por um momento. Eu tive uma juventude romântica, também, quando achava que era uma grande coisa ser o Messias encarnado: essa era a vontade do meu pai que jamais estará no céu. Mas agora tal pensamento só surge na minha mente em momentos de grande fraqueza física. Portanto, considero essa visão da vida a visão anormal... para mim. Alguns dias atrás fui até Howth, para nadar, e enquanto caminhava pela encosta do morro, tive de seguir por uma trilha estreita como uma fita, bem acima das rochas...

— De que lado de Howth?

— Perto de Bailey...* Pois bem. Enquanto olhava as rochas lá embaixo, cheguei a pensar em me atirar nelas. A ideia me fez tremer de satisfação durante um instante mas é claro que reconheci a presença do nosso velho amigo. Todas essas tentações são semelhantes. Para Jesus, para mim, para a pessoa impressionável que adere ao banditismo ou resolve se suicidar por influência da literatura, Satanás oferece uma vida monstruosa. É monstruosa porque o centro do princípio espiritual do homem não é transferível para um objeto material. O homem apenas finge que o chapéu é mais importante que a cabeça. Essa visão da vida, a meu ver, é anormal.

— Você não pode considerar anormal algo que todo mundo faz.

— Todo mundo pula do topo do morro de Howth? Todo mundo se filia a sociedades secretas? Todo mundo sacrifica a felicidade e o prazer e a paz para honrar o mundo? O padre Artifoni me falou de uma associação de assistência mútua na Itália cujos membros, ao assinarem um atestado de que eram acometidos de males incuráveis, concordavam em ser atirados no Arno pelos correligionários.

Ao chegarem a Noblett's Corner, onde sempre paravam, encontraram Temple contando histórias para uma rodinha de rapazes. Os rapazes riam muito dele, que estava bastante embriagado. Stephen fixou os olhos na boca amorfa de Temple, que em dados momentos, quando se esforçava para enunciar uma palavra difícil, ficava salpicada de uma espuma fina. Cranly contemplou o grupo e disse:

— Juro pela minha Bíblia no leito de morte que o Temple pagou bebida para esses estudantes de medicina... Que idiota!...

Temple os viu e prontamente interrompeu o discurso para ir ao encontro deles. Um ou dois estudantes de medicina o seguiram.

— Boa-noite — disse Temple, apalpando o boné.

— *Druncus es.*

---

* Farol construído no porto de Howth em 1814. [N. do T.]

Os dois estudantes de medicina riram enquanto Temple começou a revirar os bolsos. Durante a busca, sua boca se escancarou.

— Quem tem dinheiro? — disse Cranly.

Os dois estudantes riram e fizeram um sinal com a cabeça, indicando Temple, que, inconsolado, desistiu da busca, dizendo:

— Ah, que diabo... eu ia lhes pagar uma bebida... Ah, que diabo!... Onde está aquela outra moeda que eu tinha?...

Um dos estudantes disse:

— Você a trocou lá no Connery's.

O outro estudante disse:

— Ele gastou muito no primeiro trago hoje. Foi por isso que passou para cerveja.

— E onde você conseguiu dinheiro? — disse Cranly, dirigindo-se a Temple, que voltava a revirar os bolsos.

— Ele se desfez do relógio por dez libras.

— Não devia ser um relógio comum — disse Cranly —, se ele conseguiu dez libras. Onde ele conseguiu dez libras?

— Ah, não! — disse o segundo estudante. — Eu me encarreguei da coisa. Conheço um camarada chamado Larkin, lá em Granby Row.

O corpulento estudante de medicina, que se envolvera na discussão sobre política no Adelphi com o funcionário da Secretaria de Agricultura, aproximou-se deles e disse:

— Bem, Temple, você vai nos levar àquela espelunca?

— Ah, que droga! — disse Temple. — O dinheiro se foi... Ah, que diabo, eu preciso de uma mulher... Que diabo, vou arrumar uma mulher fiado.

O estudante corpulento deu uma gargalhada e, voltando-se para Cranly, por quem sentia rancor desde o incidente no Adelphi, disse:

— Vai querer uma mulher também, se eu pagar?

A castidade de Cranly era célebre mas os jovens não se mostravam por demais impressionados por isso. Ao mesmo tempo o grupo[129] não se deixou trair, rindo do convite formulado pelo estudante troncudo. Cranly não respondeu; então o segundo estudante de medicina disse:

— O Mac conseguiu!

— Que Mac? — disse Cranly.

— O Mac... você sabe... o camarada da Liga Gaélica. Ele nos levou até a espelunca ontem à noite.

— E vocês todos estavam acompanhados de mulheres?

— Não...

— E por que foram lá?

— Ele sugeriu que déssemos uma volta. Belas vadias por lá. Elas corriam atrás de nós, amigo: foi uma cena e tanto. Sim, e uma delas bateu no Mac, que, segundo ela disse, a insultara.

— O que ele fez?

— Sei lá. Ele disse "Gellong, sua vagaba[130] suja", ou algo assim.

— E o que o Mac disse?

— Disse que a denunciaria, se ela continuasse a segui-lo.

— Bem, eu pago mulheres para todo mundo, se o Cranly pegar uma — disse o estudante espadaúdo, que tinha por hábito fazer com que uma única inspiração servisse de base para uma conversa de meia hora.

— Ah, que diabo — disse Temple, de repente —, vocês já ouviram a última parábola... sobre os macacos da Barbária?... Parábola ma... ravilhosa... o Flanagan que me contou... Ah — ele disse, dirigindo-se a Stephen —, ele quer ser apresentado a você... quer saber... bom rapaz... não dá a mínima para religião ou padres... Que diabo, eu sou um livre-pensador...

— Qual é a parábola? — disse Stephen.

Temple tirou o boné e com a cabeça descoberta começou a falar, imitando um cura de aldeia, alongando as vogais exagerando[131] na ênfase das frases e baixando o tom da voz a cada pausa:

— Caríssimos irmãos: Era uma vez na Barbária uma tribo de macacos. E... os macacos eram tão numerosos quanto os grãos de areia do mar. Viviam juntos na mata em... relações... poligâmicas... e assim reproduziam... a espécie... Mas eis que chegam à Barbária... os santos missionários, os santos homens de Deus... para salvar o povo da Barbária. E os santos homens pregaram ao povo... e então... adentraram a mata... as profundezas da mata... para orar a Deus. E viviam... na mata como eremitas... e orando a Deus. E eis que os macacos da Barbária, que viviam nas árvores... viram os santos homens vivendo como eremitas... eremitas solitários... orando a Deus. E os macacos, caríssimos irmãos, sendo criaturas imitadoras... começaram a imitar as ações... dos santos homens. E então... isolaram-se[132] uns dos outros... e foram para longe... orar a Deus... e fizeram exatamente o que os santos homens faziam... e oraram a Deus... E... não voltaram... mais... e tampouco tentaram reproduzir a espécie... E assim... aos poucos... o número dos po...bres macacos... ficou cada vez mais reduzido... cada vez mais reduzido... E hoje... não existe um macaco sequer na Barbária.

Temple fez o sinal da cruz e repôs o chapéu na cabeça enquanto os ouvintes batiam palmas. Naquele momento um policial se aproximou do grupo. Stephen disse a Cranly:

— Quem é esse Flanagan?

Cranly não respondeu mas seguiu Temple e os companheiros, caminhando com passadas firmes e dizendo "humm, sim" para si mesmo. Podiam ouvir Temple queixando-se de ser pobre e repetindo trechos da parábola.

— Quem é esse Flanagan?—Stephen disse a Cranly novamente.

— Outro idiota — disse Cranly, com um tom de voz que deixou em aberto a comparação.

Poucos dias mais tarde Cranly foi para Wicklow. Stephen passou o verão com Maurice. Ele falou ao irmão sobre os problemas que deveriam surgir quando o semestre letivo reiniciasse e juntos fizeram planos para tocar a vida. Maurice sugeriu que os poemas fossem enviados a uma editora.

— Não posso enviá-los a uma editora — disse Stephen — porque os queimei.

— Queimou?

— Sim — disse Stephen bruscamente —, eram românticos.

Afinal decidiram que seria melhor aguardar até que Mr. Fulham comunicasse suas intenções. Um dia Mrs. Dedalus fez uma visita ao padre Butt. Ela não apresentou o relato detalhado da conversa mas Stephen compreendeu que, de início, padre Butt recomendara um emprego na Guinness como solução para o difícil caso do jovem, e quando Mrs. Dedalus sacudiu a cabeça, expressando incredulidade, ele disse que queria se encontrar com Stephen. Ele tinha dado algumas indiretas sobre um novo esquema na universidade, que implicaria novas nomeações. As indiretas foram alimentadas pelos pais de Stephen. No dia seguinte Stephen foi à universidade, a fim de se encontrar com padre Butt.

— Ah, entre meu caro rapaz — disse padre Butt, quando Stephen surgiu à porta do pequeno quarto desprovido de carpete.

Padre Butt começou a falar bastante, sobre assuntos gerais, nada dizendo de concreto mas pedindo várias vezes a opinião de Stephen, sendo esta sempre meticulosamente considerada. O jovem ficou um tanto ou quanto desconcertado. Finalmente, depois de muito esfregar o queixo e muito piscar os olhos, padre Butt perguntou sobre as intenções de Stephen...

— Literatura — disse Stephen.

— Sim, sim… é claro… mas, por enquanto, quero dizer… é claro que você vai dar seguimento ao curso até se formar… esse é o ponto importante.

— Talvez eu não possa — disse Stephen. — Suponho que o senhor saiba que meu pai não pode…

— Agora, sim — disse padre Butt, com alegria —, fico feliz por você chegar ao ponto… É isso. A questão é conseguir achar algo para você, algo que possibilite a conclusão do seu curso aqui. Eis a questão.

Stephen nada disse. Estava convencido que padre Butt tinha alguma oferta ou sugestão a fazer mas resolvera não ajudá-lo a verbalizá-la. Padre Butt continuou a piscar os olhos e esfregar o queixo e murmurar consigo mesmo "Isso é difícil, você sabe". Finalmente, de vez que Stephen se manteve calado, padre Butt disse:

— Talvez exista… acaba de me ocorrer… uma função aqui na universidade. Uma ou duas horas por dia… não seria muito… Acho que sim… vamos… deixe-me ver… Para você não haveria o menor problema… nada de docência ou trabalho penoso, apenas uma hora ou pouco mais, aqui na secretaria, pela manhã…

Stephen manteve-se calado. Padre Butt esfregou as mãos e disse:

— Senão você corre o risco de morrer… de inanição… Sim, grande ideia… Vou falar com o padre Dillon hoje à noite.

Stephen, um tanto surpreso, embora previsse uma proposta daquela natureza, murmurou um agradecimento e padre Butt prometeu enviar-lhe uma carta dentro de um ou dois dias.

Stephen não entrou em detalhes sobre a conversa com o pai e a mãe: disse que padre Butt tinha sido vago e sugerido que ele procurasse algum trabalho de docente. Mr. Dedalus achou a ideia sumamente prática:

— Se você mantiver a mente desanuviada, terá condições de progredir. Fique em contato com esses camaradas, digo, com os jesuítas: eles podem lhe dar um bom empurrão. Sou alguns anos mais velho que você.

— Tenho certeza que farão o possível para ajudá-lo — disse Mrs. Dedalus.

— Não quero a ajuda deles — disse Stephen, com amargura.

Mr. Dedalus pôs os óculos e fixou o olhar no filho e na esposa. A esposa ensaiou uma desculpa:

— Desista, mulher — ele disse. — Eu conheço o buraco no qual ele se meteu. Mas ele não vai me enganar, nem vai enganar o padrinho. Com a ajuda de Deus eu logo vou contar a *ele* que esse sujeito virou um belíssimo ateu. Podem deixar isso comigo.

Stephen respondeu que tampouco queria a ajuda do padrinho.

— Eu sei o buraco em que você se meteu — disse o pai. — Eu não o vi, naquela manhã do enterro da sua pobre irmã? Não se esqueça disso. Pilantra maldito e afetado. Por Cristo, tive vergonha de você naquela manhã. Você foi incapaz de se comportar como um cavalheiro ou conversar ou fazer qualquer coisa mas foi se esgueirar num canto, com os cocheiros dos carros fúnebres e com os que Deus fez perder a voz. Por obséquio, quem lhe ensinou a beber canecas de cerveja? É essa a conduta que se espera de um... artista?

Stephen juntou as mãos e olhou para Maurice, que chacoalhava de tanto rir.

— Do que você está rindo? — disse o pai. — Todo mundo sabe que você é capacho deste sujeito.

— Stephen estava com sede — disse Maurice.

— Por Deus, ele vai ter fome, além de sede, qualquer dia desses, se você quiser saber.

Stephen relatou detalhes da conversa a Maurice:

— Você não acha que eles estão tentando me comprar? — ele perguntou.

— Sim, isso é evidente. Mas estou surpreso com uma coisa...

— O quê?

— Que o padre tenha perdido a paciência quando falou com a mamãe. Você deve ter incomodado muito o pobre homem.

— Como você sabe que ele perdeu a paciência?

— Ah, ele deve ter perdido quando sugeriu que ela mandasse você trabalhar numa cervejaria. Isso o traiu. Em todo caso, podemos ver o direito que esses homens têm de se autodenominarem conselheiros espirituais dos seus rebanhos...

— É?

— Eles nada podem fazer por um caso como o seu, que apresenta algumas dificuldades de temperamento. Seria o mesmo que recorrer a um policial.

— Talvez ele tenha achado que a minha mente está em tal estado de desordem que uma rotina faria bem a ela.

— Não creio que ele achasse isso. Além do mais, se for assim, eles são todos mentirosos pois todos expressaram admiração pela sua clareza ao argumentar. A mente de um homem não está em desordem intelectual por se recusar a aceitar a doutrina da Santíssima Trindade.

— A propósito — disse Stephen —, você já notou o grau de entendimento e afinidade que existe entre meus pais e eu?

— Não é fascinante?

— No entanto, muita gente os consideraria os meus melhores amigos por causa dos conselhos que eles têm me dado. Parece absurdo chamá-los de inimigos ou criticá-los. Eles querem que eu alcance o que consideram felicidade. Querem que eu aceite qualquer coisa por dinheiro, a despeito de quanto isso me custe.

— E você vai aceitar?

— Se o Cranly estivesse aqui, eu sei como ele formularia a pergunta.

— Como?

— "Você vai aceitar, certo?"

— Eu já lhe disse a minha opinião sobre aquele cavalheiro — disse Maurice, com um tom azedo.

— O Lynch, também, diria "Você é um bobão, se não aceitar".

— E o que você vai fazer?

— Vou recusar, é claro.

— Era o que eu esperava.

— Como eu poderia aceitar? — perguntou Stephen, atônito.

— Não lhe cairia bem, eu suponho.

No dia seguinte chegou uma carta para Stephen:

Prezado Mr. Dedalus,

Falei com nosso reitor em referência ao que conversamos alguns dias atrás. Ele se mostra extremamente interessado no seu caso e gostaria de recebê-lo na universidade qualquer dia desta semana, entre 14 e 15hs. Ele acha viável encontrar alguma função para o senhor, conforme sugeri — algumas horas, diariamente —, de modo que o senhor possa *dar continuidade aos estudos*. Esse é o ponto central.

Atenciosamente,

D. Butt SJ.

Stephen não procurou o reitor mas respondeu ao padre Butt por escrito:

Prezado padre Butt,

Permita-me agradecer-lhe a bondade. Receio, entretanto, não poder aceitar sua oferta. Estou certo de que o senhor compreenderá que, ao declinar, ajo segundo o que parece mais me convir e com total gratidão pelo interesse que o senhor demonstrou por mim.

Atenciosamente,

Stephen Dedalus

Stephen passou grande parte do verão nos rochedos de North Bull. Maurice costumava passar o dia lá, deitado languidamente nas rochas ou mergulhando no mar. Era agora excelente a relação de Stephen com o irmão, que parecia ter esquecido qualquer desavença anterior. Às vezes, Stephen vestia roupas leves e atravessava até o lado raso de Bull, onde andava para cima e para baixo, observando as crianças e as babás. Algumas vezes, contemplava-as durante tanto tempo que a cinza do cigarro caía no paletó mas, embora visse o que desejava, não voltou a encontrar outra Lucy: e geralmente voltava para o lado do Liffey um tanto entretido com sua própria tristeza e pensando que, se tivesse proposto à Lucy, em vez de propor à Emma, talvez fosse contemplado com mais sorte. Mas, com frequência, encontrava irmãos cristãos encharcados ou policiais à paisana, visões que lhe asseguravam que com Lucy ou com Emma a resposta seria a mesma. Os dois irmãos caminhavam juntos de Dollymount até em casa. Ambos costumavam estar meio maltrapilhos mas não invejavam os funcionários bem vestidos que por eles passavam a caminho de casa. Ao chegarem à casa de Mr. Wilkinson paravam do lado de fora esperando ouvir algum bate-boca e mesmo quando tudo parecia calmo a primeira pergunta que Maurice dirigia à mãe era "Ele está?". Quando a resposta era "Não" ambos desciam juntos até a cozinha mas quando a resposta era "Sim" somente Stephen descia enquanto Maurice ficava escutando, da balaustrada, para avaliar pelo tom de voz do pai se este estava sóbrio ou não. Se o pai estivesse embriagado, Maurice se retirava para o quarto mas Stephen, que não se perturbava, conversava alegremente com o pai. A conversa sempre começava assim:

— Então (com um tom de extremo sarcasmo), posso perguntar onde você esteve o dia todo?

— Em Bull.

— Ah (com um tom de alívio). Deu um mergulho?

— Sim.

— Bem, nisso há algo sensato. Isso me agrada. Desde que você fique longe da canalhada (com um tom de desconfiança). Tem certeza de que não estava com o cara que usa bermudas ou alguns daqueles ilustres?

— Certeza absoluta.

— Tudo bem. Isso é tudo o que eu quero. Fique longe deles… Maurice estava com você?

— Sim.

— Cadê ele?

— Lá em cima, eu acho.

— Por que ele não desce aqui?

— Não sei.

— Hmm… (novamente o tom de sarcasmo). Por Deus, vocês formam um belo par de filhos, você e seu irmão!

Lynch disse que Stephen era um dos maiores asnos da cristandade por ter declinado da oferta dos jesuítas:

— Imagine as noites que você teria!

— Você é uma pessoa tremendamente mesquinha — respondeu Stephen. — Depois de tudo o que eu enfiei nessa sua cabeça mercantil, você ainda vem para cima de mim com atrocidades.

— Mas por que você recusou? — disse Lynch.

O verão chegava quase ao fim e a noite esfriou um pouco. Lynch andava de um lado ao outro do pórtico da biblioteca com as mãos nos bolsos e o peito estufado. Stephen o acompanhava:

— Eu sou jovem, não sou?

— É… sim.

— Muito bem. A minha aptidão está totalmente voltada para a composição de prosa e verso. Não é?

— Suponhamos que sim.

— Muito bom. Eu não estou destinado a ser empregado de cervejaria.

— Acho que seria um perigo colocá-lo dentro de uma cervejaria… às vezes.

— Não estou destinado a isso: e isso basta. Frequentei essa universidade como aluno externo para conhecer rapazes na minha faixa etária e cuja mentalidade fosse semelhante à minha… Você sabe o que encontrei.

Lynch assentiu com a cabeça, em sinal de desespero:

— Encontrei o externato cheio de rapazes aterrorizados, reunidos numa cumplicidade intimidada. Eles só têm olhos para os futuros empregos: para garantir emprego no futuro aceitam quaisquer convicções, fazem de tudo para cair nas boas graças dos jesuítas. Adoram Jesus e Maria e José: creem na infalibilidade do papa e em todos os seus infernos obscenos e fedidos: anseiam pelo milênio, que há de ser o tempo dos crentes glorificados e dos ateus fritos… Meu Bom Senhor! Veja esse belo céu pálido! Você sente o vento frio no rosto? Ouça as[133] nossas vozes aqui no pórtico... não porque são[134] nossas mas porque são humanas: e toda essa baboseira não escorre de você qual água das costas de um pato?

Lynch assentiu, com um movimento da cabeça, e Stephen continuou:

— É absurdo eu rastejar e me humilhar e rezar e implorar diante de atores que não passam de mendicantes. Será que não conseguimos livrar nossas mentes e nossa sociedade dessa peste, para que os homens possam andar pelas ruas sem se deparar em cada esquina com alguma crença obsoleta e insípida ou com hipocrisia? Eu, ao menos, vou tentar. Nada aceitarei deles. Não trabalharei para eles. Não me submeterei a eles, nem externa, nem internamente. Uma igreja não é algo rígido como Gibraltar: e tampouco é rígida uma instituição. Subtraia dela os fiéis e a sua solidez se torna menos evidente. Eu, ao menos, hei de me subtrair: e lembre-se, se cada fiel pode gerar uma prole de doze, a subtração de um pode significar para a Igreja a perda de dúzias de membros.

— Você não está sendo um tanto liberal nessa questão da prole? — disse Lynch.

— Eu disse que encontrei o padre Healy agora à noite? — perguntou Stephen.

— Não, onde?

— Eu estava andando ao longo do canal com minha gramática de dinamarquês (porque agora vou me dedicar devidamente ao estudo de dinamarquês. Mais tarde lhe digo por que) e quem eu encontro, se não o baixinho. Ele caminhava bem na direção do pôr do sol dourado: todos os seus vincos e rugas refletiam ouro. Olhou para meu livro e disse que era muito interessante: disse que seria muito interessante conhecer e comparar idiomas diferentes. Então olhou adiante, diretamente para o sol dourado, e de repente... imagine!... abriu a boca e bocejou, lenta e silenciosamente... Sabe, a gente não toma um susto, quando alguém faz uma coisa dessas inesperadamente?

— Logo, logo, ele vai ter o que fazer — disse Lynch, apontando para um pequeno grupo que ria e conversava no vão da porta — e isso vai impedi-lo de sair por aí como sonâmbulo.

Stephen olhou para o grupo. Emma, Moynihan, McCann e duas das irmãs Daniel estavam visivelmente animados.

— Sim, suponho que qualquer dia desses ela fará a coisa legitimamente — disse Stephen.[135]

— Eu estava falando da outra dupla — disse Lynch.

— Ah, McCann... Ela nada significa para mim agora, sabe?
— Não acredito nisso, posso lhe dizer.

[*O manuscrito encerra aqui*]

Páginas adicionais do manuscrito

[*As páginas adicionais do manuscrito iniciam aqui*]

nações. Eles resistiram para dizer: estamos sozinhos — venham: e as vozes disseram com eles: somos o seu povo: e o ar se encheu da presença delas, enquanto elas o chamavam, seu parente, aprontando-se para partir, sacudindo as asas do jovem exultante e temível.

[*Partida para Paris (escrito de um lado ao outro, a lápis azul, entre os parágrafos)*]

De Broadstone a Mullingar a distância é cerca de oitenta quilômetros, cruzando-se a região central da Irlanda. Mullingar, principal cidade de Westmeath, é a capital da região e entre Mullingar e Dublin é intenso o tráfego de camponeses e gado. Essa viagem de oitenta quilômetros é feita de trem com duração de aproximadamente duas horas e pode-se imaginar Stephen Dedalus apertado no canto de um vagão da terceira classe, contribuindo com a fumaça fina do seu cigarro para a atmosfera já malcheirosa. O vagão estava lotado de camponeses, quase todos com suas trouxas amarradas por lenços manchados. O vagão cheirava a camponês (um odor humilhante que remetia Stephen à pequena capela de Clongowes na manhã de sua primeira comunhão), um odor tão azedo que o jovem não conseguia decidir se achava o cheiro de suor ofensivo[136] porque suor de camponês é terrível ou porque nesse momento o cheiro não exalava do seu próprio corpo. Não se envergonhava de admitir que considerava o cheiro ofensivo[137] por ambas as razões. Os camponeses jogaram cartas, sujas nas bordas, desde Broadstone, e sempre que chegava a hora de desembarcar, cada camponês pegava sua trouxa e a arrastava pela porta do vagão jamais se lembrando de fechá-la. Os camponeses falavam pouco e raramente olhavam para o cenário por onde passavam mas quando chegaram à estação de Maynooth, um cavalheiro de casaca e cartola que bradava ordens a um carregador acerca de uma caixa que continha máquinas atraiu a atenção de todos durante vários minutos.

Em Mullingar, Stephen retirou do bagageiro sua bela maleta e desceu à plataforma. Depois de passar pelas garras dos bilheteiros, deteve-se durante alguns instantes, indeciso, e então foi localizado pelo condutor de uma charrete verde. O homem perguntou-lhe se ele era o jovem cavalheiro em visita a Mr. Fulham e, quando Stephen respondeu "sim", convidou-o a sentar-se ao seu lado na charrete. E assim partiram sem grandes dificuldades. A charrete, que não estava limpa, sacudia[138] muito e Stephen olhou uma ou duas vezes preocupado com a maleta vacilante mas o condutor disse que ele não tinha o que temer. Depois de repetir algumas vezes essas mesmas palavras, calou-se durante algum tempo e então perguntou se Stephen tinha vindo de Dublin. Diante da resposta afirmativa, calou-se novamente e, empunhando a chibata, começou a espantar moscas no lombo do animal malcuidado que os conduzia.

A charrete subiu pela longa e tortuosa rua principal da cidade e, atravessando a ponte sobre o canal, seguiu para o campo. Stephen notou que as casas eram bem pequenas mas, avistando uma grande construção quadrangular que ocupava o centro de um terreno murado, perguntou ao condutor que edifício era aquele. O condutor disse que era o manicômio e acrescentou enfaticamente que ali havia muitos pacientes. A estrada percorria pastos pesados e, pasto após pasto, Stephen viu rebanhos em regime de engorda. Aqui e ali, um camponês sonolento vigiava o gado mas geralmente os animais ficavam sozinhos, movendo-se lentamente e à vontade, de um brejo até um terreno seco ou de um terreno seco até um brejo. Os pequenos chalés ao longo da estrada estavam cobertos de rosas imensas e em muitas soleiras uma mulher contemplava em silêncio a planície. Aqui e ali, um camponês caminhando pela estrada informava ao condutor a hora do dia e, se achasse que Stephen era digno da honra, tocava o chapéu. Assim percorrendo a estrada empoeirada, a charrete aos poucos se aproximou da residência de Mr. Fulham.

Era uma casa velha e assimétrica, que quase não se via da estrada, e cercada por uma bela plantação. O acesso se dava por meio de uma viela abandonada e o terreno atrás da casa, coberto de rododendros desbotados, descia até a margem do lago Owel. A guarita era um chalé caiado em cuja porta uma criança de camisola comia uma grande casca de pão. O portão estava aberto e a charrete subiu pela viela. Após completar uma volta de algumas centenas de metros, a charrete chegou à porta da velha casa desbotada.

No momento em que a charrete se aproximou da porta, uma jovem veio ao encontro do veículo, com um modo de andar bastante digno. Trajava preto e os cabelos castanhos estavam penteados para trás, junto às têmporas. Esticou a mão:

— Seja bem-vindo — ela disse. — Meu tio está no pomar. Ouvimos o barulho das rodas.

Stephen tocou-lhe a mão levemente e inclinou a cabeça.

— Dan, deixe a maleta no *hall* por enquanto, e o senhor, Mr. Dedalus, deve me acompanhar. Espero que a viagem não tenha sido muito fatigante: viajar é tão cansativo.

— Nem um pouco.

Ela seguiu a frente pelo *hall*, passou por uma pequena porta de vidro e entrou num grande pomar quadrangular, cuja metade mais próxima ainda estava ensolarada. Ali, protegido por um chapéu de palha com aba larga, estava Mr. Fulham sentado numa cadeira de vime. Ele cumprimentou Stephen calorosamente e fez as perguntas que a etiqueta exige. Miss Howard trouxe uma pequena bandeja com frutas e leite e o visitante comeu e bebeu com prazer, pois a poeira das estradas tinha[139] penetrado em sua garganta. Mr. Fulham fez diversas perguntas sobre os estudos e os interesses de Stephen, enquanto Miss Howard se manteve de pé ao lado da cadeira, em silêncio. Durante uma pausa do interrogatório, ela pegou a bandeja e levou-a para dentro de casa. Quando retornou, ofereceu-se para mostrar o pomar a Stephen e, de vez que naquele mesmo instante Mr. Fulham voltara a ler o jornal, ela indicou o caminho entre groselheiras. Para Stephen, as perguntas do padrinho tinham constituído uma provação e ele se vingou em Miss Howard, questionando-a acerca dos nomes, das estações e dos prognósticos das plantas por ela cultivadas. Ela respondeu com zelo a todas as perguntas mas sempre com o ar de exatidão e indiferença que lhe caracterizava todas as atitudes. A presença dela não o intimidava, ao contrário do que ocorrera no encontro anterior e ele achou que talvez a natureza incontaminada que ele supunha o tivesse acusado não passasse de um estilo que se caracterizava por rara dignidade. Ele não via tal dignidade como algo muito agradável e o fervor da juventude agora nele instalado ficava vitalmente abalado pela carência de ânimo que ela demonstrava. Concluiu que ela teria algum objetivo específico, que ia além da mecânica realização de tarefas, e disse com seus botões que seria um desafio intelectual descobrir tal objetivo. Abraçou a tarefa com mais vontade ainda, pois desconfiava que o tal objetivo seria contrário às boas intenções que ele tinha naquele momento e que provavelmente o enganaria, devido a uma desconfiança instantânea, e buscaria um refúgio natural na fuga. Esse impulso de fuga configuraria uma presa e ele prontamente recrutou todas as suas habilidades para a caça.

O jantar foi servido às 6:30, num salão comprido e com mobiliário simples. A mesa, arrumada embaixo de um belo lustre trabalhado em prata, tinha um ar sóbrio e elegante. Foi uma espécie de provação para a fome de Stephen aceitar aquele estilo frio e, sob o prazer que costumava sentir diante de comida, ele taxou de ingrata e afetada aquela estranha atitude de seres humanos. A conversa foi igualmente um tanto afetada e Stephen ouviu as palavras "encantador" e "belo" e "lindo" pronunciadas com tamanha frequência que deixavam de ser agradáveis. Logo descobriu o ponto fraco na armadura de Mr. Fulham; Mr. Fulham, a exemplo da maioria dos seus compatriotas, era um político inveterado. A maioria dos vizinhos de Mr. Fulham era do tipo rude e, a despeito da estreiteza de suas ideias, ele era considerado um homem culto. Numa conversa durante uma partida de *bézique*,* Stephen ouviu o padrinho explicar a um proprietário obtuso a natureza do trabalho realizado pelos padres missionários para civilizar o povo chinês. Ele defendeu as teses de que a Igreja é também o principal repositório da cultura leiga e que a tradição do ensinamento deve proceder dos monges. Afirmou que o orgulho da Igreja era o único refúgio dos homens diante de uma democracia ameaçadora e disse que Aquino tinha previsto todas as descobertas do mundo moderno. O vizinho ficou assustado ao descobrir o paradeiro das almas do povo chinês na próxima vida, mas Mr. Fulham deixou o problema a cargo da misericórdia de Deus. Nessa altura do debate Miss Howard, até então calada, disse que havia três tipos de batismo e tal afirmação foi aceita como um ponto final.

Durante muito tempo Stephen teve dúvidas sobre o motivo da ajuda que o padrinho lhe oferecia. No segundo dia depois da chegada dele, enquanto regressavam de um torneio de tênis, Mr. Fulham disse:

— Mr. Tate não é o seu professor de Literatura Inglesa, Stephen?

---

* Jogo de cartas para duas, três ou quatro pessoas, com dois baralhos, dos quais as cartas com valores de dois a seis são removidas. O objetivo do jogo é conquistar o ás e o dez, e ter na mão determinadas combinações de cartas, que, ao serem "arreadas" garantem ao jogador um certo número de pontos. [N. do T.]

— Sim, senhor.

— A família dele é de Westmeath. Nós sempre o vemos no período de férias. Ele parece se interessar bastante por você.

— Ah, então o senhor o conhece?

— Sim. No momento ele está acamado, com um problema no joelho, caso contrário eu escreveria para ele, convidando-o para vir até aqui. Quem sabe, um dia desses nós não vamos visitá-lo... Ele é um homem muito lido, Stephen.

— Sim — disse Stephen.

Torneios de tênis, bandas marciais, partidas de críquete, pequenas exposições de flores foram utilizadas[140] para entretenimento de Stephen. Nessas atividades ele observou que o padrinho se divertia francamente, Miss Howard fazendo-lhe as vontades respeitosamente, e começou a desconfiar que de algum modo aquilo tivesse a ver com dinheiro. O jovem não se divertia com o entretenimento; ele se mantinha tão quieto que muitas vezes passava despercebido e deixava de ser apresentado às pessoas. Às vezes, algum oficial olhava com ar grosseiro e inquisitivo para os sapatos brancos de aspecto barato usados por Stephen mas este sempre encarava o inimigo de frente. Depois de um breve embate de olhares, o jovem geralmente buscava uma trégua. Stephen ficou surpreso ao constatar que Miss Howard se desincumbia de suas funções sociais com aparente boa vontade. E ficou irritado e decepcionado um dia ao ouvi-la fazer um trocadilho, um trocadilho que embora não fosse dos mais inteligentes provocou[141] o riso educado de dois tenentes conscienciosos. Mr. Fulham tinha idade e estima suficientes para se dar ao luxo de expressar críticas publicamente, sempre que surgia uma ocasião. Certo[142] dia, um oficial contou uma história engraçada que zombava da mentalidade campesina, [Mr. Fulham disse:

— Os nossos camponeses podem ignorar muitas coisas!]

A história era a seguinte. O oficial e uma amiga foram surpreendidos certa noite por um temporal quando se encontravam num ponto longínquo da estrada de Killucan e precisaram se abrigar no casebre de um camponês. Um velho estava sentado ao lado do fogo, fumando um cachimbo sujo, pendurado de cabeça para baixo no canto da boca. O velho camponês convidou os visitantes a se aproximarem do fogo, pois a noite estava fria, e disse que não podia se levantar para saudá-los devidamente porque sofria de reumatismo. A amiga do oficial, que era uma jovem culta, notou uma figura rabiscada a giz acima da lareira e perguntou o que seria. O camponês disse:

— Meu neto Johnny fez isso aí quando o circo estava na cidade. Ele viu o cartaz no muro e começou a apoquentar a mãe, pedindo quatro centavos para ver os elefantes. E quando ele foi, tinha lá o diabo de um elefante. E foi ele que desenhou isso aí.

A jovem riu e o velho piscou os olhos vermelhos diante do fogo e continuou a fumar serenamente, falando consigo mesmo:

— Ouvi contar que elefante tem natureza... que pensa igual qualquer cristão... Uma vez eu mesmo vi a foto de um negro trepado em cima de um deles... pois é... e descendo a vara. Por Deus! Criança dá mais trabalho que um desses bichões.

A jovem, que muito se divertia, começou a falar ao camponês acerca dos animais pré-históricos. O velho ouviu-a em silêncio e então falou lentamente:

— É... deve ter um monte de criatura terrível do outro lado do mundo.*

Stephen achou que o oficial contara a história muito bem e acompanhou a gargalhada geral. Mas Mr. Fulham não gostou e criticou judiciosamente a moral da história.

— É fácil rir do camponês. Ele ignora muita coisa que o mundo considera importante. Mas não devemos esquecer, capitão Starkie, que o camponês se[143] situa talvez mais próximo do verdadeiro ideal da vida cristã que muitos de nós que o criticamos.

— Eu não o critico — respondeu o capitão Starkie —, mas com ele me divirto.

— O nosso campesinato irlandês — prosseguiu Mr. Fulham, com firmeza — é o esteio da nação.

Esteio ou não, Stephen deleitava-se ao observar os camponeses. Fisicamente, eram tipos quase mongóis: altos, angulares, com olhos amendoados. Sempre que caminhava atrás de um camponês, Stephen verificava em primeiro lugar as faces salientes, que pareciam cortar o ar, e os camponeses, por seu turno, provavelmente reconheciam os traços metropolitanos, pois fitavam o jovem como se este fosse um animal raro. Um dia Dan foi mandado à cidade para comprar um medicamento na drogaria e Stephen foi com ele. A charrete parou na rua principal, em frente à drogaria, e Dan entregou a receita a um menino maltrapilho, dizendo-lhe que a levasse. O menino maltrapilho primeiramente

* Essa frase aparece no registro do diário, com data de 14 de abril, no final do último capítulo de *Um retrato do artista quando jovem*. [N. do E.]

mostrou o papel a um amigo igualmente maltrapilho e então entrou na drogaria. Quando saíram, os dois se detiveram à porta da drogaria, correndo o olhar alternadamente de Stephen até a cauda do cavalo. Enquanto isso, foram confrontados por um mendigo coxo que avançou contra eles, empunhando o pedaço de pau que usava como bengala:

— Foi vocês que me xingaram ontem.

Os dois meninos, encolhidos à porta, olharam para ele e responderam:

— Não, senhor.

— Ah, foi sim.

O mendigo aproximou do rosto deles a cara malvada e começou a sacudir o pedaço de pau, para cima e para baixo.

— Mas prestem atenção no que eu vou dizer. Estão vendo essa bengala?

— Sim, senhor.

— Então, se vocês me xingarem de novo, eu quebro vocês com este pau. Eu arranco o fígado de vocês.

E continuou a fornecer detalhes às crianças assustadas.

— Vocês estão me ouvindo? Eu quebro vocês com este pau. Eu arranco o fígado e os olhos de vocês.

O incidente foi contemplado impassivelmente por transeuntes que abriam caminho para o mendigo enquanto este mancava pela calçada. Dan, que assistira à cena sentado na charrete, desceu do veículo e depois de pedir a Stephen que vigiasse o cavalo entrou numa taberna imunda. Sozinho na charrete, Stephen refletiu sobre o rosto do pedinte. Nunca vira tamanha crueldade expressa numa face. Algumas vezes observara o rosto de inspetores que castigavam meninos com uma palmatória mas aqueles rostos lhe pareciam mais imbecis, irados no cumprimento do dever, do que perversos. A lembrança do olhar cortante do mendigo provocava horror no jovem e ele se pôs a assobiar, para afastar o intenso arrepio causado pela sensação.

Passados alguns instantes, um jovem gorducho de cabelo ruivo saiu da drogaria carregando dois pacotes bem feitos. Stephen reconheceu Nash, e Nash, alterando dolorosamente o tom da pele, deu sinal de que reconhecia Stephen. Stephen poderia ter se aproveitado do constrangimento do velho inimigo, se assim desejasse, mas abstendo-se de fazê-lo, estendeu a mão. Nash trabalhava na drogaria como assistente e ao saber que Stephen visitava Mr. Fulham seus modos adquiriram um discreto ar de cerimônia. Mas Stephen logo deixou-o à vontade e quando Dan saiu da taberna suja os dois já conversavam como conhecidos. Nash disse que Mullingar tinha sido o último lugar criado por Deus, um buraco por Ele esquecido, e perguntou a Stephen como conseguia permanecer ali.

— Quem me dera voltar a Dublin… é só o que eu sei.

— Como você se diverte por aqui? — perguntou Stephen.

— Divertir? Não se pode. Isso aqui não tem nada.

— Mas não há concertos aqui, às vezes? No dia em que cheguei, vi cartazes anunciando um concerto.

— Ah, foi cancelado. O padre Lohan pôs um ponto final naquilo… é o vigário da cidade, você sabe.

— Por que ele fez isso?

— Ah, é melhor perguntar a ele. Diz que os paroquianos dele não querem música alegre e danças de saia. Se quiserem um concerto decente, diz ele, que organizem um no prédio da escola… Ah, como ele manda neles… isso eu lhe digo.

— Ah, então é assim?

— Eles morrem de medo dele. Se ouvir qualquer dança numa casa à noite, ele bate na janela e… pufe! Apaga-se a vela.

— Por Júpiter!

— É fato. Sabe, ele tem uma coleção de chapéus femininos.

— Chapéus femininos!

— Sim. À noite, quando as jovens saem a passear com os soldados, ele sai também e, quando consegue pegar uma moça, ele arranca o chapéu dela e o leva consigo para a casa paroquial; então, se a jovem for até lá buscar o chapéu, ele dá uma tremenda bronca nela.

— Não me diga!… Bem, nós precisamos ir agora. Suponho que vou vê-lo novamente.

— Apareça amanhã, por favor: o dia vai ser curto. E vou apresentá-lo a um amigo meu aqui… um tipo muito decente… trabalha no *Examiner*. Você vai gostar dele.

— Muito bom. Até então!

— Até breve! Por volta das duas.

No trajeto de regresso, Stephen dirigiu a Dan algumas perguntas, que este fingiu não escutar, e quando Stephen insistiu nas respostas, Dan ofereceu-lhe as mais lacônicas possíveis. Era evidente que ele não gostava de falar sobre seu superior e Stephen foi obrigado a desistir.

Naquela noite durante a ceia Mr. Fulham estava de ótimo humor e dirigiu a conversa expressamente a Stephen. O método utilizado por Mr. Fulham para "incluir" o interlocutor não era muito sutil mas Stephen percebeu o que se esperava dele e apenas aguardou até ser interpelado diretamente. Um vizinho fora convidado para cear, um tal Mr. Heffernan. Mr. Heffernan não concordava absolutamente com o anfitrião e portanto a noite propiciou debates vigorosos. O filho de Mr. Heffernan estava aprendendo irlandês porque acreditava que o povo irlandês deveria falar sua própria língua e não a língua dos conquistadores.

— Mas a população dos Estados Unidos, cujo grau de emancipação a Irlanda jamais alcançará, se contenta em falar inglês — disse Mr. Fulham.

— Os americanos são diferentes. Eles não têm uma língua a ser resgatada.

— Da minha parte, estou satisfeito com meus conquistadores.

— Porque o senhor ocupa uma boa posição sob o jugo deles. O senhor não é um operário. O senhor usufrui dos benefícios do movimento nacionalista.

— Talvez o senhor me dirá que todos os homens são criados iguais — disse Mr. Fulham, satiricamente.

— Em certo sentido talvez sejam.

— Bobagem, meu caro senhor. Nossos compatriotas nada sabem a respeito da chamada Reforma e espero que ignorem a Revolução Francesa também.

Mr. Heffernan voltou à carga.

— Mas, sem dúvida, não há mal algum no fato de eles saberem algo sobre seu país... as tradições, a história local, a língua!

— Para os que dispõem de tempo livre talvez seja bom. Mas o senhor sabe que sou inimigo ferrenho de movimentos traidores. Nossa sorte depende da Inglaterra.

— A nova geração não concorda com o senhor. Meu filho Pat está estudando em Clonliffe e me diz que todos os colegas, aqueles que serão nossos futuros padres, têm essas ideias.

— A igreja católica, meu caro senhor, jamais incitará rebeliões. Mas temos aqui um representante da nova geração. Que ele fale.

— Pouco me importam esses princípios de nacionalismo — disse Stephen. — Eu gozo de liberdade suficiente.

— Mas o senhor não sente que tem deveres para com a pátria, não sente amor por ela? — perguntou Mr. Heffernan.

— Sinceramente, não.

— Então o senhor vive como um animal irracional! — exclamou Mr. Heffernan.

— A minha própria mente — respondeu Stephen — é mais interessante para mim do que o país inteiro.

— Talvez o senhor ache sua mente mais importante que a Irlanda!

— Acho, com certeza.

— São estranhas essas ideias do seu afilhado, Mr. Fulham. Se me permite, foram os jesuítas que as ensinaram ao senhor?

— Os jesuítas me ensinaram outras coisas... a ler e a escrever.

— E religião, também?

— Naturalmente. "De que adianta ao homem conquistar o mundo inteiro, se perder a alma"?

— De nada, é claro. Isso é bem verdade. Mas a humanidade nos impõe exigências. Temos deveres para com o nosso vizinho. Recebemos um mandamento de caridade.

— É o que me dizem — disse Stephen — no Natal.

Mr. Fulham riu-se desse comentário e Mr. Heffernan ofendeu-se.

— Talvez eu não seja tão lido quanto o senhor, Mr. Fulham, nem tanto quanto você, meu jovem, mas acredito que o amor mais nobre que um homem pode sentir, obviamente exceto o amor a Deus, é o amor pela terra natal.

— Jesus não concordaria com o senhor, Mr. Heffernan — disse Stephen.

— Você tem a língua afiada, meu jovem — disse Mr. Heffernan, em tom de reprovação.

— Não tenho medo de falar francamente — respondeu Stephen, nem mesmo ao vigário da cidade.

— Você pronuncia o Santo Nome em vão, para alguém tão jovem.

— Mas não se trata de execração. Falo com sinceridade. O ideal apresentado à humanidade por Jesus compreende renúncia, pureza e solidão; o ideal que o senhor nos apresenta compreende vingança, paixão e imersão em questões mundanas.

— Acho que o Stephen está certo — disse Miss Howard.

— Eu percebo — disse Mr. Fulham — a tendência desses movimentos.

— É impossível para nós vivermos como eremitas! — exclamou Mr. Heffernan, desesperado.

— Podemos combinar os dois tipos de vida, vivendo como devem fazer os católicos, cumprindo primeiramente nossas obrigações para com Deus e então as obrigações atinentes à nossa condição social — disse Mr. Fulham, apoiando-se confortavelmente na última frase.

— O senhor pode ser patriota, Mr. Heffernan — disse Stephen —, sem ter de acusar de falta de religiosidade os que não concordam com o senhor.

— Eu nunca acusei...

— Ora, ora! — disse Mr. Fulham, com cordialidade — Nós nos entendemos.

Stephen se aprouvera da pequena contenda: para ele tinha sido uma distração, apontar as armas da ortodoxia contra as próprias fileiras ortodoxas e ver como estas resistiam ao fogo. Mr. Heffernan lhe parecia o típico irlandês provinciano: assertivo e temeroso, sentimental e rancoroso, idealista em discurso e realista em conduta. Já Mr. Fulham era mais inescrutável. A defesa que ele fazia do campesinato irlandês transbordava clientelismo, o fervor dele pela Igreja era imbuído de respeito por distinções feudais e de submissão natural àquilo que ele considerava constituir o ministrador dessas distinções. Ele afirmava suas noções aristocratas de um jeito brusco:

— Ora, ora! Senhor Fulano de Tal, o senhor compra gado na feira municipal?

— Sim.

— E o senhor vai ao prado e faz uma ou duas apostas, à vontade?

— Admito que sim.

— E o senhor se gaba de saber uma ou duas coisas sobre a caça com cães?

— Acho que sim.

— Então como pode o senhor afirmar que não existe aristocracia de *pedigree* entre os homens, sabendo que ela existe entre os animais?

O orgulho de Mr. Fulham era o orgulho do burguês no palanque dispendioso e opressivo que ele próprio erguera e adorava apoiar. Sentia afeto pela máquina feudal e desejava tão somente ser por ela esmagado — desejo comum ao adorador humano, queira ele se submeter à Força Suprema, rezar para Deus com lágrimas de afeto que o mortifiquem ou desfalecer nas mãos da amante. Para o inferior sensível, a caridade dele ensejaria na mente uma dor intolerável mas o doador não recorreria nem às atitudes nem à linguagem do hipócrita. Suas concepções acerca das relações humanas talvez passassem por progressistas na era em que se pensava que a Terra fosse escafoide e, se vivesse naquele tempo, ele talvez fosse considerado o mais esclarecido[144] dos senhores de escravos. Observando o velho passar a caixa de rapé, com um ar grave, para

Mr. Heffernan, e vendo este necessariamente mais calmo e enfiando a manzorra na caixa, Stephen pensou:

— Meu padrinho é o embaixador papal em Westmeath.

Nash estava esperando por ele na porta da drogaria e os dois desceram juntos a rua principal seguindo para a redação do *Examiner*. Na vitrine, acima de uma cortina marrom suja, via-se[145] a cabeça[146] de um *fox-terrier* branco e os olhos inteligentes do animal eram o único sinal de vida na redação. Perguntaram por Mr. Garvey que logo mandou dizer que os dois visitantes se dirigissem ao Greville Arms.* Mr. Garvey estava sentado no bar, com o chapéu aprumado na parte posterior da cabeça, revelando uma testa brilhante. Estivera "mexendo" com a garçonete mas quando os visitantes entraram, levantou-se e trocou apertos de mão. Então insistiu para que aceitassem uma bebida. Mr. Garvey voltou a "mexer" com a garçonete, no que foi seguido por Nash, mas tudo sempre dentro dos limites. Era uma jovem amável e dotada de uma silhueta tentadora. Enquanto limpava os copos, entabulava uma conversa coquete, em tom de fofoca, com os rapazes: parecia saber da vida de toda a cidade. Repreendeu Mr. Garvey uma ou duas vezes por considerá-lo leviano e perguntou a Stephen se tal conduta não era vexatória num homem casado. Stephen disse que sim e começou a contar os botões da blusa dela. A garçonete disse que Stephen era um jovem gentil e sensível e não um pilantra qualquer, e sorriu com meiguice por cima do pano de prato. Pouco tempo depois os rapazes foram embora do bar mas antes tocaram as pontas dos dedos da garçonete e saudaram-na tirando os chapéus.

Mr. Garvey assobiou para chamar o *terrier* para fora da redação e todos saíram para dar uma volta. Mr. Garvey calçava botas pesadas e com elas dava passos firmes, batendo com a bengala no solo. A caminhada e o dia quente o sensibilizaram e ele ofereceu bons conselhos aos rapazes.

— Afinal, não há como o casamento para estabilizar um sujeito. Antes de conseguir esse cargo aqui no *Examiner* eu costumava sair por aí com a rapaziada e beber [um]† pouco... Você sabe como é — ele disse a Nash. [Na]sh assentiu.

— Agora, eu tenho uma boa casa — disse Mr. Garvey — e... quando chego em casa à noite, se quiser um trago... ora... eu tenho o que beber.

---

* Célebre hotel de Mullingar, fundado em 1884. [N. do T.]

† O manuscrito está rasgado, desse ponto até o "sh" que aparece logo adiante na mesma linha. [N. do E.]

Meu conselho para todo e qualquer rapaz que tiver condições financeiras é o seguinte: casar cedo.

— Isso está certo — disse Nash —, mas depois que a gente tiver um caso.

— Ah, sim — disse Mr. Garvey. — Espero que em breve, numa noite dessas, você venha me visitar e traga o seu amigo. O senhor virá, Mr. Dedalus? A patroa vai ter prazer em conhecê-lo: ela toca um pouco, o senhor sabe.

Stephen murmurou um agradecimento e decidiu que preferiria suportar intensa dor física a visitar Mr. Garvey.

Então Mr. Garvey começou a contar histórias sobre a imprensa. Quando soube por Nash que Stephen tinha inclinação para escrever, ele disse:

— Vou lhe dar uma dica: taquigrafia.

Contou várias histórias que ilustravam a sua própria sagacidade empresarial e disse que certa vez conseguiu publicar um parágrafo num matutino de Londres e que fora imediatamente e muito bem remunerado.

— Esses camaradas ingleses, vocês sabem, sabem fazer negócio. E pagam bem também.

O dia estava bastante quente e a cidade parecia cochilar no calor mas quando chegaram à ponte sobre o canal, os jovens viram uma aglomeração a cerca de cinquenta metros de distância, na margem do canal. Um menino que trabalhava para um açougueiro fazia um relato diante de um círculo de trabalhadores.

— Eu vi primeiro. Notei alguma coisa... uma coisa comprida e verde no meio dos aguapés e fui chamar o Joe Coghlan. Ele e eu tentamos levantar a coisa mas era pesada demais. Então eu pensei que a gente podia pedir uma vara emprestada a alguém. Então o Joe e eu fomos até o fundo do quintal do Slater...

A um ou dois passos da beira da água havia algo estirado na margem coberto por um saco marrom. Era o corpo de uma mulher: o rosto estava virado para o chão e da vasta cabeleira tinha escorrido uma poça de água. O corpo estava curvado, com as pernas à mostra, mas [palavra rasgada] alguém havia puxado a [palavra rasgada] a camisola para baixo. A mulher tinha esca[pado]* do manicômio na noite anterior e Stephen ouviu muitas queixas contra as enfermeiras.

* O manuscrito está rasgado nesse ponto e no ponto logo a seguir. [N. do E.]

— Melhor seria se elas cuidassem dos pacientes, em vez de perambular por aí com tudo o que é doutorzinho.

— Boa vida elas levam.

O cão de Mr. Garvey queria farejar o corpo mas Mr. Garvey desferiu-lhe um violento pontapé e o cão se enroscou, ganindo. Então seguiu-se um momento de silêncio, todos a postos observando o corpo, até que uma voz disse “Eis o médico!”. Um homem forte e bem vestido desceu pela calçada às pressas, sem responder às saudações dos presentes e, passados alguns instantes, Stephen ouviu-o dizer que a mulher estava morta e que era preciso chamar uma carroça para transportar o corpo. Os três jovens então prosseguiram na caminhada mas Stephen ficou um pouco para trás e teve de ser chamado. Ele tinha se detido a contemplar o canal, perto dos pés do cadáver, olhando para um pedaço de papel onde se lia: A Luminária, revista para... o restante estava rasgado e muitos pedaços de papel flutuavam na superfície da água.

A tarde já avançava quando os jovens se separaram. Stephen despediu-se dos amigos, prometendo voltar a procurá-los em breve, e seguiu uma trilha pelo campo. O solo estava bastante traiçoeiro e ele escorregou várias vezes, enfiando o pé na água do pântano. Contudo, deparou-se com uma estrada larga acima do pântano e ali ficou bastante seguro. O sol estava em declínio e contra o dourado profundo do céu a oeste as silhuetas curvadas de alguns cortadores de turfa eram visíveis. Ele chegou à propriedade de Mr. Fulham por uma estrada secundária e, pulando a cerca, atravessou um pequeno bosque. Andando sobre a relva macia, não fez barulho. No limite do bosque, parou. Miss Howard estava encostada no portão pintado, de frente para o pôr do sol. O brilho intenso do pôr do sol cobria suas vestes sombrias com raios de ferrugem e espraiava lantejoulas de ferrugem em seus cabelos sombrios. Stephen aproximou-se dela, mas quando estava a poucos passos

[*fim das páginas adicionais do manuscrito*]

Supressões e substituições*

[1] *espetados.*
[2] *O rosto.*
[3] *positiva singular.*
[4] *Na.*
[5] *portanto.*
[6] *jovem.*
[7] *ele.*
[8] *que.*
[9] *Stephen.*
[10] *Poeta nascitur, non fit.*
[11] *Poema fit, non nascitur.*
[12] *como.*
[13] *a semana toda sábado.*
[14] *da vida.*
[15] *e.*
[16] *pervertido.*
[17] *Ibsen com sua profunda autoaprovação, Ibsen com sua coragem altiva e desiludida, Ibsen com sua energia minuciosa e voluntariosa.*
[18] *frequentemente.*
[19] *foi.*
[20] *o.*
[21] *o grupo.*
[22] *com.*
[23] *também.*
[24] *um impasse.*
[25] *descobrir.*
[26] *presente.*
[27] *passado.*
[28] *inglesa.*

* Palavras suprimidas ou substituídas por Joyce no manuscrito. [N. da E.]

[29] *então.*
[30] *galante.*
[31] *difícil.*
[32] *velharia.*
[33] *se o gado estaria agrupado pacientemente no abrigo das cercas vivas.*
[34] *construído.*
[35] *O portão.*
[36] *e.*
[37] *à Escolástica.*
[38] *combinado.*
[39] *ele.*
[40] *decepção mesclada.*
[41] *noite.*
[42] *esplendidamente.*
[43] *dissera.*
[44] *mais jovem.*
[45] *O'Neill.*
[46] *O'Neill.*
[47] *quatro.*
[48] *e.*
[49] *natural.*
[50] *por eles.*
[51] *mesmo.*
[52] *de Cranly.*
[53] *de Cranly.*
[54] *causava-lhe.*
[55] *de Cranly.*
[56] *um monólogo.*
[57] *todo o.*
[58] *tinha espalhado.*
[59] *contar-lhe.*
[60] *E.*
[61] *produz.*
[62] *Cranly.*
[63] *a sua natureza.*
[64] *por.*
[65] *professa.*
[66] *fiéis.*
[67] *o seu passado tinha apenas.*
[68] *O'Neill.*
[69] *alfândega.*
[70] *O'Neill.*
[71] *O'Neill.*
[72] *O'Neill.*
[73] *O'Neill.*
[74] *O'Neill.*
[75] *baixo.*

[76] *só sairiam juntos mais tarde.*
[77] *quando.*
[78] *um dicionário de música.*
[79] *bastante.*
[80] *movimento.*
[81] *religiosidade fervorosa.*
[82] *ele.*
[83] *subia.*
[84] *ou.*
[85] *um.*
[86] *os.*
[87] *em silêncio.*
[88] *ele.*
[89] *O Reitor o aplaudiu.*
[90] *Jesus.*
[91] *ficou.*
[92] *Abade.*
[93] *tinha.*
[94] *acima.*
[95] *conduz.*
[96] *de Nerval.*
[97] *foi.*
[98] *Que bem.*
[99] *diretas.*
[100] *e.*
[101] *abrigada.*
[102] *ação.*
[103] *e.*
[104] *E.*
[105] *impulso.*
[106] *cadeira.*
[107] *raramente.*
[108] *poucos dias antes.*
[109] *pelo corpo.*
[110] *por que.*
[111] *Não, não.*
[112] *revulsão.*
[113] *e.*
[114] *estavam.*
[115] *suas.*
[116] *revelar.*
[117] *um.*
[118] *e.*
[119] *sugerido.*
[120] *supunha.*
[121] *por ele.*
[122] *e.*

[123] *vigorosamente.*
[124] *o braço.*
[125] *recrutar.*
[126] *Cranly.*
[127] *os itens.*
[128] *Encontro.*
[129] *pequeno.*
[130] *prostituta.*
[131] *e.*
[132] *abandonaram as esposas.*
[133] *a minha.*
[134] *é minha.*
[135] *Lynch.*
[136] *desagradável.*
[137] *desagradável.*
[138] *e.*
[139] *estava.*
[140] *indicadas.*
[141] *causou.*
[142] *Quando.*
[143] *está.*
[144] *benévolo.*
[145] *havia.*
[146] *o focinho.*

Passagens marcadas*

p. 17 "Os cabelos crespos [...] de um libertino."
p. 17 "touca de cabelos pretos-grisalhos."
p. 19 "Ele se tornou [...] prevenido e calculista"
p. 20 "celeiro"
p. 20 "As palavras, ele [...] um valor depreciado."
p. 21 "meneando a cabeça [...] da tradição."
p. 22 "a uma montagem [...] grosseiras na peça"
p. 23 "discreto no falar"
p. 24 "o monge agora [...] mas tinha certeza"
p. 24 "dizendo solenemente a [...] economia artística"
p. 24 "Mergulhava no passado [...] de homens remando"
p. 25 "colegas"
p. 25 "Diga-nos, você não [...] ideias, sem responder"
p. 25 "proscritas"
p. 25 "na europa"
p. 26 "que também estudava [...] ouvidos de Stephen"
p. 27 "névoa úmida e [...] abandonara sua Madona"
p. 28 "e a frieza [...] longo e melancólico"
p. 28 "pregadores havia aqui [...] tolerados pelos colegas"

* Presume-se que as passagens abaixo, marcadas, sublinhadas ou riscadas por Joyce no manuscrito, com lápis de cera vermelho ou azul, tenham sido desaprovadas pelo autor ou que ele desejasse alterá-las ou mesmo suprimi-las. [N. da E.]

p. 29 "porta-voz"
p. 30 "instantaneamente"
p. 30 "jovem filósofo"
p. 31 "escritores ateus listados [...] pronunciar tal nome"
p. 31 "se fazer passar por arauto"
p. 31 "jovem aparentemente independente"
p. 31 "considerando suas desvantagens [...] esforçavam para agradá-lo"
p. 32 "pedir-lhe que cantasse [...] pouco musical"
p. 32 "dedos, e escutando as conversas"
p. 33 "jogos de dramatização"
p. 33 "pelo seu primeiro nome"
p. 33 "maneiras exuberantes com o som"
p. 33 "falado em público"
p. 33 "Jesus, além do mais, expunha"
p. 35 "prestes a nele confiar"
p. 35 "desenvolvida"
p. 35 "aprender irlandês também"
p. 35 "esquema geral do [...] dos seus ombros"
p. 36 "seria um risco"
p. 39 "não podia compreender [...] paixões do presente"
p. 39 "dignidade do altruísmo [...] do indivíduo"
p. 40 "a santidade do Papa"
p. 40 "reflexão tardia da Europa"
p. 40 "lobos da descrença"
p. 41 "represente"
p. 44 "Que não deveríamos [...] sair em grupo"
p. 44 "grilhões da Igreja"
p. 46 "O jovem ficou [...] a mão esquerda"
p. 49 "Como vocês são [...] à do barrete?"
p. 51 "Deus abençoe a obra!"
p. 51 "melodia, força... alma, deveras"
p. 51 "um orgulho carnal"
p. 52 "desânimo sincero"

p. 52 "imitar a expressão"
p. 52 "significado"
p. 52 "Sentia-se capaz de [...] compreendia o motivo"
p. 52 "versos lamentáveis"
p. 52 "episódio da infância pareceu magnetizar"
p. 52 "dorso da luva [...] articulações dos dedos"
p. 53 "da primeira à última palavra"
p. 53 "tolhido se estivesse sentado"
p. 53 "Dolphin's Barn"
p. 54 "você não é [...] a sua Igreja"
p. 55 "Já vivi essa fase"
p. 56 "Companheiros não são permitidos"
p. 57 "que tanto amava [...] quanto o combate"
p. 58 "parecia um fugitivo [...] na noite sombria"
p. 59 "uma aplicação de Aquino,"
p. 59 "as premissas da [...] imediata a terceiros"
p. 60 "um mediador, consequentemente [...] uma aptidão reprodutiva"
p. 60 "reincorporá-la"
p. 61 "Pois enquanto este [...] contra esse dom"
p. 65 "sinalizações feitas com frases"
p. 65 "a menor suspeita [...] mente do filho"
p. 65 "guarnecida de muitas [...] mais bem compreendido"
p. 66 "na mesma velocidade [...] de sua memória"
p. 71 "senil"
p. 79 "com suas mãos [...] boas-vindas"
p. 80 "manuscrito nas cabeças deles"
p. 80 "imperial, imperiosa e imperativa"
p. 81 "ameaçado por essas teorias"
p. 82 "questões artísticas"
p. 84 "desastre já não [...] *malo humore estis*"
p. 84 "guarda-chuva"
p. 85 "seguir diversas carreiras"
p. 89 "remota e demasiado desapaixonada"

p. 89 “figura mais fraca e mais cativante”
p. 89 “arrogância do papado [...] como uma relutância”
p. 90 “sorrindo com um afeto azedo”
p. 97 “em vão”
p. 98 “mudanças de forma [...] determinado instinto ameboide”
p. 99 “Tinha um jeito [...] linguagem”
p. 101 “afirmam que a [...] de Satanás”
p. 101 “matéria do curso em cinco dias”
p. 105 “com raiva”
p. 109 “mãos nos bolsos [...] peito, num gesto”
p. 109 “idealismo tímido”
p. 109 “iniquidades que escapam”
p. 109 “execrava em amarelo”
p. 110 “ignorada por Cranly”
p. 113 “método que Cranly utilizava para relembrar”
p. 114 “aquele policial ali adora”
p. 116 “falava pelos cotovelos”
p. 116 “a atacar seu lado rústico”
p. 116 “fazer o papel [...] de uma plateia”
p. 117 “Quase todos os [...] para o almoço — ”
p. 119 “um tanto no [...] diretamente”
p. 121 “continha uma falha jurídica”
p. 121 “Maurice comia pão [...] achatado no quintal”
p. 122 “suspeitar, com base [...] a raça irlandesa”
p. 123 “caminho de cascalho [...] o peso noturno”
p. 126 “esmerado sotaque norte-americano”
p. 127 “desabitada”
p. 128 “carregado de luxúria”
p. 129 “carroça”
p. 129 ““‘mr.’””
p. 129 “pedaços de tela e mangueiras”
p. 130 “se esforçava para [...] fogo daquele braseiro”
p. 131 “por demais sombria”

p. 131 "enquanto o crepúsculo nublado o envolvia"
p. 131 "registros das vidas [...] pé, à porta"
p. 134 "Uma menina, com [...] hora de chorar:"
p. 136 "duas tonalidades"
p. 139 "autêntica aversão pelos vícios da juventude"
p. 147 "súbita simpatia surgiu [...] chegava até ele"
p. 150 "diz que está emancipado"
p. 153 "Era uma mulher [...] seguiu seu caminho"
p. 157 "Entediado, Stephen olhou [...] cabeça humana encapotada"
p. 163 "se ela comercializar [...] a liberdade toma"
p. 166 "guardada contra a [...] no seu sangue"
p. 167 "vagarosamente seus três [...] voarem pelo chão"
p. 173 "Será que aquele [...] já zarpou?"
p. 175 "antiga expressão inglesa"
p. 177 "Qual é o seu endereço?"
p. 178 "e zelosamente, em [...] de prosseguir cutucando"
p. 178 "Você não pensaria [...] poemas de amor"
p. 179 "o que você chama"
p. 179 "Satanás, na realidade [...] uma juventude romântica,"
p. 182 "hábito fazer com [...] de meia hora"
p. 185 "cavalheiro"
p. 187 "policiais à paisana"
p. 188 "infalibilidade"
p. 189 "pôr do sol dourado:"

Adverte-se aos curiosos que se imprimiu esta obra em nossas
oficinas em 21 de junho de 2012, sobre papel Norbrite Book
Cream 66 g/m², composta em tipologia Minion Pro, em
GNU/Linux (Gentoo, Sabayon e Ubuntu),
com os softwares livres
LaTeX, DeTeX, VIM,
Evince, Pdftk,
Aspell,
SVN e
TRAC.